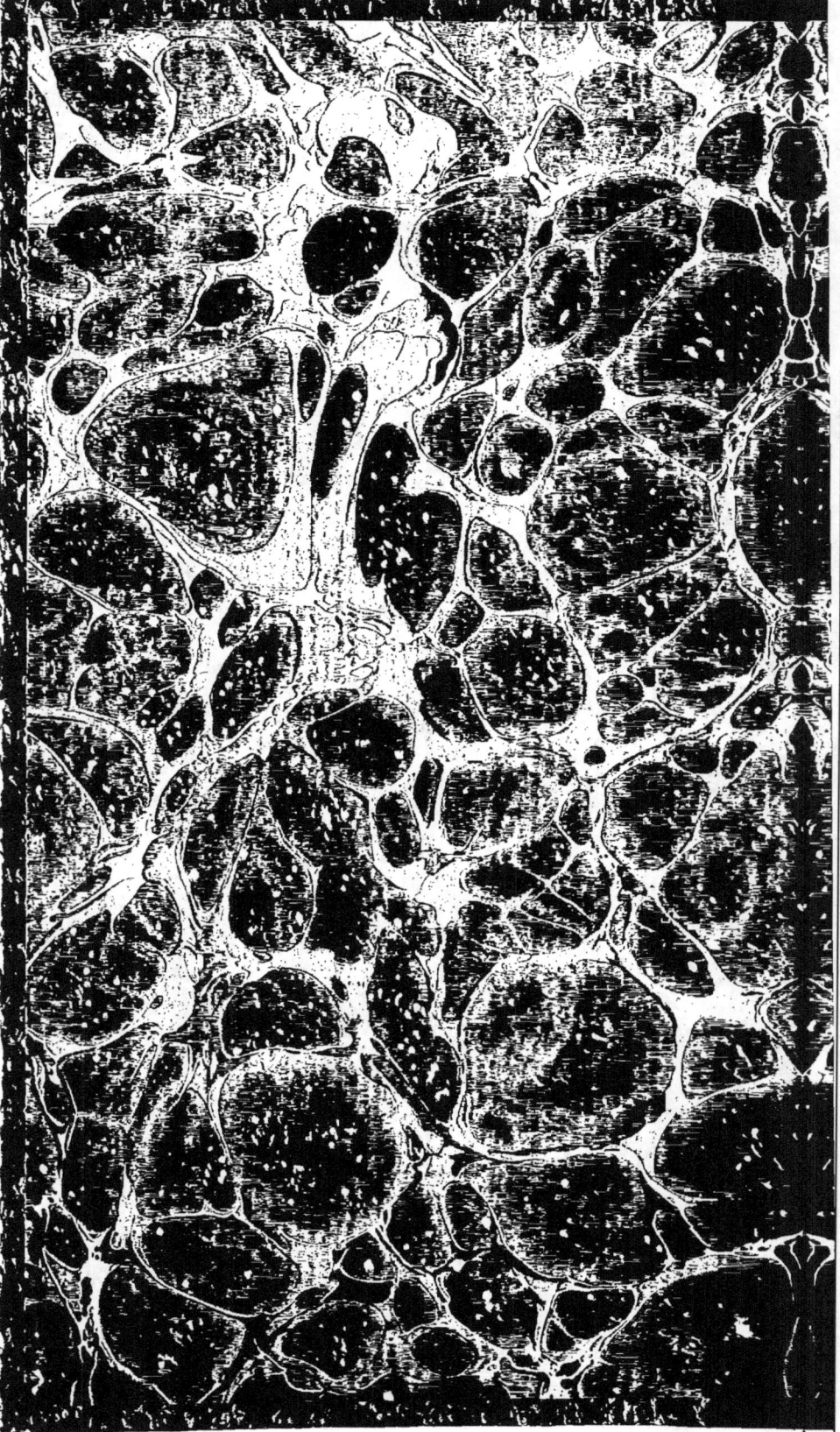

NOUVEAU
TABLEAU DE PARIS

AU XIXme SIÈCLE.

VII.

IMPRIMERIE DE BOURGOGNE ET MARTINET,

RUE DU COLOMBIER, 30.

NOUVEAU
TABLEAU DE PARIS

AU XIX.me SIÈCLE.

TOME SEPTIÈME.

PARIS MODERNE.

PARIS.

MADAME CHARLES-BÉCHET,

ÉDITEUR DES ŒUVRES DE M. DE BALZAC,

20, place du Louvre;

ET MM. ÉDOUARD LEGRAND ET J. BERGOUNIOUX,

59, quai des Augustins.

M DCCC XXXV.

PARIS

MODERNE.

LES DEMOISELLES A MARIER.

Il a trente ans. Sa taille est haute et bien prise.
Il n'est pas beau ; mais sa figure annonce de l'i-
magination et de la bonté. Avec cela, un homme
n'est pas laid. Il a vingt mille livres de rente, ce
qui ajoute toujours quelque chose aux agrémens
personnels.

Il est garçon et très fâché de l'être. C'est sa
faute : il lui est si facile de se marier ! Mais il

craint de se tromper, ou de l'être. Tant de maris l'ont été avant lui, et le seront après !

Cette réflexion, qu'il a déjà faite, n'est pas propre à le rassurer. Aussi observe-t-il constamment le monde, où il est très bien accueilli, et pour cause. Il a déjà penché pour la brune et la blonde; pour la jeune personne à la taille élancée, et pour celle qui a des formes très arrondies; pour une imagination vive et sémillante; pour un caractère calme et même nonchalant. Il s'est enfin décidé à écrire, le soir, les idées qu'ont produites sur lui, dans la journée, les divers objets qu'il a remarqués. Il en a fait une espèce d'*agenda*, en tête duquel on lit :

« J'ai trois neveux qui sont avec moi aux petits soins, et dont les expressions sont rarement affectueuses. Quand ils me parlent de leur tendresse, leur figure reste froide et me paraît même contrainte. Ainsi il est clair qu'ils font la cour à mon coffre-fort, et non à moi. Ils ne seront pas mes héritiers : voilà qui est bien arrêté.

» Pourquoi ne m'en ferais-je pas moi-même, ainsi que l'ont fait mes pères ? Cela ne me paraît pas difficile; mais il faut d'abord se marier, parce que je ne prétends avoir que des enfans légitimes : se bien marier ne me paraît pas chose facile.

» Ecrivons, écrivons; faisons des portraits. Je

les comparerai ensuite, et je donnerai la préférence à celle qui me paraîtra la mériter.

» J'ai dîné seul aujourd'hui, ce qui m'arrive
souvent, et ce qui m'ennuie beaucoup. Que se-
ra-ce quand j'aurai soixante ans, et que je serai
obsédé par des collatéraux qui attendront avec
impatience le moment de faire sonner toutes les
cloches? C'est un hommage que les survivans
sont bien aises de rendre à leur vanité, et qui
n'est d'aucune utilité pour le pauvre défunt. Je
me marierai; c'est un parti pris.

» J'ai passé la soirée chez madame Duprat.
C'est une veuve qui n'est plus ni jeune ni jolie.
Elle s'est occupée, pendant son printemps, à
faire ses provisions d'hiver; aussi, à mesure qu'elle
perdait en agrémens, elle gagnait en qualités, et
maintenant elle passe pour la femme la plus estimable, la plus aimable de Paris. Chaque jour
elle gagne un ou deux amis, et elle n'en perd
aucun. Ces femmes-là sont rares, et je n'en connais aucune qu'on puisse lui comparer. J'en suis
fâché pour les autres.

» Elle paraît me voir avec plaisir. Pourquoi ne
l'épouserais-je pas ?... Pourquoi ?... pourquoi ?...
Parce qu'elle a quarante-cinq ans, et qu'elle n'ò-
terait rien aux prétentions de mes collatéraux.
Et puis, si je ne désire ni Hébé ni Vénus, je veux

une femme; j'en veux une dans toute l'acception
du mot.

» Je me suis arrêté, chez elle, près d'une demoiselle qui se fait appeler Julie. Elle a gardé
soigneusement le nom qu'elle portait dans sa
première enfance, et elle a vingt-cinq ans. Elle
rougit quand un homme la regarde. Elle rougit
jusqu'aux yeux si cet homme lui adresse une de
ces phrases qui ne signifient rien, parce qu'elles
se répètent partout. Une simple politesse l'embarrasse, comme si on ignorait, à son âge, que la
politesse n'est souvent que le vernis de la faus-
seté. Tout en elle est affectation, minauderie,
manières. Il est évident pour moi qu'elle grille
de se marier. Mais, corbleu! ce n'est pas moi
qui l'épouserai.

» J'ai couru, pendant huit jours, les bals et les
spectacles. Là, j'ai vu beaucoup de jeunes personnes alignées sur des chaises. Leurs figures
sont immobiles. Elles regardent tous ceux qui
passent, et semblent leur dire : Regardez-moi. Il
n'y a pas de nuances à observer. Il vaut autant
aller voir au Salon les jolis portraits qui vous regardent tous, et toujours.

» Au théâtre, c'est différent. J'aime les jolies
adolescentes qui rient de tout leur cœur quand
les acteurs daignent jouer nos anciennes pièces :

cela prouve qu'elles ont le cœur libre. Je ne m'at-
tacherai pas, je l'espère, à quelqu'un qui soit déjà
prévenu pour un autre. C'est déjà beaucoup que
s'exposer à un amour clandestin qui peut naître
après le mariage.

» Je n'ai pas une estime bien prononcée pour
celles qui vont chercher au spectacle des émotions violentes ; qui aiment à se familiariser
avec l'adultère, l'inceste, les poignards, les poi-
sons et les cercueils. Les cœurs de ces filles-là
doivent être inaccessibles aux sentimens doux,
et je ne veux pas d'une femme qui aime comme
Médée.

» Hier, je me suis fait ouvrir une loge aux
Français. Je me suis trouvé placé derrière
une maman et sa fille. La maman a environ
quarante ans; la demoiselle en a dix-huit au
plus. La mère conserve sa dignité froide pendant lés scènes les plus comiques ; la demoiselle
rit aux éclats. La maman veut lui persuader que
ce genre de rire blesse les convenances. — Hé !
pourquoi, lui dit la petite, m'avez-vous conduite
ici ? Ah, madame, repris-je, laissez rire, laissons
rire les demoiselles : tant de jolis messieurs leur
font verser des pleurs !

» Celle-ci s'appelle Rose, et ce nom lui va
fort bien... Peut-être me trouverait-elle un peu

âgé pour elle ; je ne la trouve pas trop jeune pour moi.

» Voyons, voyons un peu. Je cherche à établir une conversation suivie. La mère jette toujours des mots entre sa fille et moi : elle ne veut pas me permettre de causer. Je n'ai cependant rien dit qui pût la blesser. Serait-ce une mère jalouse ? Il y en a peu ; mais il y en a. Pauvre Rose ! Je voudrais bien la revoir ! mais sa mère a pris un ton qui ne me permet pas de la prier de m'admettre chez elle.

Je suis invité pour ce soir à un cercle brillant. Je n'aime pas les soirées qui finissent le lendemain ; je n'aime pas qu'on entasse deux cents personnes dans un appartement qui n'en peut recevoir que cent ; je n'aime pas qu'on me marche sur les pieds, ni à rester debout, quand j'ai besoin d'être assis ; je boude, quand, d'un coup de coude, on renverse un verre de sirop que je tiens à la main. La maîtresse de la maison, qui est à tout, et qui y tient, je ne sais comment, accourt avec un valet, qui a la serviette à la main. Est-ce pour moi qu'il frotte, ou par égard pour les jolies demoiselles qui me touchent ? Il est constant que la groseille ne va pas avec des robes blanches. Que de demoiselles ! oh ! qu'en voilà, et il en arrive encore à chaque instant. Il y aura de quoi voir et comparer. Parbleu, j'aperçois Rose et sa mère. Bien, au mieux, à merveille. Je ferai danser Rose, et, dans les intervalles, on glisse quelques mots.

» Ah, mon Dieu! on enlève le dessus du piano! Je vois ce que c'est : la demoiselle de la maison a des talens. Un célèbre musicien va l'accompagner. J'aime la bonne musique ; mais pendant une heure..... Allons, allons, elle chante comme un ange; elle est jolie; elle a tout ce qu'il faut pour plaire ; mais elle paraît faire son unique occupation de son instrument. Elle n'aura pas une heure, par jour, à donner à son mari.

» Hé, mais... que vois-je? quatre, six demoiselles se préparer à chanter, bien ou mal. Elles se croient des virtuoses, et leurs mamans en sont aussi persuadées qu'elles. La maîtresse de la maison les invite, les prie, les presse : il est tout simple de faire ce qui peut être agréable à ses amis..... Peut-être aussi ne pense-t-elle qu'à faire briller sa fille aux dépens de ses compagnes. La perfide!

» Voilà onze heures et demie, et on continue à nous fatiguer, à nous ennuyer, à nous excéder. Personne n'ose se plaindre; on applaudit; on félicite celle qui vient de nous écorcher les oreilles, et on se résigne à en écouter une autre.

» Réfléchissons un peu, et ne blâmons pas tant les mamans. Il est constant qu'une fille qui chante dans une réunion nombreuse est nécessairement en évidence; si elle est un peu jolie, on demande ce qu'elle a, et quelquefois cette question mène loin. Or, toutes les mamans ont envie de marier leurs filles, et toutes les filles ont envie de se marier.

» Cependant qui osera donner son nom à de telles carillonneuses? Qui? ceux qui ont besoin d'une dot, et qui tiennent particulièrement à cela. Et puis, certaines de ces demoiselles ont sans doute quelques qualités, et pour vivre en paix chez soi, il peut suffire de jeter les instrumens et la musique par la fenêtre. La mariée est devenue maîtresse de maison, et surtout indépendante. Cela ne la dédommage-t-il pas bien d'un piano, d'une harpe, et du triste plaisir de traîner partout une voix dure, ou sourde, ou discordante?

» Voilà bien ce qu'on appelle des mariages de convenance. Qu'en résulte-t-il quelquefois? la femme vit de son côté, le mari du sien. Jamais de querelles, parce qu'ils ne se voient qu'en passant. Mais l'immoralité s'établit, devient une habitude; le désordre se met dans les affaires; enfin la misère écrase des époux, déjà ruinés dans

l'opinion publique..... Non, non, pas de mariage de convenance.

» Comment tournent souvent aussi des mariages d'inclination? on s'adore pendant six mois.
Alors les défauts percent, ils deviennent sensibles, peut-être insoutenables, et les jeunes
époux sont étonnés de ne pouvoir plus se
supporter. Diable, diable, qu'il est difficile de
se marier!

» Avec ces beaux raisonnemens-là, je finirais
par rester garçon toute ma vie. D'ailleurs, Rose
est si douce, si réservée! Il est constant qu'elle
ne me fera jamais de scènes; moi, je suis naturellement bon, et puisqu'il faut donner beaucoup au hasard, il vaut mieux, ce me semble,
m'exposer avec elle, qu'avec aucune de celles
que j'ai vues jusqu'à présent. Je suis au moins
très convaincu que si elle n'était ici, il y a une
heure que j'aurais été me coucher.

• Enfin on va se placer pour danser. Dans le
court intervalle qui sépare le concert de la première contredanse, on peut encore observer.
De jolis yeux se promènent à la ronde, des sourires presque imperceptibles s'échangent sans
cesse. Je crois voir des mariages ébauchés de
tous côtés. Prenez garde, mesdemoiselles, ne
vous montrez pas si faciles : bientôt on ne s'occu-

pera plus que de votre dot. Rose seule a l'air de regarder sans rien voir.

» Je vais l'inviter à danser ; sa mère me répond d'un ton assez sec, que sa fille est enrhumée et qu'elle ne dansera pas. Pourquoi la conduire au spectacle s'il ne lui est pas permis d'y rire, et au bal si la danse lui est interdite ? Peut-être devinais-je ? Elle ne peut laisser une fille de dix-huit ans à la maison, et elle souffre de l'avoir auprès d'elle : elle a tout à perdre à la comparaison. C'est cela, c'est bien cela. On propose une bouillotte à madame Menneval ; elle accepte, se lève, ne dit pas à sa fille de la suivre, et Rose reste à sa place. Allons, j'ai affaire à une mère jalouse, tant mieux. Elle doit désirer vivement d'être débarrassée de sa fille : c'est un petit service que je lui rendrai.

» Sa place est vacante, je m'en empare. Il y a bien, par-ci, par-là, quelques femmes debout ; je n'ai pas l'air de m'en apercevoir : les affaires sérieuses avant tout. Par où commencerai-je ? voilà qui est embarrassant. Ma foi, je ne vois pas qu'il soit nécessaire de faire un discours selon les règles de l'art oratoire. Les momens sont précieux ; allons au fait. « Voulez-vous m'épouser, mademoiselle ? » Rose est toujours de bonne humeur, et elle croit à la gaieté des autres. Elle

m'assure, en souriant, que j'ai le goût de la plaisanterie. Me voilà déconcerté.

» La maîtresse de la maison passe; je lui prends
la main, et je quitte ma place, cette place où
j'étais si bien! Que diable me veut cette demoiselle qui était à ma gauche? Je n'ai pas le temps
de le lui demander. Que m'importe après tout?
Je prends madame Montfort, et je l'entraîne
au fond, tout au fond de l'appartement. Là je
m'explique franchement, clairement, et la dame
sourit. « Vous ferez une bonne œuvre, monsieur;
» la mère de Rose en est jalouse au point d'être
» capable, pour s'en défaire, de la marier au
» premier venu. — Au premier venu, madame!
» Faites que je sois ce premier venu-là. — De-
» main je ferai la demande. — Que de bonté! —
» Mais je dois vous prévenir que sa mère tient
» beaucoup à la fortune..... — Que m'importe? —
» Qu'elle a donné à sa fille des maîtres d'agré-
» mens dans son enfance, et qu'elle les lui a re-
» tirés à mesure que ses charmes se sont déve-
» loppés. — Je n'ai pas de talens non plus; nous
» n'aurons pas de reproches à nous faire. — Mais,
» en revanche, Rose connaît parfaitement l'in-
» térieur d'une maison. — Bon, bon! — Sa mère
» a le plus grand soin de l'occuper chez elle :
» c'est le moyen de la dérober à tous les yeux. —

» Voilà précisément la femme qu'il me faut. A
» demain la demande. Vous me l'avez promis,
» madame. — Et je tiendrai ma parole. — Mais si
» je ne plaisais pas. — Elle serait difficile. — Ah,
» madame! — Et puis le captif trouve toujours
» charmant celui qui brise ses fers. — A demain
» donc.

» A propos, quelle est cette demoiselle qui
» me regardait, là-bas, d'une façon si particu-
» lière? — Elle n'est pas jolie. — Je le vois bien. —
» Et elle a le travers de se croire charmante. —
» En vérité? — Et elle dédaigne les partis ordi-
» naires. — Elle a grand tort. — Elle en a
» refusé de très convenables. — Est-elle sûre de
» les retrouver? — Elle veut avoir au moins une
» calèche. — Ah, voilà pourquoi elle me faisait de
» ces petites agaceries qui m'ont tant déplu. —
» C'est cela précisément. — Demain, elle adres-
» sera ses mines à un autre. — Cela me paraît
» vraisemblable. — Madame, je me mêle quel-
» quefois de prophétiser. — Voyons, tirez son
» horoscope. — Elle finira comme la fille à marier
» du bon Lafontaine, qui

» Fut à la fin trop heureuse et trop aise
» De rencontrer un malotru.

» Pauvre fille! Nous avons eu la cruauté de rire

à ses dépens. Allons, allons, cela n'est pas bien.

» La valse commence, beaucoup de places sont
à prendre, et je retrouve Rose à celle où je l'ai
laissée. Personne ne la surveille et cependant
elle ne danse pas. J'aime les filles qui sont sou-
mises à leurs mères, alors même qu'elles ont à
s'en plaindre.

» Je suis doublement heureux : la demoiselle
qui se croit jolie est allée chercher une calèche
à l'autre bout du salon.

» Dans les explications embarrassantes, il n'y a
que le premier mot qui coûte. J'ai déjà dit du
positif. La suite coule en abondance. Je ne cesse
de parler, et il me reste toujours quelque
chose à dire. Rose ne me répond plus; mais elle
m'écoute si attentivement ! Il me semble qu'en
ce moment-ci, écouter c'est répondre. Et puis
elle me regarde d'un air si touchant! Et puis elle
me sourit d'une manière si piquante ! Et ses lèvres sont si vermeilles, ses dents si blanches !
Oh! que j'ai bien fait d'aller à la Comédie-Fran-
çaise un certain soir.... Vous vous en souvenez?

» Madame Montfort vient se mettre en tiers;
elle me rend service. Rose sera plus communi-
cative avec elle qu'avec moi..... Elle consent que
son amie parle à sa mère : c'est à peu près me
promettre sa main ! Ah! pourquoi y a-t-il ici

cent personnes? Je tomberais à ses pieds..... ou dans ses bras.... Non, à ses pieds : cela est plus décent.

» Comme le temps passe! il est trois heures du matin, et je ne m'en doutais pas. C'est madame Menneval qui m'en fait apercevoir. Fatiguée des vicissitudes de la fortune, elle vient prendre sa fille. Rose et moi nous nous adressons un dernier regard : c'est tout ce que nous pouvons nous dire; mais dans quelle langue en dirait-on autant?

» Je donne enfin quelque attention à ce qui se passe dans le bal : je n'ai plus rien de mieux à faire.

» Quel changement! les robes sont chiffonnées ; les cheveux humides et tombans ; la fatigue a décomposé ces figures si piquantes quelques heures auparavant. Les maris reconnaissent toujours leurs femmes ; les amans cherchent leurs maîtresses.

» Cependant, on veut encore danser. Quelques doigts de punch animent *la galopade*, et le bal dégénère en bacchanale. On se jette les bacchantes à la tête. On ne pense plus à les épouser.

» Je m'enfuis. Voilà la première fois que je vois ce choquant spectacle; je ne le verrai plus. Rose ne respirera jamais les miasmes qui s'échappent de ces poitrines brûlantes.

» Madame Montfort a tenu sa promesse. La mère de Rose a consenti à mon mariage sans la moindre difficulté. Je lui serai présenté ce soir. Elle me fera alors connaître ses volontés.

» Que cette journée est longue ! il me semble qu'elle ne doit point finir. Je cours chez madame Montfort. Je lui parlerai de Rose : c'est le seul moyen d'abréger le temps.

» Enfin, nous voilà dans le salon de madame Menneval. La conférence n'a pas été longue, mais elle m'a enchanté. « Monsieur, je ne vous con-
» nais pas ; mais madame me répond de vous.
» Vous voulez ma fille ; vous l'aurez. Je lui don-
» nerai six mille francs tous les ans, à condition
» que vous irez vivre en province. Cette pension
» sera supprimée du moment où Rose rentrera
» à Paris. Cela vous convient-il ? — Ah ! madame,
» que de reconnaissance !... — Pas de phrases,
» monsieur ; cela est inutile. Allez, faites vos dis-
» positions. Mariez-vous sans pompe, sans au-
» cune réunion, et montez en voiture immé-
» diatement après la cérémonie. »

» Madame Menneval sort du salon et nous laisse tous les trois assez étourdis de la manière dont elle traite les affaires. Madame Montfort nous conseille de nous fixer à Bordeaux : elle nous y donnera des connaissances agréables. « Charmante Rose,

» croyez-vous pouvoir vous plaire à Bordeaux ?—
» Je crois, monsieur, qu'on peut se plaire partout
» avec vous. — Hé bien! nous irons à Bordeaux.
» Vous serez délivrée de votre mère, et moi de
» mes neveux. »

PIGAULT LEBRUN.

LES TIREUSES DE CARTES.

Ce que je vous prédis arrivera ou n'arrivera point.

*L'Oracle d'*Orchomène.

Un soir où je ne songeais à rien, suivant ma nonchalante habitude, un soir où je regardais se consumer lentement les tisons humides de mon foyer, assez mal chauffé par le bois bourguignon que l'Yonne et les *trains* nous apportent chaque automne, je me surpris en contemplation devant ces lumineuses figures fantastiques, images de la vie, qui brillent, s'étendent,

VII.   2

s'affaissent, meurent et s'envolent au ciel sur les
ailes blanches de la fumée.

Je voyais, parmi les veines rouges de mon bois,
grandir et se dresser au loin des tours immenses
qu'un peu de cendre faisait crouler ; j'entendais
presque hurler des chiens tout noirs au bout de
mon tison qui leur prêtait une langue de feu.
Sur ma plaque fleurdelysée, des musiciens de
vapeur chantaient un admirable concert dia-
phane... Bientôt, à travers ces fantômes légers,
jouets de la flamme et de l'ombre, j'aperçus la
soyeuse et ruisselante chevelure d'une jeune fille.

Je me souviendrai toute ma vie que cette chevelure, de noire qu'elle était, devint blonde ; de
chevelure qu'elle était, épaules ; puis d'épaules,
jambes. Les jambes se transformèrent en yeux,
d'où sortit une petite main aux doigts roses qui
me fit signe d'approcher.

Moi, confiant, je m'avançai pour saisir la main
de la jeune fille ; mais la main traîtresse me brûla
les doigts. Amphiaraüs me revint en mémoire.

Amphiaraüs est l'inventeur de la pyromancie,
ou divination par le moyen du feu. Grâce à la
science de ce grand homme, je devinai tout de
suite que je serais malheureux dans mes amours.

Cette découverte me plongea dans un tel état
de stupeur, dans une si profonde tristesse, que

toute fonction de mes sens s'anéantit : je ne voyais ni n'entendais rien.

Quand je sortis de ma pénible extase, un soupir énorme, poussé dans mes cheveux, me fit tressaillir de frayeur. Je me tournai brusquement du côté où soufflait cette respiration étrange.

Une dame, assise sur mon canapé, derrière moi, levait mélancoliquement les yeux au ciel de ma chambre.

Au bruit que je fis en laissant tomber la palme de mes deux mains sur le dos luisant de mon fauteuil, la dame tressaillit à son tour, puis s'ébranla, puis s'élança, puis m'embrassa de tout son cœur. Je l'embrassai froidement : c'était ma cousine Elisabeth, une grande fille sèche, de vingt-trois ans, disait-elle; de vingt-cinq ans, disait sa mère; de vingt-huit ans, disait le curé qui lui avait autrefois donné le baptème. Ce bon curé était notre oncle maternel, et volontiers, par népotisme, hasardait-il un mensonge favorable au mariage difficile de sa nièce.

La vérité vraie, c'est que ma cousine a trente ans.

La minute des premières effusions passée, je priai ma parente de m'expliquer par quelle singularité romanesque je la trouvais tout-à-coup (elle qui demeure à cinquante lieues de Paris) assise derrière moi, sur mon canapé, d'où elle me jetait à la tête des soupirs effroyables.

Elle nia timidement qu'elle eût soupiré, mais elle nia ce fait en soupirant de nouveau. Je lui en fis la remarque. Elle soupira pour la seconde fois.

— Je craignais, me dit-elle, que tu ne fusses malade, mon cher cousin. Vraiment tu me faisais de la peine.

— Et comment cela, chère cousine?

— Je vais te dire : il y bientôt une demi-heure que je suis chez toi. Je t'ai appelé, je t'ai secoué par les épaules, je t'ai embrassé, je t'ai parlé de moi, de toi, de tout le monde, et tu ne bougeais pas plus qu'un mur. Tu avais le corps raide, la bouche ouverte; tes yeux ne remuaient pas, fixés qu'ils étaient sur les cendres de ton feu éteint. J'ai pensé que tu étais somnambule, et en attendant ton réveil, je m'amusais à rêver là, près de toi; je soupirais... pour passer le temps.

— C'est fort bien fait, cousine, mais que viens-tu chercher à Paris?

Élisabeth fit tous ses efforts pour rougir.

— J'y viens chercher M. Fontette, répondit-elle à voix basse; tu sais, M. Fontette... tu le connais bien?

— Je le connais; c'est-à-dire je crois le connaître. N'est-il pas de *chez nous?*

— Oui, mon bon cousin... il m'aimait, il m'adorait; nous devions nous marier ensemble, mais avant de m'épouser il a voulu voir Paris, il a fait de mauvaises connaissances, etc... etc., il s'est perdu.

— Perdu! sans ressource ?...

— J'en ai peur. On dit que son mariage est décidé avec une demoiselle de la rue St.-Martin. Que veux-tu? ces femmes de la rue St.-Martin ont tant de ruses!

Je laissai discourir la cousine, qui venait, selon toute apparence, essayer sur l'infidèle Fontette le pouvoir de ses charmes.

— Je n'en pouvais plus de chagrin, continuait-elle, car il m'a trompée, vois-tu! J'ai des lettres de lui où il s'engage par serment à m'aimer toute la vie.

— Et à t'épouser quand?

— Quand je voudrai, mon cousin.

— Ceci devient sérieux, repris-je.

Ma cousine ajouta : Depuis son départ, je n'ai fait que pleurer, je pleure même en dormant.

— Ah, mon Dieu, cousine!

— Oui, mon cousin, en dormant. Je pleure tout le jour et toute la nuit; je fais des rêves.

horribles. Deux jours avant que mon père se décidât à m'emmener...

— Ton père est ici?

— Sans doute; je ne serais pas venue seule. Deux jours donc avant de nous mettre en route, j'ai fait, entre autres rêves, un rêve épouvantable... Sais-tu interpréter les songes, toi?

— Un peu.

— Quel bonheur! tu vas me dire ce que signifie le mien.

Tremblant d'ouïr quelque vieux et classique songe renouvelé des Grecs, avec éclair, tempête et foudroiement, je prétextai un mal de tête qui m'ôtait pour l'instant toute faculté interprétative des rêves de femme. Alors ma parente me dit avec tristesse: J'ai un grand service à te demander, mon bon Ernest...

— Qu'est-ce que c'est, excellente Élisabeth?

— Tu vas te moquer de moi, mon cousin.

— J'en suis bien capable, ma cousine; mais voyons d'abord.

— Il s'agit de me donner quelques heures de ton temps; le peux-tu?

Je compris qu'il était question de la promener dans Paris intérieur et extérieur, à pied ou en cabriolet, par la pluie ou le beau temps, le tout pour lui procurer l'avantage tout provincial de savoir combien Paris a de lieues en long ainsi qu'en large.

— Je te mènerai même au Jardin-des-Plantes, lui dis-je.

— Oh, ce n'est pas là où je voudrais aller, reprit-elle. Je t'ai parlé de mes rêves, tu sais que je suis inquiète, je ne t'ai pas caché le mariage odieux que médite M. Fontette... il me faut des consolations, du bonheur, quelque chose enfin, ou je me tue! Hélas, c'est une chose horrible de ne pas connaître l'avenir!

Je saisis parfaitement le sens de cette exclamation ; et un quart d'heure après, Élisabeth et moi nous étions en route pour chercher, elle, la destinée trop certaine de ses amours, moi, une interprétation nouvelle de cette figure trompeuse de femme qui m'était apparue parmi les charbons prophétiques de mon foyer.

Nous suivions, silencieux, la rue Neuve-des-Petits-champs ; Élisabeth, la première, rompit le silence ; elle m'assura que les diseuses de bonne aventure qu'elle avait consultées en province ne possédaient ni cette connaissance approfondie des cartes, ni cette puissance de divination dont certainement sont douées les Bohémiennes de Paris. Je ne jugeai pas nécessaire de décider cette grave question, et nous conti-

nuâmes notre route en nous entretenant de choses plus importantes.

La conversation prit peu à peu une teinte
scientifique. Nous parlâmes oracles, trépieds,
pythonisse. Ma cousine, comme toutes les vieilles demoiselles, avait quelques prétentions à la
littérature ; elle me cita Horace, les sorcières
Sagane et Canidie. Je ripostai de mon mieux en
nommant les douze sibylles, depuis Sambethe,
la bru de Noé, jusqu'à la sibylle égyptïenne
qui prédit le triple chant du coq de saint
Pierre.

Le tour des cartes arriva : j'y vis une occasion
de débattre d'une lumineuse manière la supériorité de la cartomancie sur les oracles d'Endor,
de Delphes, de Cumes ; sur les grottes fatidiques
de la Samothrace ; sur les discours amphibolo-
giques du sphinx ; sur l'hippomantie celtique ; sur
la lécanomancie qui dit à l'Egyptien Nectanébus :
Tu seras détrôné ! sur la nairancie des Arabes ;
l'ophiomantie rampante ; la hurlante ololygman-
tie, qui causa la mort d'Aristodème ; l'ornitho-
mancie, à laquelle ne croyait pas Cicéron et que
rêverait le philosophe Montaigne. Je prouvai à
ma cousine l'incontestable mérite du tarot sur
les énigmes de Calchas, de Cassandre, d'OEdipe ;
sur l'inexplicable ragalomancie ; l'hydromantie

inventée par les Perses ; l'onychomancie cornue ;
la dégouttante ciromancie des Turcs ; l'hépatosco-
pie romaine, d'où découle la téphramancie ; — le
mérite transcendental des cartes sur la vaporeuse
capnomancie ; la rabdomancie, à quoi les Juifs
se laissaient piper, suivant le prophète Osée,
l'ennemi des oracles à deux bouts ; sur l'ichtyo-
mancie, la garosmancie, la libanomantie, la clé-
romancie, et la rapsodomancie, si fort en usage
dans le moyen âge, et dont les écoliers usent encore quand ils jouent leur part de dîner *à la plus
belle lettre*. Je soutins la prééminence de la cartomancie sur la militante et aérienne térastocopie,
qui est une seconde pératoscopie plus puissante
que la chaomancie, son indigne sœur, mais
moins bruyante cent fois que la terrible cerau-
noscopie. Bref, je démontrai victorieusement
l'excellence des cartes sur la céphaléonomancie
des anciens Germains ; sur l'omomancie mou-
tonnière des Arabes ; sur la cromnyomancie des
jardinières allemandes ; sur l'omphalomancie
des sages-femmes ; sur la physiognomonie de
Lavater ; sur la chiromancie de tous les peuples ;
sur l'onomatomancie en vertu de laquelle le fils
de Thésé fut tué par ses chevaux ; sur la nécro-
mancie, la daphnomancie, la margaritomancie,
et enfin sur toutes les espèces de magies et sor-

celleries en usage depuis le commencement du monde.

Elisabeth convint que j'avais raison.

— Mais, me dit-elle, que penses-tu du marc de café?

— J'en ai une mauvaise opinion, répondis-je.

— Et le blanc d'œuf?

— Je ne l'ai pas en grande estime, quoique cette sorte de divination se nomme ooscopie, et qu'elle ait Orphée pour inventeur. A vrai dire, ma cousine, le marc de café et le blanc d'œuf sont tombés en un discrédit profond; la carto-mancie les a détrônés sans retour. C'est à grand' peine si les diseuses de bonne aventure du plus bas étage emploient ces drogues, aujourd'hui passées de mode. Tu verras que la mère Dando-lot elle-même demande aux cartes seules les se-crets de l'avenir.

— Mais, où me conduis-tu? s'écria Elisabeth en reculant d'effroi.

— Suis-moi, lui dis-je tranquillement.

Nous entrâmes chez le marchand de vin qui occupe l'encoignure du marché des Jacobins et de la rue de la Sourdière. . . . .

. . . .

Il est à Paris trois espèces de tireuses de car-tes. La première espèce est tout aristocrate; elle

a salon, antichambre et domestiques. On va
chez elle. La seconde, étroitement logée, va modestement en ville : c'est l'espèce bourgeoise. La
troisième, qui n'a ni feu ni lieu, et que cependant on ne peut appeler *ambulante*, donne ses
consultations dans les cabinets des marchands de
vins frelatés ou de comestibles frits au saindoux :
c'est l'espèce-peuple. Ces cartomanciennes du
dernier ordre sont, pour l'habitude, d'ex-*diseu-*
ses de bonne aventure retirées de province, où elles
couraient les foires. Maintenant, vieilles et pouvant se traîner à peine, elles se délassent, au
sein paisible de la capitale, des fatigues qu'essuya
leur aventureuse jeunesse. Par la raison que les
voyages exercent et développent l'esprit, elles
ont acquis une assez grande connaissance des
hommes et des choses pour savoir en quel terrain et sous les pas de quel gibier elles doivent
tendre leurs rêts. Aussi leur éloquence cabalisti-
que s'attaque-t-elle de préférence aux cuisinières,
aux femmes de la campagne, au menu frétin des
rues ; et c'est aux environs des halles qu'elles ouvrent boutique de sorcellerie. Contrairement aux
usages de la première et de la seconde espèce
cartomancienne, qui n'indiquent les bons numéros de loterie que si on les leur demande, celles-
ci font de ces numéros qu'elles vous donnent

sans y être excitées, une des branches les plus
importantes de leur science divinatoire, sans négliger toutefois les machinations secrètes qui
sont moins du ressort de l'enfer que des tribunaux.

— La mère Dandolot, est-elle-là? demandai-
je au garçon marchand de vins.

— Oui, monsieur, dans le cabinet du fond.
Qu'est-ce qu'il faut servir à monsieur et à madame? une bouteille à *quinze?*

— A vingt sous, repris-je.

— Je veux m'en aller, me dit Élisabeth, qui, de
son bras passé dans le mien, me pressait vivement le coude. Le cœur me soulève de dégoût,
sortons, mon cousin.

— Prends courage, lui dis-je en souriant, la
mère Dandolot est femme à te faire épouser
demain M. Fontette.

Seule devant une table sans nappe, la vieille
Bohémienne s'occupait à tracer sur le bois, avec
la pointe d'un couteau, des lignes bizarres qui
pouvaient ressembler à tout, même à des hié-
roglyphes. Etait-ce désœuvrement ou occupation
magique? je le lui demandai; elle me répondit
par un clignotement d'yeux qui voulait dire au
choix de l'interprète : « Je ne vous comprends
pas, » ou bien « ceci est mon secret. »

La mère Dandolot est une femme de soixante ans environ ; différente en cela des personnes de son sexe, elle exagère son âge, et se donne hardiment quatre-vingts ans passés. Sa coquetterie de Bohémienne consiste à être plus vieille de naissance que de figure ; elle dit même parfois : J'ai cent ans ! soit qu'elle veuille frapper l'imagination de ses cliens, toujours disposés à voir une grande science cachée sous des traits centenaires, soit plutôt qu'à l'aide des quatre-vingts ou cent ans qu'elle donne généreusement à son visage de soixante, elle veuille hâter le débit d'une certaine pommade *rajeunissante* dont elle tient la recette d'un mamelouck mort au service de l'*empereur*.

— Mère Dandolot, lui dis-je, nous venons nous faire tirer les cartes ; ne nous mentez pas : voici du vin. En ce moment le garçon apporta la bouteille de vin que j'avais payée d'avance. Je remplis le verre de la sibylle, qui but sans nous quitter des yeux, Élisabeth et moi.

— Qu'est-ce que vous voulez savoir ? nous demanda-t-elle, après s'être essuyé les lèvres du revers de sa main. Voulez-vous le grand jeu ou le petit jeu ?

— Le grand jeu, mère Dandolot.

Elle fit courir sous ses doigts de grandes car-

tes à figures allégoriques, et les disposa en petits paquets qu'Élisabeth coupa de la main gauche. La consultation dura un quart d'heure.
Voici quel fut l'oracle: Élisabeth aimait un grand
jeune homme châtain; elle épouserait ce grand
jeune homme châtain, et elle serait heureuse.
Quant à moi, j'aimais une grande fille blonde ;
j'épouserais cette grande fille blonde et je serais
heureux.

— Avez-vous encore quelque chose à me demander ? fit-elle en serrant ses cartes entre ses
genoux.

Je la priai de m'expliquer la figure changeante
que j'avais remarquée dans mon feu. Elle répondit : « *Feu*, vous serez récompensé d'une bonne
» action ; faites une bonne action. » En disant
cela, elle me regardait de cet air piteux que
prennent les pauvres lorsqu'ils veulent attendrir
la bourse des passans.

J'entendis à merveille, et je portai ma main
à mon gousset d'où je tirai une pièce de cinq
francs, vingt-cinq fois la somme qu'elle était
accoutumée à recevoir de ses pratiques.

Les rides de la Bohémienne s'allongèrent dans
un épanouissement de joie. Cependant Élisabeth
dit :

— J'ai fait un rêve affreux, j'avais de grandes

moustaches; des grenouilles habillées de blanc
m'ont pendue à un arbre.

— Il n'y a pas de mal à cela, reprit philosophi-
quement la mère Dandolot: *Blanc*, c'est joie et
honneur ; *grenouille*, indiscrétion et caquetage ;
moustaches, augmentation de richesses ; *pendai-
son*, signe de succès. Ce qui veut dire qu'on vous
critiquera, qu'on fera des cancans sur vous; mais
que vous viendrez à bout de vos desseins. Du
reste, *grenouille* vous donne les numéros 5, 19 et
27 : mettez-les à la loterie, vous gagnerez un
terne.

Nous la quittions pénétrés d'estime pour son
haut savoir, lorsqu'un agent de police, sans respect pour le caractère sacré de la devineresse,
la saisit brusquement par les épaules et la poussa
devant lui jusqu'au prochain corps-de-garde.

La mère Dandolot, qui n'avait pas prévu ce
dénoûment, se débattait comme un diable et demandait à grands cris quel était son crime. L'a-
gent de la sûreté publique ne jugea pas utile de
l'en instruire. Le cabaretier se montra moins
discret à notre égard, il nous dit à mi-voix :

— C'est une escamoteuse quoiqu'une brave
femme au fond : je n'ai pas à m'en plaindre, elle
paie ce qu'elle consomme ; mais il paraît qu'elle
s'est fait donner par une *demoiselle* dix francs en

dix pièces de vingt sous pour lui faire retrouver un schall perdu ou volé, je ne sais lequel des deux. En attendant, le schall est encore à revenir, et la mère Dandolot n'a jamais voulu rendre les dix francs. Ce n'est pas tout : il y a une autre femme, la semaine dernière...

Élisabeth me tirait impatiemment à elle, et nous sortîmes. Une fois dans la rue, ma cousine poussa trois soupirs coup sur coup, sans reprendre haleine :

— Quel malheur! murmura-t-elle.

— Que cette femme ait été arrêtée, cousine?

— Non, mon cousin. Quel malheur que M. Fontette soit roux! Ah! c'est affreux, c'est affreux!

— Certainement, cousine, qu'il n'y a rien de beau à cela. Cependant puisque tu l'aimes ainsi?

— Sans doute, mon cousin ; mais cette sorcière m'a prédit que j'épouserais un homme châtain! Je ne serai donc pas la femme de M. Fontette!

— Console-toi, ma bonne cousine, cette mère Dandolot m'a tout l'air d'une menteuse. Ne m'a-t-elle pas conté aussi que j'aime une grande fille blonde? Eh bien! je n'aime que les petites femmes, tu le sais, ma grande cousine; et d'ailleurs la jeune fille qui m'est apparue dans mon feu

avait des cheveux noirs superbes; il est vrai que
leur couleur a changé bientôt par le caprice de
la flamme; mais c'est égal... La tireuse de cartes
nous a trompés, je te le certifie. Tiens, pour
être sûrs de notre fait, sais-tu ce qu'il faut faire?
Mettons à la loterie le terne qu'elle nous a donné.
Te souviens-tu de ses numéros?

— 13, 29 et 17, je crois, mon cousin.

— Tu crois?

— Oui.

— A merveille. C'est aujourd'hui le 24, la loterie sort demain : risquons deux ou trois francs
sur le terne de cette Bohémienne. Si 13, 29 et 17
nous font gagner, c'est qu'en vérité tout ce
qu'elle nous a prédit arrivera.

Le lendemain nous avions gagné dix mille et
quelques cents francs, que j'abandonnai généreusement à ma parente, comme ferait un cousin
d'Opéra-Comique ou de Vaudeville.

Je m'attendais à voir Élisabeth riant et sau-
tant d'aise. Ma surprise fut grande de l'entendre
éclater en sanglots à la nouvelle de cette fortune
inespérée.—Oh! s'écria-t-elle avec désespoir, cet
abominable terne est sorti! Je ne serai jamais la
femme de M. Fontette ! Tout ce que cette sibylle
a prédit arrivera.

VII.   3

Étonné moi-même de ce gain énorme, mais encore plus étonné que la mère Dandolot nous eût indiqué tout juste les numéros *gagnans*, je voulus éclaircir cette étrange aventure ; car j'avais je ne sais quel doute, sur l'identité du terne sorti avec le terne prophétisé par la mère Dandolot. J'achetai le livre explicateur des songes, j'y cherchai l'article *grenouille*, et je lus : 3, 19, 27.

Grâce à la mémoire fragile d'Élisabeth, nous avions hasardé, nous, les numéros, 13, 29 et 17. Ce n'étaient donc pas les numéros de la sibylle qui nous avaient fait gagner ce terne.

Élisabeth faillit en mourir de joie.

— Elle nous a trompés ! s'écria-t-elle, allons vite en consulter une autre !

Mon intention étant de faire passer mon impatiente cousine par les trois degrés des tireuses de cartes, en commençant par le plus bas et en finissant par le plus haut, je pensai que madame Rondelet, rue Meslée, occupait le juste-milieu entre les sorcières parisiennes, et ce fut chez cette dame que nous nous dirigeâmes.

Madame Rondelet n'était pas chez elle. Je m'y attendais presque : rarement elle donnait ses consultations ailleurs qu'en ville. Je lui laissai mon adresse, plus l'heure où elle était sûre de me rencontrer : midi précis.

Midi et demi était à peine sonné, madame Rondelet tournait le bouton de ma porte.

Elle s'excusa de sa légère inexactitude sur le nombre innombrable de ses cliens. Elisabeth, rouge d'impatience, tremblante de crainte, la regardait avec beaucoup d'attention. Madame Rondelet, de son côté, examinait Elisabeth avec un soin tout particulier. Je crus lire sur la figure de la devineresse cette question que sans doute elle se faisait tout bas : la dame que voici est-elle la femme ou la maîtresse de ce jeune homme ?

J'avais expressément recommandé à Elisabeth de ne pas m'appeler : Cousin.

Madame Rondelet ne se hâtait pas d'entrer en prophétie. Elle espérait, en nous entendant causer, Elisabeth et moi, découvrir le genre de nos relations. Cependant nous ne disions mot, et je m'amusais fort de l'embarras de la cartomancienne.

— Madame s'est-elle déjà fait tirer les cartes ? demanda-t-elle en souriant à Elisabeth qui se tenait debout à côté de moi.

— Oui, madame, hier encore.

— Ah !... et monsieur ?

— Moi aussi, madame.

— Tous deux ensemble ?

-- Ensemble, oui. Voulez-vous avoir la complaisance de commencer ?

— Par madame votre...

Elle hésita légèrement sur le *votre*, et ne voyant remuer ni mes lèvres ni celles d'Élisabeth, elle reprit bien vite : par madame ou par vous ?

— Par mon...

— Silence, donc, Elisabeth ! m'écriai-je assez rudement. Laisse faire madame, et tais-toi.

Elisabeth, tout effarée, avait pâli, ne comprenant rien à cette brusque interruption, causée par la crainte où j'étais de l'entendre me nommer son cousin.

Au son impératif de ma voix, madame Rondelet jugea que je n'étais point un amant, mais un mari. La façon dont elle fit parler ses cartes me le prouva, quoique dans l'appréhension de se tromper, elle usât de termes assez ambigus.

Elle dit à Elisabeth : Vous êtes inquiète ; vous craignez pour votre bonheur : rassurez-vous, *la personne* que vous aimez ne vous trompera pas et ne vous abandonnera jamais. Dans les *liaisons* les plus heureuses il s'élève des nuages, mais ces nuages ne tardent pas à se dissiper. Voici, là, sur cette carte, un homme châtain qui vous rendra la plus satisfaite des femmes. La jalousie vous causera bien des tourmens,

mais je vous engage à vous méfier de vos soupçons. Il y a des envieux qui veulent troubler
votre repos. Vous ferez un voyage. Un homme
de loi vous apportera de l'argent que vous n'attendez pas. Vous verrez bientôt des personnes
qui vous sont chères. On a parlé de vous hier,
dans une maison. Divers individus vous accu-
saient, mais une *personne* que vous connaissez
bien a pris chaudement votre défense.

— C'est M. Fontette! s'écria Elisabeth en frappant dans ses mains.

La sibylle me jeta un coup d'œil triomphant.

— N'avez-vous plus rien à savoir? demanda-
t-elle à ma cousine.

Je pris la parole :

— Cette jeune dame, repris-je, voudrait savoir
quel homme elle épousera.

— Un homme châtain, dit-elle négligemment.
A votre tour, maintenant, monsieur.

— Mon Dieu, madame, une seule chose m'inquiète, comme cette *personne* que voici : Quelle
femme épouserai-je?

Un instant, dit-elle, il faut que nous fassions
le jeu.

Je m'assis près d'elle, sans prendre garde à ma
cousine, qui toute dolente, soupirait dans un
coin. La sybille, après force : *Coupez! tirez sept*

carles au hasard! recoupez, etc., laissa tomber cet oracle : la femme que vous épouserez, monsieur, a les cheveux blonds.

Je payai madame Rondelet, et la séance fut levée. Par forme de consolation, je dis à Élisabeth, qui se désolait, de venir me prendre le lendemain au matin et que nous irions trouver mademoiselle Lenormand, la seule sorcière infaillible.

Mais Élisabeth disait en sanglotant : Tu vois bien que je suis perdue! Elles se sont accordées toutes deux à dire que je serai la femme d'un homme châtain.

C'est vrai, repris-je, et moi le mari d'une femme blonde. Il est, en effet, assez bizarre que la mère Dandolot et cette dame Rondelet aient dit la même chose à propos de nos deux mariages. Mais nous verrons mademoiselle Lenormand. Adieu, Élisabeth, à demain!

— Ah! va, s'écria-t-elle, tout est fini pour moi!... N'importe, puisque tu le veux, je ne demande pas mieux que de consulter encore cette autre tireuse de cartes..... Tu dis donc qu'elle sait l'avenir?

— Comme celui qui l'a inventé, repris-je. Au revoir, cousine, et tranquillise-toi. J'ai confiance dans les talens de la sibylle de la rue de Tournon : elle a deviné que Bonaparte tomberait du trône.

Lorsque Elisabeth, fidèle au rendez-vous, reparut chez moi, je la trouvai si changée que vraiment elle me fit peine. Je la pressai vivement de me dire le sujet de sa douleur.

— Ah! dit ma pauvre cousine en pleurant à chaudes larmes, ah, mon cousin! les bans de M. Fontette sont publiés! il se marie dans quinze jours! j'en mourrai de douleur.

Elle ajouta d'un ton moins éclatant, mais plus triste peut-être :

— Mon papa vient de l'aller trouver, mais c'est peine inutile : M. Fontette ne m'aime plus.

— Il t'aime encore, il t'aimera toujours, chère cousine, répondis-je, touché de son chagrin. Ne te désespère pas et suis-moi chez mademoiselle Lenormand : elle tient les secrets de l'avenir; aie confiance.

Pour ma part je commençais à devenir singulièrement incrédule aux cartes; mais la curiosité me poussant et aussi l'envie de jeter encore quelques illusions heureuses dans le cœur d'Elisabeth, j'avais hâte de me rendre chez la célèbre pythonisse du faubourg Saint-Germain. Je ne l'avais jamais vue.

Assurément j'allais me trouver en présence

d'une devineresse, qui n'avait avec les femmes
du même métier que de très vagues et très fu-
gitifs points de ressemblance; du moins telle
était ma conviction.

La mère Dandolot, avec ses joues ternes et
sales, ses petits yeux ronds, ses lèvres minces,
ses doigts osseux, son dos courbé, sa parole
grave, son geste solennel et son sourire bête
comme le sourire de l'ivresse, ressemblait à
toutes ces vieilles diseuses de bonne aventure
qui croient presque à leur pouvoir et que leur
pouvoir effraie. La mère Dandolot eût été beaucoup plus surprise si on l'eût accusée de mensonge, qu'elle ne l'eût été si on lui fût venu
dire :

— Vous avez deviné juste !

Du reste, les tireuses de cartes telles que
la mère Dandolot ont si peu de peine à persuader leurs cliens, eu égard à l'éducation de
ces cliens, que leur foi dans les cartes s'explique
par l'impassible crédulité du peuple qui les
écoute. Cette même crédulité du peuple, avec
qui elles sont en rapport, les excite aussi à le
tromper dans l'intérêt de leur petite fortune :
voilà pourquoi presque toutes les mères Dandolot sont des voleuses.

Madame Rondelet, elle, est une petite femme

de quarante à quarante-cinq ans, vive, l'œil malin, la bouche affectueuse et empreinte de je ne sais quel air de bonhomie, parole simple et non exempte d'affectation dans sa simplicité même, le geste bref, le cœur incessamment ouvert à la pitié, ayant des larmes pour toutes les infortunes, des consolations pour tous les malheurs. Madame Rondelet, composé étrange de finesse et de bonté, de candeur et de mensonge, était parvenue, à force d'études, à composer son visage sur le visage d'autrui, à rire de ses cartes avec les incrédules, à paraître ajouter foi en elles avec les croyans. Les pratiques de madame Rondelet sont, pour la plupart, des filles perdues ou prêtes à le devenir; créatures à la tête folle, à l'esprit vide, qui cherchent dans les cartes une récréation, plutôt qu'une révélation des choses futures. Cependant leur vie précaire, jouet des évènemens et des hommes, leur fait quelquefois attacher une importance terrible à l'avenir que déroulent devant elles les doigts agiles de madame Rondelet. Par humanité sans doute, la tireuse de cartes leur prédit du bonheur, toujours du bonheur. Il ne tiendrait qu'à cette femme, en leur disant vrai, de les frapper d'épouvante, mais à quoi bon? Madame Rondelet est intéressée à ce que ces folles croient au bonheur : leur bonheur et leur crédulité la fait vivre.

A qui ne saurait rien du métier de madame Rondelet, il serait impossible de dire, en la voyant, quelle est cette femme. On la prendrait tout aussi bien pour une marchande à la toilette que pour la femme d'un professeur. Elle hasarde dans sa conversation quelques mots peu français et d'autres qui sont latins.

L'état avancé de notre civilisation ne permet plus aux Bohémiennes en crédit de ressembler à des sorcières. La justice ne porte plus perruque, et depuis long-temps les médecins eux-mêmes ont cessé de tuer leurs malades en citant Hippocrate.

Cependant, et vu l'antique renommée de mademoiselle Lenormand, je me flattais tout bas de retrouver en elle le type passé des sibylles des autres âges. Je me la représentais la peau racornie comme une Parque, et la voix creuse et terrible comme la voix des déesses ténites, qui tenaient entre leurs mains puissantes la destinée des mortels.

Il était onze heures du matin, lorsque Elisabeth et moi nous arrivâmes au n° 5 de la rue Tournon. C'était un vendredi ; un scrupule me vint : je craignais qu'à l'exemple des antiques sorciers, mademoiselle Lenormand *ne pût rien deviner* ce jour-là, qui est néfaste comme le dimanche. Je soumis ce scrupule au portier, lequel me dit que l'oracle était muet le dimanche seulement. Alors je me rappelai que, suivant la sorcellerie moderne, le vendredi et le mercredi sont au contraire les jours les plus propices à la science divinatoire.

Nous tournâmes à gauche, dans une cour étroite, où deux marches de pierre nous conduisirent à la porte d'un rez-de-chaussée, sur laquelle était écrit : cabinet de *correspondance* de mademoiselle Lenormand.

Sans doute, pensai-je, c'est ici que la magicienne *correspond* avec le diable.

Elisabeth entra la première : je la suivis.

Quatre dames, qui parurent quelque peu interdites à la vue d'un homme, attendaient dans un salon assez propre que leur tour d'initiation arrivât.

Une cinquième dame entra quelques secondes après nous. La pléiade était complète ; du temps de l'astrologie judiciaire, ce nombre sept eût signifié d'admirables choses. Aujourd'hui, cela signifiait tout simplement que la dernière venue risquait d'attendre long-temps sa bonne, ou mauvaise aventure.

Personne ne parlait; loin de là. Toutes ces dames, étrangères les unes aux autres ; se regardaient avec une sorte de réserve, de honte peut-être. L'embarras de leurs figures était celui-là même de gens surpris en faute dans un mauvais lieu.

Je me donnai le plaisir d'examiner tout ce monde.

La première sur qui mes yeux s'arrêtèrent était une femme grande, grosse, grasse, qui laissait éclater d'énormes boucles à ses oreilles, et des bagues à tous les doigts de sa main gauche, le pouce excepté. Ses yeux d'un bleu pâle annonçaient par leur mobilité fatigante un esprit inquiet et faible, anomalie commune dans ces corps si vigoureux en apparence. Sa toilette excessivement simple, se mariait assez bien avec son âge qui pouvait être de 5o ans; mais, d'un autre côté, la vétusté de son schall, la modestie de sa robe et de son bonnet s'alliaient mal avec les joyaux de ses oreilles et de ses doigts. J'imaginai que cette femme, marchande de bijoux d'occasion dans les monts-de-piété et à l'hôtel Bullion, portait d'habitude les insignes de son état, plutôt pour attirer les acheteurs que les amans; plutôt par spéculation commerciale, que par spéculation d'amour. Que venait-elle demander à mademoiselle Lenormand? Je l'ignore. Il est à croire pourtant que, gênée dans son commerce, elle était à la piste de quelque ruineux numéro de loterie.

La seconde avait un chien noir, une robe noire, un voile noir, une peau noire et des cheveux blonds.

La seconde était veuve, je pense; et laide, j'en suis sûr, quoiqu'elle eût le nez retroussé. L'espoir des secondes noces, voilà sans doute ce qui l'amenait.

La troisième, jeune, enveloppée dans son schall, maigre et pâle, brune cependant, à l'œil craintif et langoureux, à la tête méditative, aux mouvemens fébriles, tombait à volonté dans une sorte d'extase. Ses yeux incessamment levés au plafond, et ses mains jointes, comme si elle priait, me donnèrent à penser, avec quelque certitude, que j'avais là devant moi une petite dévote qui menait de front, paisiblement et sans croire mal faire, les mystères profanes de la cartomancie avec les mystères sacrés de la religion romaine.

La quatrième, je la reconnus aisément à la couleur éclatante de ses habits, au sourire habituel de toute sa face, à la façon dont ses yeux traîtreusement timides attaquaient les miens; je la reconnus, dis-je, pour être une

de ces faciles créatures que madame Rondelet
compte parmi ses généreuses pratiques.

La cinquième, la dernière venue, je n'ai pas
le temps d'en parler. Voilà la porte du cabinet
mystérieux qui s'ouvre. Deux femmes en sortent :
une d'elles est bossue : c'est mademoiselle Lenormand ; l'autre, c'est une cliente. Celle-ci passe si
lestement que je n'ai pas le loisir nécessaire pour
la reconnaître ; mais quel que soit son âge, son
rang et sa fortune, cette femme, à coup sûr,
est du nombre de ces innombrables personnes
qui croient :

Qu'une salière renversée sur la table porte
malheur ;

Que Saint-Antoine de Padoue fait retrouver
les objets perdus ;

Qu'en effeuillant une marguerite, on peut
savoir si quelqu'un nous aime *beaucoup* ou *pas
du tout;*

Que le cri des corbeaux, des chouettes et des
orfraies annonce une mort prochaine ;

Que l'araignée vue au matin signifie *chagrin*,
et l'araignée vue au soir, *espoir ;*

Que si deux hommes prononcent ensemble le
même mot, la première personne venue ne devra
point avoir confiance en la fidélité de sa femme ;

Qu'il faut donner un sou à l'ami qui nous fait

présent d'une arme tranchante, parce qu'autrement l'amitié serait *coupée;*

Qu'un tison roulant du foyer dans la chambre
annonce une visite ;

Que trois seules gouttes de sang tombant d'un
nez qui vous est parent présagent la mort d'un
individu quelconque de votre famille ;

Que la bouteille vidée par un *garçon* ou par
une *demoiselle*, leur est, à chacun séparément,
le signe infaillible d'un très prochain mariage ;

Que se rogner les ongles les jours de la semaine qui ont un *r* fait pousser des *envies;*

Que le nombre *treize* est fatal ;

Que le vendredi est funeste ;

Que le secret des amours est dans le bruit so-
nore ou plat produit par la feuille d'une rose
arrondie entre le pouce et l'index ;

Que l'étincelle qui se traîne à la mèche d'une
chandelle ou d'une lampe annonce *une nouvelle ;*

Que rencontrer trois bossus, pronostique la
pluie ;

Que, *etc., etc., etc., etc., etc., etc.*

La personne que reconduisait mademoiselle
Lenormand croyait évidemment à toutes ces
choses, et à une multitude d'autres tout aussi
raisonnables... mais à propos de l'excessive poli-

tesse de la pythonisse, il est bon de faire observer que cette marque de savoir-vivre n'en
était pas une. C'était tout bonnement un prétexte pour envisager les gens qui font anti-cham-
bre dans le salon.

A chaque personne qui la quitte, mademoiselle Lenormand se lève, traverse le salon d'attente, revient et regarde les figures. C'est un
commencement d'observation philosophique qui
doit la guider dans le secret du passé, du présent et de l'avenir. Elle voit si vous êtes venu
seul ou avec un domestique, seul ou avec une
maîtresse, seul ou avec un ami moqueur ; et,
d'après cela, tant bien que mal, elle juge si vous
êtes riche ou pauvre, sceptique ou croyant.

Sa tournure et son costume m'étonnèrent,
malgré même les préventions défavorables que
j'en avais conçues. Ce n'est pas tout-à-fait ainsi
que je m'étais figuré la protégée de Joséphine
et de madame Récamier, la prophétesse qui
avait fasciné de sa science les personnages les
plus graves de l'Empire, alors que Napoléon lui-
même ne dédaignait pas de demander à Moreau
les destinées de son règne. En mademoiselle Lenormand, je ne trouvai rien de noble, de grand,
de prophétique, rien, si ce n'est qu'une étrange
toque de velours et une perruque blonde qui

retombait en boucles sur son cou ridé. Je lui en demande très humblement pardon; mais à la rapide inspection de son individu, la célèbre pythonisse me parut très laide, très commune, très bossue, très petite et très peu spirituelle. J'attendais avec impatience l'instant où elle me parlerait, afin d'apprécier mieux l'étendue de ses capacités intelligentes, car, en dépit de mes observations premières, je ne pouvais me persuader qu'une femme si fameuse n'eût pas même de l'esprit : je lui supposais du génie.

La grande, grosse et grasse femme, marchande de vieux bijoux, se levait pour accompagner la sorcière dans le cabinet *à la malice*, comme dit un paysan de ma connaissance, mais la prophétesse la pria de s'asseoir encore quelques minutes.

Rentrée seule, mademoiselle Lenormand compta bruyamment des piles d'écus, dont la sonorité vint jusqu'à nous. Voulait-elle nous faire croire par là que ces écus étaient le prix de la consultation dernière? Peut-être oui, peut-être non ; quoi qu'il en soit, ce petit manége, fort innocent en apparence, se renouvela par deux fois, jusqu'à l'heure où je payai les paroles sibyllines. Déjà trois de ces dames avaient été *prophétisées;* trois fois mademoiselle Lenormand avait passé de son cabinet dans le salon. Elisabeth se démenait im-

patiente sur sa chaise ; et moi, qui n'avais rien
de mieux à faire, je me mis à examiner la chambre d'attente où nous étions. Elle n'est pas bien
vaste, et l'inspection en sera bientôt passée. Permettez-moi de vous la décrire à la hâte. Cette
chambre, à peu près carrée, est petite ; pour or-
nement j'y vois deux chaises, un canapé, deux
pendules et une cinquantaine de tableaux de
toutes dimensions, un portrait de la maîtresse du
logis, plus son buste en plâtre ; il y a aussi une
cheminée et un paravent. J'oubliais encore une
table ronde en bois de citronnier. Des adresses
lithographiées sont éparses sur ce meuble. Faites-
en part à vos amis et connaissances : je copie
une de ces adresses :

Mademoiselle LENORMAND,
auteur-libraire,
rue de Tournon, n° 5, faubourg Saint-Germain,
à Paris.

Si vous regardez à gauche de l'appartement,
vous rencontrez les yeux du portrait peint et le
nez aplati du buste en plâtre de l'auteur-libraire.
Le portrait est assis, vêtu d'une robe de velours
vert ; un chien, qu'à la couleur de son poil on
prendrait pour un lièvre, se dresse au bas de

cette peinture, dont le haut est occupé par une
table chargée d'un livre et d'une sphère. L'auteur-libraire appuie sérieusement son bras gauche sur cette table, tout près de la sphère. A
quel propos une sphère? Ce doit être un em-
blème de la vieille magie, ou l'arme parlante de
ce nouveau Christophe Colomb féminin, qui rêva
la découverte d'un nouveau monde.

Le buste de l'auteur-libraire a pour piédestal
une colonne droite, qui est marbrée comme les
manteaux de cheminées peintes. Ce buste est
couronné d'immortelles, son piédestal est noirci
de vers. J'ai retenu les suivans :

Quand, près d'elle, de Delphe on cherche une prêtresse,
. . . On entend toujours la voix de la sagesse.

Signé : ACHILE LÉONNAR.

Je conserve religieusement l'orthographe.

Parmi les tableaux de toutes dimensions qui ta-
pissent la muraille, on remarque un énorme
sphinx, dieu de l'énigme ; des Mercures ailés,
dieux du commerce; des Louis XVI et des Charles Ier, dieux de la terre, et un Enfant Jésus,
dieu du céleste empire. A voir cet assemblage de
peintures, Beaumarchais, si amoureux d'anti-
thèses, eût dit de l'auteur-libraire-cartomancien,
qu'il mêle la religion de la politique à la politi-

que de la religion. Prenez garde, je vous prie, que mademoiselle Lenormand ne porte pour insignes apparens ou cachés, ni les cornes de bouc, ni le manche à balai, ni le chat noir, ni le crapaud immonde, attributs détestables des sorcières d'autrefois.

Mademoiselle Lenormand est évidemment une sibylle de son siècle.

Il ne restait plus dans le salon que trois personnes : la dernière femme venue, Elisabeth et moi.

Elisabeth et moi, nous nous présentâmes à la porte du cabinet fatidique : mademoiselle Lenormand me repoussa du geste : « Vous entrerez à votre tour, me dit-elle, venez madame.

Elisabeth entra toute joyeuse. . . . . . .

Mais lorsqu'elle sortit du cabinet de la sibylle, la pauvre fille avait la figure renversée par le désespoir... Je m'apprêtais à lui demander le résultat de sa consultation ; impossible. Mademoiselle Lenormand se montra de nouveau; je la saluai très humblement, et bientôt je me trouvai seul et face à face avec elle dans l'*adytum* de ses oracles.

Par un signe de tête, la célèbre cartomancienne m'ordonna de m'asseoir; et pendant qu'elle était occupée à ranger ses cartes, j'examinai pour la seconde fois sa figure et son costume : je ne fis pas d'autres remarques que celles déjà faites. Seulement il me sembla qu'en dépit de sa toque de velours, coquettement placée sur le haut de sa jeune perruque blonde, la pythonisse devait avoir quelques soixante années.

Elle se tourna lentement vers moi, et d'une voix précipitée :

— Voulez-vous une consultation à 10 francs, 20 francs, 30 francs, 40 francs, 50 francs, 60 francs, 80 francs ou 100 francs?

— A 10 francs, madame.

Elle repoussa le paquet de cartes qu'elle accommodait, et en prit un autre dont elle me présenta l'épais volume :

— Coupez de la main gauche.

Je coupai de la main gauche.

— Donnez-moi votre main gauche.

Je lui donnai ma main gauche. Elle fit semblant d'en examiner les lignes au-dessus desquelles elle promena son pouce, l'espace d'une demi-minute.

— C'est bien. Maintenant dites-moi *véritablement* quel est l'animal que vous détestez le plus, celui que vous aimez le mieux, la couleur d'habits qui vous plaît le plus, et la première lettre du nom de votre pays?

Après avoir satisfait à toutes ces questions,
qui ne sont pas aussi insignifiantes que le vulgaire
pourrait le croire, je remarquai que mademoiselle Lenormand me tirait ma bonne aventure,
à peu près comme la mère Dandolot et madame
Rondelet. La seule différence que j'entendis fut
l'incroyable volubilité de sa voix. Sauf quelques
pauses pour me dire : *coupez*, *monsieur!* elle me
débita mon horoscope tout d'une haleine :

— *Véritablement* vous êtes inquiet ; vous attendez des lettres de province, c'est à propos
d'une affaire qui *véritablement* vous enrichira ;
vous avez des ennemis, ne vous en mettez pas
en peine : l'innocence finit toujours par être reconnue ; vous êtes irritable ; votre caractère est
généreux ; vous êtes plus brave au sabre qu'à l'é-
pée ; vous aimez la campagne ; vous êtes d'un naturel tout à la fois mélancolique et rieur. La
vengeance vous plaît, mais vous la remettez
toujours au lendemain ; vous êtes sur le point de
faire fortune. L'équitation ne vous sera peut-
être pas aussi avantageuse que vous le croyez ;
mais ayez confiance en vous, etc., etc.

Au milieu de tout ce bavardage, elle avait mis
le doigt sur des choses si *véritablement* vraies,
pour me servir de ses façons de parler, que je
la regardais avec une sorte de crainte, faute de

réfléchir aux procédés synthétiques qui la gui-
daient dans la découverte de mes passions.

Lorsqu'elle eut achevé, elle me demanda,
comme madame Rondelet, si je n'avais plus rien
à savoir.

— Je voudrais savoir, répondis-je, si je me
marierai bientôt, et quelle couleur de cheveux
a la femme que j'épouserai?

— A moins d'évènemens fort extraordinaires,
vous serez marié avant six mois, me répondit-
elle. La femme que vous épouserez a les cheveux blonds.

Là-dessus elle se leva et me dit :

— C'est tout.

Je la payai bien vite, et je courus rejoindre
Elisabeth qui m'attendait à la porte du salon.
Ma pauvre cousine était profondément affli-
gée :

— Elle m'a dit que j'épouserai un homme châtain ! s'écria-t-elle. En voilà trois que je consulte,
et toutes trois me disent la même chose !

Elle sanglotait. Cependant je réfléchissais à
cette singulière coïncidence des trois prédictions
de ce trio de tireuses de cartes, qui toutes s'é-
taient accordées pour me dire aussi : « Vous épouserez des cheveux blonds. » Je cherchai long-
temps... et à la fin je trouvai le mot de l'énigme.

Pour consoler ma cousine, je lui fis part de ma découverte.

— J'ai les cheveux châtains, tu les as blonds, dis-je, et ces trois femmes, nous prenant pour des amoureux, nous ont mariés ensemble ; voilà tout le secret de leurs communes prédictions.

— Mais cependant, mon cousin, je t'assure que mademoiselle Lenormand est une véritable sorcière ; elle m'a dit tout de suite : « Vous êtes inquiète, vous aimez à rêver, vous êtes douce...» car je suis très rêveuse, très inquiète et très douce, mon cousin.

— Inquiète, c'est naturel ; tu viens la consulter, donc quelque chose te tourmente : tu n'es pas heureuse du présent. Douce : elle a deviné cela à peu près en te demandant quel est l'animal ou la couleur des vêtemens que tu affectionnes le plus. Toute sa science, qui est à moitié raisonnable, procède par synthèse ; ou, pour m'expliquer plus clairement, procède du connu à l'inconnu : par exemple, entre tous les animaux, tu préfères, je suppose, la tourterelle ?

— C'est très vrai, mon cousin.

— Entre toutes les couleurs d'habits, la couleur blanche ?

— Oui, mon cousin.

— Eh bien ! elle part de là pour te croire sen-

timentale et bonne; et rarement se trompera-t-
elle; de même, par la première lettre de ton
pays, elle sait si tu es de Paris ou de province.
Quant à moi, parmi toutes les folies qu'elle m'a
débitées, elle a rencontré quelquefois juste, par
ce procédé synthétique dont je te parlais tout-à-
l'heure. Il n'y a qu'une chose qui m'étonne; c'est
qu'elle m'ait dit : « L'équitation ne vous sera pas
aussi avantageuse que vous le croyez. » D'où
diable a-t-elle su que je monte à cheval ! Je n'a-
vais ni éperons ni cravache. *Avantageuse!* Elle
sait donc aussi que ce n'est pas pour mon plaisir
seul que je chevauche, mais bien pour ma santé,
par ordonnance de mon médecin... Je t'avoue
que cela me confond.

— C'est peut-être ton pas qui l'a mise sur la
voie?.

— Tu l'as deviné! on m'a toujours dit que
j'ai le pas pesant d'un cavalier ou d'un vieillard.
D'ailleurs ma redingote bleue, fermée jusqu'au
col, bombée sur la poitrine à la façon des trou-
piers en habits de ville, a dû me faire passer
pour un hussard ou un dragon aux yeux de cette
femme qui vit encore avec les souvenirs de l'empire, époque de sa gloire prophétique, où toute
l'armée venait la consulter ainsi que faisaient les
femmes. Car, en temps de guerre, le soldat in-

quiet sur son avenir, incessamment menacé de
mort, est soumis aux influences superstitieuses,
par état, comme ton sexe l'est par tempérament...

Elisabeth fit entendre un petit murmure de
dépit à cette observation très peu galante; mais
son front se dérida bientôt lorsque en descendant
de voiture à la porte de son hôtel garni, elle aper-
çut à une fenêtre M. Fontelle qui causait fami-
lièrement avec son père.

Mon digne oncle, sans avouer la source des
dix mille et quelques cents francs venus par la
loterie, avait augmenté de cette somme la dot de
ma cousine, et M. Fontelle s'était soudainement
trouvé amoureux fou de sa chère Elisabeth.

Ils se fiancèrent le lendemain. Vers le soir de
cet heureux jour, je proposai à mon oncle, à
Elisabeth et à mon nouveau cousin Fontelle-le-
roux, une partie de promenade à Meudon. Je
suivais à cheval ; je tombai du haut de ma mon-
ture, mon pied tourna. Je boitai trois semaines.

Alors la prédiction de mademoiselle Lenormand me revint en tête : « L'équitation ne vous
sera pas une chose aussi avantageuse que vous
le croyez. »

— Cette femme est sorcière, dis-je à mon
médecin.

Un mois après, je reçus de la province des lettres qui m'annonçaient la mort d'un parent, lequèl me laisse quelques mille livres de rente.

Mademoiselle Lenormand m'avait encore dit : « Vous recevrez des lettres de province. C'est à propos d'une affaire qui *véritablement* vous enrichira. »

Véritablement, cette affaire m'avait enrichi.

— Bravo ! m'écriai-je, si cela continue, je serai dans cinq mois l'époux d'une jolie petite femme qui a des cheveux blonds ; j'aimerais cependant mieux qu'elle les eût noirs ; mais je les lui ferai teindre.

Il y a neuf mois de cela. J'attends encore, et dans ma solitude, où je repasse en ma tête les prédictions des trois tireuses de cartes, je répète, avec l'oracle d'Orchomène, cet oracle qui est toute la sagesse des prophètes : « *Ce que je vous prédis arrivera ou n'arrivera point.* »

Ernest Desprez.

LES PRISONS.

La Force. — La Conciergerie.

De l'existence immémoriale des lois répressives et de l'antique établissement des prisons, il résulte incontestablement que les nations civilisées ont eu, dès leur naissance, à réprimer les vices et les écarts de quelques uns de leurs membres. En portant atteinte au droit sacré de la propriété et au droit non moins sacré qu'imprescriptible de la possession, ces hommes, par

leur infraction aux lois du droit des gens et de
la morale, concédèrent à d'autres hommes la
mission et le pouvoir de les punir et de les rejeter, selon la nature de leurs délits pour un temps
plus ou moins long, du sein de la société; car
le code de la morale, plus sévère que celui du
Parnasse, qui prescrit de tuer celui qu'on vole,
permet la possession, mais une possession légitime et honorable.

Communément l'intérêt et la curiosité se rattachent à la fidèle esquisse d'une vie en dehors
de la vie positive. Cette vie exceptionnelle que
quelques hommes jetés sur terre par les vices et
la dépravation, ont enfantée sans autre secours
que leur instinct au mal, nous allons la décrire.
Les châtimens que les lois leur ont infligés, nous
en retracerons le tableau. A leurs peines, à leurs
joies, à leurs plaisirs nous allons nous associer,
mais de loin, mais sans craindre d'avoir à rougir
du cynisme de leur langage ou de l'immoralité
de leurs distractions.

En réfléchissant au nombre prodigieux des
prisons renfermées anciennement dans les murs
de Paris, l'esprit est tenté de ne pas croire à la
sincérité des historiens qui ont retracé le tableau
révoltant des actes arbitraires commis sur les
générations qui nous ont précédés. Chaque ju-

ridiction, chaque seigneur, chaque supérieur avait une prison, comme de nos jours le riche a sa maison de ville et de campagne.

Moins riche actuellement en prisons civiles, Paris ne possède plus que *Sainte-Pélagie*, *Clichy*, *Saint-Lazare*, *la Conciergerie*, et *la Force*, sensible acheminement de notre retour à la vertu.

En parcourant la rue Saint-Antoine, cette page vivante de notre histoire si féconde en souvenirs historiques, non loin de l'église Saint-Paul et presque en regard, une rue de chétive et misérable apparence a dû s'offrir à vos yeux. A son extrémité s'élève honteusement un petit corps-de-logis aux murs noirs et humides, qu'un factionnaire préposé à sa garde peut seul faire remarquer. Ce bâtiment, réceptacle des misères, des douleurs, a pour nom, LA FORCE.

Avant de parvenir dans cet asile de tous les crimes, le *voleur* qu'a saisi la main brutale de la police est conduit chez le *quart-d'œil* (commissaire). Ce magistrat paternel dresse aussitôt procès verbal des délits qui lui sont imputés, et, sous l'égide d'une mère prudente et sûre, lorsque ses moyens ne lui permettent pas de prendre, en compagnie de la *garde municipale*, le fiacre à la course rapide, le voleur est conduit pédestrement à la Préfecture de Police, où la société la plus *brillante* le reçoit dans une salle qu'éclaire un soupirail, et que décore un énorme pot à eau.

Vingt-quatre heures après son arrestation, cet homme, classé dans la catégorie des *préventifs*, puisqu'il n'est encore que sous le poids de la prévention, est, après un interrogatoire de pure forme, transféré de cette prison à la Force. Une carriole oblongue, dans laquelle le jour pénètre à regret, et dont les banquettes de fer sont placées vis-à-vis l'une de l'autre, se charge de le garantir de toute fuite. Traîné par deux vigoureux coursiers que guident la main d'un postillon, cet antre de douleur, communément appelé *panier à salade*, dont l'escorte d'honneur consiste dans deux municipaux à cheval, contient vingt places; et lorsque les détenus par leur corpulence et leur embonpoint extraordinaires rendent inexécutables les lois du tarif, c'est en vain qu'ils s'adressent à l'humanité du groom de la justice, sourd à leurs cris, ne songeant qu'aux intérêts de l'entrepreneur, à qui la Préfecture alloue cinq sous par tête d'homme : « *Ah çà, tas de canailles!* leur répond-il, *allez-vous bientôt vous serrer? pour que je trouve mes dix de chaque côté.*

A son arrivée à la Force, la carriole s'arrête dans la cour des *Poules*, dont la principale en-

trée est par la rue Pavée. Reçus par le brigadier *Paul
Couvert,* les prisonniers traversent la cour des
Mômes et la cour *Saint-Louis;* un deuxième guichet leur est ouvert, et, laissant derrière eux le
salon des avocats, ils entrent en obliquant à
gauche dans un petit corridor qui aboutit à une
salle basse éclairée par quatre fenêtres placées en
regard les unes des autres et protégées par d'é-
normes barreaux.

C'est dans cette salle de sinistre aspect que
les *pègres* (voleurs) attendent le moment de comparaître devant le greffier chargé de consigner
sur les registres l'acte de leur écrou. Pendant
que le commis-greffier prend successivement les
noms, l'âge, la profession et le signalement de ces
nouveaux *collégiens,* l'infirmier, qu'un coup de
sonnette a enlevé à ses malades, descend aussitôt inspecter l'état de santé des débarqués; et
ceux qui réclament les secours de l'infirmerie,
après avoir été, comme ceux dont la santé est
parfaite, enregistrés, toisés et numérotés, montent, en compagnie de l'infirmier major, dans
les salles consacrées aux maladies dont ils sont atteints. Quant aux autres préventifs, ils sont répartis dans les cours affectées aux délits dont ils
ont la conscience chargée.

VII.   5

La Force renferme huit cours, six seulement
sont destinées aux détenus. En entrant par la
rue des Ballets, le premier guichet conduit au
greffe ; à la sortie du greffe le visiteur traverse
une petite cour, propriété exclusive du directeur. Cette cour mène au second guichet, puis
aboutit à la cour Saint-Louis ; celle-ci, vaste et
aérée, transformée depuis longues années en
deux petits jardins couverts de gazon, possède
plusieurs sorbiers, dont les feuilles vertes et touf-
fues, et les fruits écarlates, produisent en été un
tableau que contemple avidement l'œil du prisonnier.

En entrant dans cette cour le visiteur aperçoit
en face de lui un vaste bâtiment qui dérobe un
immense préau, appelé le *Bâtiment Charlemagne ;*
un troisième guichet en défend la sortie. A gauche, un corps de logis éclairé par deux fenêtres
colossales contient l'infirmerie et la pharmacie ;
un peu avant d'arriver à ce bâtiment, une voûte
frappe les regards, elle conduit à la cour des
Mômes (des enfans), à la cour *Marie Égyptienne,*
puis à la cour des *Vieillards.*

A droite, un mur gigantesque sépare la Force
d'avec la caserne des sapeurs-pompiers de la rue
Culture-Sainte-Catherine. En longeant ce mur,

un chemin, dont l'œil mesure avec peine la longueur, mène à gauche vers la cour Marie-Madeleine, et plus loin au *Bâtiment Neuf*, dit la
Fosse aux Lions.

Le directeur, habitué à recevoir les visites réi-
térées de ces incorrigibles pensionnaires, connaît
naturellement leurs talens, la conduite qu'ils
tiennent en prison, et leur adresse à tenter des
évasions. Telle cour dans laquelle il peut avec
sécurité confiner un *fourgue* (un receleur), sans
avoir à redouter que celui-ci puisse échapper à
la vigilance des gardiens, ne peut convenir à un
escarpe (un assassin), dont la force morale et une
longue pratique dans le vice doivent éveiller
son attention. Il a donc avec raison établi dans
l'intérêt de la société une classification des crimes et des criminels.

La cour des *Mômes* ne renferme que des en -
fans âgés de dix à quinze ans ; sous la prévention
de vagabondage, ou condamnés à des peines
correctionnelles par suite de vols, ils sont as-
treints à un travail peu fatigant, le confection-
nement sous la garde d'un prevôt choisi parmi
les détenus, de bourses et de petites boîtes en
carton. Leurs ateliers sont tenus avec la plus
grande propreté ; soumis à une discipline sévère,
lorsqu'ils commettent des infractions aux règles

de la maison, le prevôt, armé de son terrible
martinet, les leur rappelle d'une manière tellement énergique, qu'ils finissent toujours par
être frappés de la justesse de son raisonnement. Ils ont quatre heures de récréation par
jour.

La cour *Marie-Égyptienne*, autrefois consacrée aux femmes folles de leur corps et à la
répression de leurs galans délits, n'est peuplée
maintenant que de petits voleurs sans intelligence aucune, qui pour un misérable mouchoir
se font faire l'application sévère d'un article du
Code pénal. Trigauds sans avenir dans la carrière
qu'ils ont embrassée, et méprisés des sommités
de cette exceptionnelle industrie, quelques uns
confectionnent des cardes, pour adoucir la rigueur de leur situation.

Dans la cour *Marie-Madeleine*, séjour de
l'active industrie que tue la police, on trouve
un peuple plus grand dans ses moyens d'exécution et plus redoutable à la société. Il est rare
de rencontrer un collégien qui ne soit en état de
récidive, ou qui n'ait pas pour son début un fait
justiciable des Cours d'assises. Les voleurs qui
peuplent habituellement ce bâtiment tiennent le
milieu entre les *fagots brûlés* (les forçats libérés) et les *pentes* (les voleurs inhabiles).

Le bâtiment *Charlemagne*, séjour des prisonniers fashionables, qui volent avec honnêteté et
dévalisent avec grâce, est de tous les bâtimens
celui que le détenu préfère; dans une vaste cour
où viennent aboutir plusieurs issues qui com-
muniquent aux chambres des *pistoliers* et des
pailleux, il existe un jardin entretenu par un
prévenu expert dans l'art de l'horticulture. Sous
une voûte artistement construite, on aperçoit
une fontaine dont les eaux limpides servent chaque matin à la toilette des prisonniers.

Le *Bâtiment Neuf*, que les voleurs, par suite de
l'effroi et du dégoût qu'il leur inspire, ont appelé
la *Fosse aux lions*, est de tous les bâtimens de la
Force celui qui recèle les vices les plus prononcés, les plus vivans. C'est une prison dans la
prison, c'est un antre peuplé de misères poignantes, de figures que la nature n'a pu former
que dans des momens de colère et d'horreur, que
les lois ont punies avec indulgence en ne leur
faisant pas subir la peine du talion. Ce bâtiment,
réceptacle d'assassins, de voleurs de grand chemin, d'êtres que les bagnes ont déjà possédés
plusieurs fois dans leur sein, ne laisse apercevoir à l'œil des voleurs qui y sont détenus que
quatre énormes murs préservateurs de toute fuite.
Rarement le soleil pénètre dans la cour qui leur

est affectée : on dirait que, frappé d'effroi à la vue de ces hommes indignes du nom d'hommes, il n'ose leur accorder les bienfaits consolateurs de ses rayons vivifians.

Dans chacune des chambres de la prison, l'autorité a placé un prevôt ; ces fonctions sont ordinairement dévolues au plus ancien détenu ; il est chargé par le brigadier en chef de veiller à ce que la bonne harmonie existe parmi les prisonniers, d'apaiser à leur naissance les querelles qui peuvent s'élever entre ceux-ci, d'inspecter la conduite morale de ses collègues, et de forcer les détenus à faire leurs lits chaque matin.

Tous les jours à six heures, la cloche annonce le réveil des prisonniers ; à ce signal les prevôts se rendent, un sac sous le bras, à la panneterie. Là, chacun d'eux reçoit des mains du chef-boulanger, homme libre, autant de portions de pain qu'il a de voleurs sous son inspection ; à leur retour les prevôts distribuent les portions, et les détenus se livrent immédiatement aux soins du ménage. Les lits faits, mais plus souvent raccommodés, ceux des prisonniers qui n'ont point encore oublié les lois de la propreté, se rendent auprès de la fontaine et procèdent aux soins de leur toilette. Quant à ceux qui regardent la santé comme un objet de luxe, ils commencent leur journée par manger; à cet effet, muni d'un eustache qu'ils cachent bien soigneusement aux regards du gardien, ils coupent un morceau de la croûte de leur pain, la frottent d'une gousse d'ail; puis, après l'avoir saupoudrée de sel et de poivre, ils la mangent avec un oignon qu'ils partagent en plusieurs morceaux.

Dans les maisons de détention, il existe de ces places honteuses que les prisonniers se disputent, par la raison qu'elles leur procurent, avec un peu plus de liberté dans leur captivité, quelque adoucissement à leur misère. La faveur a, comme partout ailleurs, pénétré jusque dans le sein des prisons; puis les gardiens ont aussi leurs flatteurs, et conséquemment leurs protégés. C'est donc un spectacle curieux à voir que le tableau de ces concurrens qui aspirent à se charger de l'entretien de la piscine, des fosses mobiles (je n'ajouterai pas inodores), et à remplir les fonctions d'*aboyeur*.

A sept heures, l'aboyeur, une chaise à la main et sa vaisselle de l'autre, vient occuper la place qui lui est assignée par l'administration pour appeler les détenus demandés *au parloir* ou *au greffe*. Sa place habituelle est devant le guichet.

Aussitôt son arrivée, le gardien de la cour lui remet une liste des détenus mandés pour l'instruction; d'une voix de Stentor et la liste à la main, il fait entendre ce cri : *Eh! Mallard* (1) *du n° 27, à l'instruction.—Eh! Martin du 14, à l'instruction.— Eh! Lambert du 14, à l'instruction, allons! l'instruction.*

A la Force, comme partout ailleurs, les détenus que réclame l'instruction doivent manger la soupe avant leur départ; un quart d'heure après que l'aboyeur a fait connaître ceux qui doivent se préparer à partir, il fait entendre ce nouveau cri : *l'instruction à la soupe, allons! l'instruction.* Le cuisinier, armé d'une énorme marmite, procède à la distribution du bouillon, et les détenus se hâtent de prendre des forces pour être en état de répondre à leurs interrogateurs.

Peu à peu la cour se peuple; des chants bruyans se font entendre, les jeux commencent, et avec eux les travaux. Ceux-ci défendent avec opiniâtreté le sou qu'ils ont placé sur un bouchon, et que, confiant en leur adresse, ils espèrent faire tomber à terre; les autres remettent au sort des

---

(1) Voleurs émérites : le premier est un *tireur*, le deuxième un *charrieur*, et le troisième un *caroubleur*. Voyez pages 84 et 86 pour l'explication de ces mots.

dés et des cartes le paiement d'un demi-setier.
Ceux-ci reprennent des travaux d'agrément, in-
terrompus par la privation de la lumière. Ceux-
là, exerçant une honnête industrie qu'ils ont dé-
laissée pour une plus productive, à la vérité,
mais autrement dangereuse, raccommodent des
pantalons ou font des chaussons de lisière. A
l'entour des joueurs et des travailleurs se groupent les sommités, les maîtres, un foulard sur la
tête et la *bouffarde* (la pipe) à la bouche, attendant l'arrivée des commissionnaires autorisés par
la Préfecture à leur procurer les moyens de
s'enivrer.

Huit heures sonnent, l'huissier audiencier ne
peut tarder à venir chercher sa cargaison, sa
marchandise, pour la déposer dans une des
caves humides du Palais de Justice. En effet,
l'aboyeur fait entendre ces mots : *Allons, l'instruction, en route! en route, l'instruction!* De
toutes les cours apparaissent au guichet du
bâtiment Charlemagne, et sous l'égide de leurs
gardiens respectifs, les détenus qui vont au
Palais ; alors le brigadier Paul Couvert fait entrer les prisonniers dans une pièce, qui jadis
servait de cachot, et les y laisse jusqu'à ce que
le greffier, en vertu des ordres du procureur
du roi qui lui sont transmis par l'huissier, ait

levé l'écrou de ceux appelés à l'instruction. Ce
travail fait, les préventifs montent en présence
de l'huissier, et à mesure que le greffier les appelle par leurs noms, dans la carriole stationnée
Cour des Poules ; et lorsque le postillon, fidèle
à son refrein, *a ses dix de chaque côté*, la porte
de cette prison ambulante est aussitôt refermée
à double tour ; le bruit des verrous se fait entendre ; puis quand l'huissier occupe sur le devant
de la voiture la place qui lui est assignée, et
que le postillon, la clef appendue à la ceinture,
a grimpé sur son cheval, alors cette noble porte
que vous avez dû voir, rue Pavée, s'ouvre majestueusement, et le panier à salade avec sa garde
à cheval, aux regards désappointés des curieux et
au bruit des grelots flottans au cou des chevaux,
parcourt tranquillement Paris. Laissons ces
messieurs arriver à leur destination, et retour-
nons à la Force pour voir ce qui s'y passe pendant leur départ.

A neuf heures, deux cuisiniers entrent dans
les cours, portant avec eux une énorme marmite
dans la cour Charlemagne. Cette première distribution du potage *à la Rumfort*, du nom de
son inventeur, a lieu en faveur des *pailleux*, détenus exempts de payer la *pistole*. L'aboyeur fait
entendre ces mots : *Allons, les pailleux, à la*

soupe ; et le brigadier , autour duquel se groupent en un moment les détenus conviés à cette fête, son registre à la main , les appelle par leurs noms ; celui dont le nom est prononcé , en présentant une écuelle de terre jaune ou verte, au distributeur , M. Petit - Homme , répond *présent* , et M. Petit-Homme , après avoir plongé sa cuillère dans cette mer de bouillon, et l'avoir vidée dans l'écuelle du pensionnaire de la Force, d'une voix maussade , que n'embellit pas encore sa grotesque figure et son insigne malpropreté , répond à son tour : *servi.* Ces deux mots, *présent* et *servi*, se répètent jusqu'à la fin de la distribution.

Une demi-heure après , sur l'invitation de la cloche et de l'aboyeur, qui articule : *Allons , les pistoliers , à la soupe,* cette distribution se répète, et l'on observe à l'égard des *pistoliers* les mêmes formalités que pour les *pailleux.*

Cette soupe, comme bien on pense, composée de légumes verts ou potagers épluchés, est loin de satisfaire aux exigences d'estomacs affamés; en vain les détenus malheureux , pour apaiser la faim qui les tourmente , font-ils avec la mie de leur pain noir une espèce de pâte qu'engraisse ce bouillon; leur appétit est toujours aussi actif. Quelques uns préférant même la révoltante charcuterie de la cantine aux alimens de la maison de détention, se promènent dans la cour leur écuelle à la main en criant : *Qui veut un bouillon pour un sou ?* et les amateurs se présentent quelquefois.

Les détenus qui, plus adroits, ont su profiter de leur coupable industrie, et sous des noms supposés s'assurer des ressources pour l'avenir, regardent avec dédain une nourriture que tant d'autres trouveraient succulente si l'administration la leur fournissait en plus grande quantité.

Il en est qui, jouant le rôle d'homme bienfaisant, distribuent par ostentation des secours à leurs hideux compagnons ; ceux qui n'ont pour toute ressource que l'amour des filles publiques se targuent des sentimens qu'ils leur ont inspirés, et fiers d'être *entretenus* par elles, ils mangent avec leurs amis l'argent de la prostitution. Eh bien ! la position de cet homme que sa maîtresse n'a pas abandonné dans le *malheur* (expression technique) fait naître de poignans regrets dans le cœur de ceux qui, moins heureux que lui, ont été délaissés. Et lorsqu'un prisonnier nouvellement arrivé demande, en désignant cet heureux mortel : — Quel est ce jeune homme ? — Ah ! lui répond-on, *c'est un bon, celui-là ; sa femme lui fait tous les jours dix balles* (dix francs).

L'arrivée des commissionnaires est le précurseur de quelques momens de plaisir pour ceux dont la bourse est garnie. Les côtelettes, les poulets, les gigots disparaissent avec profusion sous la dent des voleurs. Vin de Chablis, vin de Bordeaux, vins fins, vins ordinaires, tous les vins étanchent indistinctement leur soif, tous les vins leur paraissent également bons pour leur faire perdre la mémoire et rêver qu'ils sont libres ; aussi, lorsqu'au retour du commissionnaire chargé de leur procurer cette douce ivresse, ils remontent escortés de nombreux flacons et de mets délicats dans leurs chambres, pour eux commence le plaisir ; et répétant en chœur :

> Joyeux picton (vin), qui toujours nous réveille,
> Pour un moment calme notre chagrin.
> Si le bonheur est dans une bouteille ,
>> Enivrons-nous de vin ,
>> D'espérance et de vin ,

ils prennent à la lettre le sens de ce couplet, et le mettent largement en pratique.

Prévoyante qu'elle est, la police, en accordant aux détenus *aisés* les moyens d'adoucir les ennuis de leur captivité, devait, *dans sa sollicitude touchante* pour tous les prisonniers, admettre les *pauvres* à la jouissance des mêmes droits. En bonne mère qui tient à conserver ses enfans et à répartir également entre eux une tendresse qu'ils ne partagent pas pour elle, elle a établi dans chacune des prisons de Paris, une cantine, qu'au bagne les forçats appellent *cambuse*, dans laquelle on trouve tout ce qu'il est possible d'imaginer, hors cependant les choses dont on a besoin.

L'ouverture de la cantine a lieu à dix heures. A la porte du guichet de la cantine est affiché le tarif du prix des comestibles, précaution excessivement sage pour éviter aux détenus la peine de marchander, et à la cantinière l'envie de surfaire et de bénéficier sur l'entrepreneur, ordinairement grand fonctionnaire représenté par un pseudonyme. Fromage de Brie et d'Italie, saucissons, cervelas, tabac à fumer, tabac à priser, pipes, amadou, plumes, papier, fils, aiguilles, boutons et bouteilles d'encre, tous ces objets se trouvent à la cantine. Quant aux canifs, à l'eau-de-vie et aux instrumens tranchans, ils sont frappés de proscription, car la police ne veut pas que ses enfans puissent se tuer, et le préfet prétend qu'ils blessent. La cantinière, responsable du crédit qu'elle fait à ses cliens, ne leur en accorde qu'avec connaissance de cause; et lorsque ceux sur la bonne foi desquels elle a des doutes lui demandent du tabac ou des articles de gastronomie : *Payez, et vous aurez*, telle est sa réponse.

Laissons les détenus couverts du pantalon et de la veste en toile écrue, se promener en fumant dans la cour, jouer ou travailler, pendant que les pistoliers le verre à la main, se racontent mutuellement leurs nobles hauts faits, leurs espérances pour l'avenir, et portons nos regards ailleurs.

L'aboyeur, qui joue, comme vous voyez, un grand rôle dans les prisons, vient de faire entendre un nouveau cri : *Les batteurs à la visite! allons les batteurs.* Ce mot demande explication.

En terme de prison, *battre* signifie mentir; les prisonniers, en général, friands au-delà de toute expression des vivres de l'infirmerie, supérieurs en qualité à ceux qui sont distribués dans les cours, se prétendent souvent attaqués de maladies pour la guérison desquelles leur admission à l'infirmerie doit être prononcée par le médecin; et lorsque le docteur ne juge pas leur état assez grave pour les y faire entrer, doués de tous les genres de talens, ils se *maquillent* (simulent) des maladies de manière à mettre parfois en défaut la perspicacité du prophète : de là ce surnom de *batteurs* qui leur a été donné par les gardiens.

L'infirmerie de la Force, outre une salle affectée à ce mal dont la découverte de Christophe Colomb nous a gratifiés, a trois autres salles consacrées, la première au traitement des fièvres et des maladies de poitrine, la seconde aux galeux, et la troisième aux vieillards et aux enfans.

La salle des fiévreux, tenue avec la plus grande propreté, est grande et spacieuse. Vingt-sept lits numérotés artistement par la main de l'habile *Drouillet*, qui peut, à bon droit, contester à M. Raoul-Rochette sa qualité de *conservateur* de médailles, vingt-sept lits, dis-je, en bois de chêne, contiennent chacun, une paillasse, deux matelas, deux couvertures et un traversin. Je ne parle point, et pour cause, des oreillers. Un énorme poêle, un thermomètre, des bancs et quelques chaises, composent, avec un réverbère suspendu au milieu de la salle, le mobilier qui décore cette infirmerie.

A côté de la salle des fiévreux se trouve l'infirmerie des *galeux*. Seize lits destinés au traite-

ment des phlegmasies de la peau y sont continuellement occupés. L'odeur de la *pommade sulfurée
alcaline*, le hideux aspect des hommes atteints
de cette honteuse maladie inspirent un tel dégoût, que je me hâte de quitter cette salle pour
rendre une visite aux vieillards.

L'infirmerie des *vieillards* renferme vingt-six
lits. Seize de ces lits reçoivent les infirmes, les
aveugles et les mendians; les autres sont consa-
crés aux enfans atteints des maladies inséparables
de leur âge. Cette salle malsaine, privée d'air,
pourrie d'humidité, et dans laquelle la chaleur
d'un poêle se répand sans garantir du froid, était
primitivement un grenier, réceptacle du frétin
de la prison.

Aussitôt l'arrivée de M. *Jacquemin*, médecin
de la Force, un garçon du laboratoire prie les
gardiens des cours de faire monter les malades à
la visite. L'ordre est aussitôt donné à l'aboyeur
de prévenir les prisonniers de l'arrivée du docteur. J'ai dit de quels termes il se servait pour
en instruire les détenus. Lorsque ceux-ci, sous
la garde d'un guichetier, se trouvent tous réunis
à la porte du laboratoire qui précède la salle des
consultations, le médecin, assisté de M. Bourgoin, énorme infirmier-major de la prison, fait
entrer un malade. — Eh bien, monsieur, de quoi

vous plaignez-vous? — Mais, monsieur Jacquemin, je ne sais pas, mais je ne me porte pas bien.
— Enfin, qu'avez-vous? que ressentez-vous? —
Bien des choses. — Quelles choses enfin? — Des
rhumatis! je crois qu'il faut me saigner. — Vraiment! Monsieur Bourgoin, donnez un peu de
réglisse à ce batteur-là! *Un autre!* Le garçon du
laboratoire introduit une nouvelle figure. Cette
fois, le médecin voyant un homme réellement
malade, prononce son admission à la salle des
fiévreux. — Un détenu, remplissant les fonctions
de secrétaire, est chargé de prendre les noms de
ce malheureux, et, sous la dictée du docteur, il
écrit les médicamens que celui-ci prescrit à l'infirmier de lui faire prendre et la diète à laquelle
il le condamne.

La visite terminée, et lorsque le médecin a
reconnu le parfait état de santé des prétendus
malades, chacun d'eux, toujours escorté, re-
gagne sa cour et son bâtiment. Ceux admis à
l'infirmerie n'y montent qu'après la distribution
du dîner et la fermeture du parloir. Immédiatement après cette visite le médecin commence
celle des salles; il s'arrête devant chacun des lits,
s'informe de la santé du malade, lui prescrit les
médicamens qu'il croit propres à avancer sa guérison, la quantité des alimens qu'il doit manger,

et, d'après l'état dans lequel il le trouve, il le met *à la diète, au bouillon, au lait, à la soupe, au quart, à la demie* ou *à la portion* des vivres de l'infirmerie.

J'ai laissé messieurs les voleurs livrés au jeu, au travail, à l'ivresse; avant de les détourner de ces nobles occupations et d'esquisser en quelques pages leur vie didactique, les mœurs qui leur sont particulières, et leur aptitude pour le vol, il est indispensable que je parle de leur société et des diverses classes d'hommes dont elle est composée.

L'origine du vol se perd dans la nuit des temps. Il faut bien croire qu'Adam était né avec des dispositions vicieuses, puisqu'il déroba la fleur précieuse de notre première mère!

Mais sans remonter si haut, sans aller au-delà du règne de Henri IV, Paris était déjà infesté de nombreux filous. Plus tard ils s'organisèrent en société et se choisirent un chef qui se nomma du nom de Coesre, nom ambitieux s'il en fût jamais. Les voleurs actuels appellent le leur le *grand mec*, mot qui en argot signifie *Dieu*, et dit assez qu'il est leur idole, leur culte.

L'ancienne société de ces messieurs était composée :

Des *coupe-bourse* ou *nuirs de boulle*, coupant

en plein jour la bourse aux passans qui, suivant une vieille habitude d'ostentation, portaient la bourse pendue à leur ceinture;

Des *tireurs de laine*, arrachant les manteaux;

Des *barbets*, entrant en plein jour dans les maisons sous prétexte d'affaires, et contraignant, le poignard sur la gorge, les maîtres à leur donner de l'argent;

Des *passe-volans* ou militaires sans paie, *demandant* l'aumône l'épée au côté, avec le collet empesé sur la peccadille;

Des *capons*, jouant sur le Pont-Neuf et feignant de perdre leur argent pour engager les passans à jouer avec eux et à exposer le leur;

Et des *courtauds de boulange*, ne mendiant et ne filoutant qu'en hiver.

Leur société actuelle se compose :

Des *escarpes* (assassins);

Des *caroubleurs* (crocheteurs de portes);

Des *chevaliers grimpans*, *voleurs au bonjour*, *donneurs de bonjour*, *bonjouriers*, qui s'introduisent dans les maisons et qui enlèvent à la passade le premier objet qui leur tombe sous la main. L'*Almanach royal*, l'*Almanach du commerce* et celui de *Vingt-cinq mille adresses* sont pour un bonjourier une lecture qui doit lui rapporter beaucoup. Le vol au bonjour s'effectue

sans effraction, sans escalade, sans fausse clef.
Une clef à la porte d'un appartement frappe-
t-elle les regards du voleur, il ouvre avec assurance cette porte, prend l'argenterie ou les
montres qu'il rencontre, et s'il n'a pas eu le
temps de commencer son larcin à l'arrivée du
propriétaire de la chambre, qui lui demande ce
qu'il fait chez lui, comme il ne peut pas lui répondre : Je me promène, il lui demande si ce
n'est pas à monsieur... (un nom imaginaire)
qu'il a l'honneur de parler; et sur la réponse
négative qui lui est faite, il se retire en faisant
des excuses. L'élégance de son vêtement, sa politesse, son extérieur agréable, éveillent rarement les soupçons. D'autres entrent dans les
loges des portiers, et en un clin d'œil font disparaître les *bogues en os* (les montres d'argent).
C'est ce qu'ils appellent *goupiner à la desserte*
(travailler à desservir);

Des *boucardiers* (voleurs de boutiques pendant la nuit);

Des *détourneurs* et *détourneuses*. Le *vol à la
détourne* est celui qui se commet en faisant des
emplettes dans une boutique;

Des *carreurs*, hommes à la recherche des pièces rares, qui prient les marchands chez lesquels
ils achètent de voir s'ils n'ont pas des pièces à

l'effigie de tel roi, et qui font disparaître avec une habileté surprenante les pièces de cinq francs, tout en aidant les marchands trop confians dans les recherches qu'ils font;

Des *rouletiers*, volant les malles, les vaches et autres effets sur les voitures;

Des *tireurs*, qui portèrent d'abord le nom de *floueurs* (hommes recherchant la foule de *floue*). Les tireurs ou *voleurs à la tire* ne s'attaquent qu'aux bourses, aux montres et aux tabatières. Ce genre de vol s'appelle aussi *vol à la chicane*;

Des *grèces* ou *soulasses*, voleurs de province flairant sur les grandes routes les dupes qu'ils peuvent faire. Ils prennent aussi le nom de *ramatiques*;

Des *riffaudeurs* ou garçons de campagne qui chauffent ou brûlent les pieds des personnes pour les contraindre à déclarer où est leur argent;

Des *charrieurs*, qui font le change de pièces de vingt francs pour dix francs;

Des *venterniers*, pègres munis de cordes au bout desquelles se trouvent des crochets qu'ils lancent dans les balcons des fenêtres, jusqu'à ce qu'elles y restent fixées, et avec le secours desquelles ils parviennent à faire l'escalade;

Des *poivriers*, qui ne s'attaquent qu'aux hommes ivres que le vin force à une station nocturne dans la rue ou les allées, et qui les déshabillent pour épargner à d'autres la peine de les voler.

Des *escrocs*, gens de tous les pays; gens comiques dans leurs expédiens pour tromper, et toujours nuls dans leurs moyens de défense. Je parlerai plus tard de la haine qui existe entre eux et les voleurs.

Des *gouappeurs*, hommes nomades, habitant tour à tour les villes et la campagne, n'ayant de domicile positif que celui que leur procure le hasard.

Enfin des *carcagnoliers* ou *carotiers*, qui, privés d'argent et sans ressource aucune, ont toujours l'estomac et le gousset garnis, gens payant leur écot en *couleurs* (en mensonges) et *levant* (faisant aller) tous les simples auxquels ils s'accrochent.

Rejetés par leurs vices du sein des sociétés, les voleurs se sont trouvés dans la nécessité de se créer des mœurs à eux, un langage qui leur appartienne et que ne puissent comprendre les hommes avec lesquels ils se trouvent continuellement en hostilité. Pour eux les vertus sont des vices, des défauts dont ils ont hâte de se corriger; esl honnêtes gens, des coquins qui persévèrent

dans de coupables traditions ; le déshonneur est
à leurs yeux une auréole de gloire, le mensonge
une simple plaisanterie, et les sentimens de ré-
voltantes bêtises. Le vol, le meurtre, le pillage,
est le rêve de toute leur vie ; c'est une idée fixe
à laquelle ils sacrifient. La prison est pour eux
un collége où ils vont prendre leurs degrés de
corruption et de licence ; le bagne un lieu où ils
vont se perfectionner dans leur coupable industrie. Quant à l'échafaud, qu'ils espèrent toujours
fuir, quelques uns à l'ame fortement trempée y
pensent sans émotion, sans crainte ; d'autres
l'appellent de tous leurs vœux pour mettre un
terme à leur misère.

Chez ces hommes, que leur coupable industrie
et leur existence en dehors de la nôtre ont isolés
des nations civilisées, la fierté et le mépris sont
des armes employées fréquemment ; après avoir
établi dans leur société, à l'instar de la nôtre,
les rapports de capacités, de l'éducation et des
moyens d'existence, à chacun d'eux appartient
d'y jouer un rôle plus ou moins brillant, plus ou
moins actif. Mais la considération qu'ils sont en
droit d'attendre des membres voués comme eux
au vol, au meurtre, ne leur est acquise qu'en
raison de leur adresse, de leur férocité, ou de

leurs nombreuses stations dans les bagnes ou les maisons de réclusion.

Le séjour des prisons ne peut que développer dans l'âme des détenus leur instinct au mal et leur penchant à la corruption. Leur punition doit avoir pour objet de les amender et doit leur en fournir les moyens; mais cet axiome de morale, base de l'existence des lois, ne produira jamais de résultats satisfaisans tant qu'existera le système pénitentiaire actuellement en vigueur et qu'on n'adoptera pas pour les *convicts* (les prisonniers) celui du célèbre Howard, si souvent traité de visionnaire; appelons donc de tous nos vœux l'isolement et le *solitary confinement* des États-Unis.

Les prisonniers partis pour l'instruction sont arrivés à leur destination; la carriole stationne dans la cour qui conduit à la Conciergerie. Les détenus, à leur descente de voiture, sont appréhendés au corps par les soldats de la ligne, qui leur font traverser un vaste escalier donnant d'un côté sur cette cour et de l'autre conduisant à la *Souricière*, destinée à les recevoir, et placée au-dessous de la police correctionnelle. C'est là qu'entre quatre murs, froids et humides, éclairés à peine par un soupirail et renfermant dix fois plus d'hommes qu'ils n'en peuvent contenir, les préventifs attendent, debout pendant de longues et froides heures, l'arrivée du juge d'instruction que la grave lecture du *Moniteur* retient chez lui, ou qu'un délicat déjeûner empêche de se rendre au palais. Midi annonce enfin son arrivée ; aussitôt qu'il a donné l'ordre d'introduire un détenu dans son cabinet, deux *cognes* (gendarmes), porteurs d'une chaîne de deux pieds de longueur, exhument du caveau le détenu mandé à comparoir ; ils passent cette chaîne, dont les deux extrémités sont fortement serrées par la main de l'un d'eux, à l'entour du bras du prisonnier, en lui faisant traverser un corridor qui mène au cabinet du juge, ils le jettent dans une chambre remplie de fusils, sabres, pistolets et de marchandises de toutes sortes. Cette chambre, qui renferme en outre deux bureaux, des fauteuils, des monceaux de paperasses, un juge d'instruction, un secrétaire, un membre de la *rousse* (police) et deux gendarmes, est le cabinet de l'homme chargé par les lois de trouver, à l'exemple des procureurs du roi et de messieurs leurs substituts, des crimes, des délits et des fautes, là même où il n'y a ni crime, ni délit, ni faute.

Un coup d'œil scrutateur du juge est tombé sur le détenu ; la gravité du délit qui lui est reproché rend toujours l'examen de sa personne plus

ou moins profond et sévère ; le secrétaire, la
plume en main, attend qu'il plaise à l'interroga-
teur de commencer l'instruction du procès, pour
écrire sous la dictée de l'organe du Code d'instruction criminelle, les *demandes* qu'il adresse à
l'inculpé et les *réponses* de celui-ci aux susdites
demandes, quand ce n'est pas le juge d'instruction
qui s'amuse à les faire pour lui, ainsi que plusieurs
procès politiques l'ont démontré récemment.

Demande : — Vous êtes accusé d'avoir volé *un
canard*.

Réponse du préventif : — Plus souvent que je
l'ai volé, ce malheureux canard !

Dictée du juge : Je suis incapable de voler un
canard.

L'interrogatoire fini, le détenu est reconduit
avec les mêmes précautions dans le caveau. A sa
sortie de chez le juge d'instruction, un des gendarmes lui remet au bras la chaîne qu'il lui a
ôtée lors de son arrivée dans le cabinet de l'in-
terrogateur. Un autre préventif comparaît alors
devant le juge, et lorsqu'il en a interrogé quatre
ou cinq, souvent l'instruction est terminée ; aussi
n'est-il pas rare de voir des détenus mandés quatre et cinq jours de suite à l'instruction sans
être appelés. Qu'on pense à la lassitude et à la
faim que doivent éprouver des malheureux en-

levés dès les neuf heures du matin de leur prison, et qui n'y retournent qu'alors que le jour
disparaît, guidés par le consolant espoir pour
leurs estomacs affamés de ne pouvoir obtenir le
dîner auquel ils ont droit! O justice! et tu oses
porter ce nom!...

A la vérité, les voleurs, non moins roués que
la police, s'observent religieusement dans leur
conversation; et lorsqu'ils ont quelque secret à
révéler à leurs camarades ou à leurs complices
qui viennent leur apporter de l'argent et des
consolations ou en apprendre d'eux, c'est en
se donnant des poignées de main par un petit
guichet disposé dans le parloir de manière à ce
que la tête d'une mère, d'une épouse puisse recevoir le baiser d'un fils ou d'un époux, — qu'un
papier rapidement glissé et reçu leur apprend ou
leur révèle ce qu'ils ont intérêt à savoir. C'est
un spectacle dégoûtant que la composition de ce
parloir : — d'un côté, des voleurs prisonniers;
— de l'autre, des voleurs en liberté, des filles
publiques, des réclusionnaires et des forçats libérés. Telle est la société qu'une honnête mère
de famille, qu'une vertueuse épouse sont obligées de coudoyer, d'avoir à leurs côtés, depuis
que l'ignoble police a confondu les délits politiques, les crimes contre la sûreté de l'État et les

conspirateurs, avec la grande *famille rapinante* en garnison à la Force. Encore si leurs chastes oreilles n'étaient pas obligées d'entendre les mots les plus orduriers, les expressions les plus cyniques, le langage le plus révoltant !

A trois heures, de nouveaux coups de cloche annoncent la fermeture du parloir.

La distribution du dîner a immédiatement lieu après la fermeture du parloir. Les mets varient peu ; des légumes, toujours des légumes, et quels légumes ! le lundi, ce sont des haricots blancs ; le mardi, des *pois*, méritant, à plus d'un titre, le nom qui leur est donné ; — le mercredi, des lentilles ; le vendredi, des flageolets ; et le samedi, du riz. Le jeudi et le dimanche, les détenus sont gratifiés d'un morceau de bœuf délicieux à...voir. La distribution du dîner a lieu avec les mêmes formalités que celles qui sont usitées pour le déjeûner.

Les heures qui s'écoulent du dîner à la rentrée dans les chambres sont ordinairement consacrées à la promenade ou à la lecture. Les détenus, tout en fumant leur pipe, entrent en dissertation sur le mérite des ouvrages qu'ils ont lus ; ils se font part des sensations que cette lecture leur a procurées. *Vidocq*, avec ses Mémoires, n'est, à leurs yeux, qu'un *vieux blagueur*.

En général, ils n'accordent aucun mérite à cet ancien chef de police de sûreté : « C'est un homme que les circonstances ont aidé, et qui a joué de bonheur, » disent-ils. Mais qu'ils viennent à parler de *Frossart*, de *Drouchet*, de *Cloquemin* et de *Cognart*, « Voilà, s'écrient-ils, voilà des hommes capables de produire de grandes choses ! »

Depuis qu'une ordonnance de police a prescrit de faire descendre les détenus sur les cours, et leur interdit, en hiver comme en été, la faculté de pouvoir rentrer avant six heures du soir dans leurs chambres, les dîners et les déjeûners ont lieu au *chauffoir;* une demi-heure avant la fermeture générale, les guichetiers, avec le secours de leurs énormes clefs, permettent aux prisonniers de monter dans leurs cellules. La provision qu'ils ont achetée dans la journée est composée en partie de tabac, de vin et de chandelles. La cloche donne à six heures le signal de la retraite. Chacun se hâte de remonter à sa chambre, et le gardien, après s'être assuré que le nombre des prisonniers que possèdent les cellules ou les dortoirs est d'accord avec celui porté sur son livre, ferme les portes, pousse les verrous, et les détenus sont, pour me servir

d'une de leurs expressions, à l'instant *bouclés*
(sous clef).

Le bâtiment Charlemagne est, de tous les bâtimens de la Force, celui qui possède des pistoles. Les autres ne renferment que d'énormes
dortoirs mortels à la santé. Dans la cour Saint-
Vincent-de-Paule (bâtiment Charlemagne), au
fond de cette cour, était anciennement une vaste
chapelle, que les évènemens de 1830 ont fait
consacrer aux voleurs et aux délits politiques
hors d'état de payer la pistole. A droite, en sortant du guichet, est un autre dortoir, au-dessus
duquel se trouvent les pistoles qui règnent tout
le long de ce bâtiment, et qui sont divisées en
plusieurs catégories, simples et doubles pistoles. A gauche, dans cette même cour, à côté
de la cantine, est le *chauffoir* des détenus, dans
lequel aboutit encore un dortoir affecté aux
pailleux ; puis, en regard de l'ancienne chapelle, existe un long corridor divisé en pistoles
pouvant renfermer, les unes deux prisonniers,
les autres quatre ou cinq, sans que la plus
grande de ces pistoles dépasse le nombre de
huit.

Les dortoirs et les pistoles sont meublés de
lits en bois peints, et de tables plus ou moins
grandes ; des rayons posés à sept pieds de terre

règnent tout autour des chambres et servent à supporter les effets et le bagage des détenus ; au-dessus de son lit, chaque prisonnier a ses mouchoirs, son linge, sa chandelle et des bouteilles, plus souvent vides que pleines, quelques livres à moitié déchirés semblent à regret être posés là, et dérobent des jeux de cartes dont l'admission dans les prisons est sévèrement défendue, et pour cause.

La Force peut contenir douze cents prisonniers, elle n'en renferme ordinairement que huit ou neuf cents. Les pistoliers, moyennant un loyer de 25 sous, que ce cri de l'aboyeur, *Allons*, *les pistoliers*, *à la paie !* leur enjoint de payer tous les dix jours, ont l'agrément de coucher seuls dans leurs lits ; tandis que les pailleux couchent à deux dans des lits qui ont à peine une largeur de deux pieds et demi ; attentat révoltant de l'obscène police contre les mœurs, lorsque l'on réfléchit aux passions honteuses qu'engendrent les prisons.

Lors de la réapparition d'un camarade, ou de l'arrivée d'un *peîne* (un niais), sous la prévention de tapage nocturne ou de tout autre délit n'entraînant à sa suite aucune peine afflictive ou infamante, le prevôt lui rappelle ou lui apprend qu'aux termes des règlemens de la maison, il est débiteur envers les camarades qui peuplent la chambre qu'il va occuper , *d'une bienvenue.* Cette bienvenue consiste à payer cinq ou six litres de vin à l'aimable société : la quantité du vin fait juger de la ressource des moyens. Lorsque le pente fait les choses en grand , et que les voleurs ont reconnu que c'est un homme à faire *casquer* (aller) , ils le circonviennent et le *levent* (le tâtent) pour savoir s'il à des *tunes* (pièces de cinq francs).

Le lendemain de son arrivée, les *maquilleurs de brêmes* (maquilleurs de cartes) lui proposent une partie de piquet oud'écarté ; il est rare qu'il n'accepte pas, le jeu est un passe-temps, et les soirées sont longues à la Force, quoiqu'elles ne se prolongent pas pour les détenus au-delà de neuf heures, heure à laquelle les gardiens se promènent dans les cours en criant : *Éteignez vos lumières.* Un jeu de cartes cachetées est apporté par un compère, le *pente* bien éloigné de soupçonner que les cartes sont préparées de manière à ce que les maquilleurs en les coupant n'obtiennent que des figures, et ne donnent à leurs dupes, lorsqu'ils les leur font couper , que les sept et les huit, joue de confiance, gagne les premiers points et la partie. Séduit par le bonheur avec lequel il débúte , il leur propose de

VII.   7

jouer du vin ; la proposition acceptée, la partie
s'engage, il la perd ; la chance ne lui est pas plus
favorable pour la revanche, les quatre ou cinq
autres revanches successives ; une chose l'étonne,
il fait toujours les trois premiers points, et malgré cet avantage il voit son adversaire constamment heureux. La veine doit changer, se dit-il ;
et comme il ne peut pas toujours jouer du vin,
il jette une pièce de cinq francs sur la table ; les
maquilleurs savaient bien qu'il en viendrait là.
Il la perd, et perd successivement toutes celles
qu'il joue ; il se butte et va finir par dépenser au
jeu le peu d'argent qu'il possède, lorsque par
bonheur pour lui le gardien fait entendre l'ordre
d'éteindre la lumière. La partie n'est que remise,
à moins que racontant le lendemain à d'autres
détenus le malheur avec lequel il a joué la veille,
un *carcagnolier*, mû par l'espoir de lui tirer des
carottes, ne lui dévoile les ressources qu'offrent
aux mains habiles des cartes *maquillées*.

Pendant que les habitans d'une pistole se livrent au jeu, d'autres, renfermés dans une
chambre voisine, font entendre des chants quelquefois suaves, et répètent en chœur des chansons grivoises et des chansons en argot. Quelques détenus cités par leur esprit naturel, poètes
de prison, métamorphosent les couplets à la

mode. Parmi ceux que j'ai entendu chanter se trouve le couplet de facture de *Barbe-bleue*, de la Gaîté. Certes, M. Brazier, lorsqu'il composait cette folie, ne pensait pas que

> Lève les yeux, regarde-moi, ma chère;
> Viens de ma barbe admirer la couleur, etc.,

obtiendrait à la Force les honneurs de la traduction. Voici les vers que je me rappelle :

> Lève les chasses, rembroque-moi, ma gonsesse,
> De ma piquante rebouise la coulange;
> Je suis bien toc, mais du moins je le boncque,
> Je ne suis pas encore à refoncer le trac.
> J'ai l'coloris et l'jectage un peu brusque,
> L'irepecigot se raboule et se crampe;
> R'nauder, jacter, voilà mon habitange,
> Je suis lombel comme un loupion de sorgue.

Pour en finir avec leur poésie et leur langage qu'ils nomment *argot*, je dirai que chaque chose a son nom spécial dans leur vocabulaire. Je me suis laissé conter que Vidocq avait été chargé, par le préfet de police, de composer un dictionnaire universel de tous les argots actuellement existans. Il serait en effet curieux de connaître le langage des corporations honnêtes et malhonnêtes. Il est d'autant plus à regretter que ce travail n'ait point été mis à exécution, que la seule académie sur laquelle on pourrait compter, est occupée d'un *dictionnaire* auquel elle travaille depuis long-temps, et qui, selon les probabilités, l'occupera peut-être jusqu'à sa mort : l'on sait qu'elle ne meurt pas.

Les voleurs ont une singulière manière d'enseigner les principes de leur langue à leurs élèves ; c'est par la pratique que ceux-ci l'apprennent. Les leçons se donnent ordinairement à table et profitent davantage, en ce sens que rappelant sans cesse les noms baroques sous lesquels sont désignés les objets d'indispensable nécessité, ils échappent plus difficilement de la mémoire.

Un exemple viendra à l'appui de ce que j'avance.

' — Bonjour, maître.—Bonjour, *funaudel* (camarade). — A quelle heure dînerons-nous aujourd'hui ? — Quand quatre *plombes* (heures) *crosseront* (sonneront) *à la cathédrale de Pantruche* (horloge de l'Hôtel-de-Ville). — Faudra-t-il apporter du pain? — Oui, *mézière* (imbécile), et du *larton savonné* (du pain blanc). Tu mettras le couvert : quatre *glacis* (verres), deux *roulardes* (bouteilles) de *picton* (vin) et une de *lance* (d'eau);

emprunte des *piquantes* (fourchettes), des *surins*
(couteaux), et surtout sitôt que la *mouise* (soupe)
sera servie, *jacte à mort* (appelle-nous fort), pour
que nous la *morfiions* (mangions) chaude ; cache
les *surins* dans ton *montant* (pantalon) ou donne-
les à ton *frangin* (frère).

— As-tu des *ronds* (sous) dans ta *filoche* (bourse)?
— Oui. — Achète de quoi faire du *rife* (feu),
et deux *camoufes* (chandelles), parce qu'avant
de nous mettre sur le *pieu* (lit), pour *roupiller*
(dormir) toute la *sorgue* (nuit), nous jouerons
aux *brêmes* (cartes) et nous *pavillonnerons* (plai-
santerons), puisque je vais être *gerbé à vioque*
(condamné à vie).

Après un séjour de plusieurs mois à la Force,
le préventif, qui a eu le temps de se familiariser
avec tous les vices, sans en excepter la paresse,
est rendu à la liberté ou traduit aux Assises.

Les mises en liberté ont lieu tous les soirs ; c'est
un moment solennel pour le prisonnier rendu à
la liberté, faute de preuves, que celui qui fait
retentir ces mots à son oreille : *Eh, un tel, du 14,
en liberté !* Ces mots sont à peine prononcés,
que ses hardes sont empaquetées et ses adieux
terminés ; ordinairement il laisse à ses co-cham-
bristes de quoi boire à sa sortie, certain qu'il
est de compenser avec usure, en dévalisant quel-

qu'un, le montant de ses largesses. En traversant
les cours qui conduisent au greffe, il dit de loin
adieu à ses amis, à ses connaissances, qui, groupés aux fenêtres, lui envoient à travers leurs barreaux, des félicitations, des condoléances, et le
chargent de commissions qu'il remplit toujours
exactement. Le greffier lève son écrou, le conduit
jusqu'au premier guichet et donne au guichetier
l'ordre de le mettre en liberté, ce que celui-ci
exécute, en répondant à son ex-pensionnaire,
qui lui présente ses adieux : *jusqu'au plaisir
de vous revoir.*

Les accusés renvoyés en Cour d'assises restent
ordinairement, après leur renvoi devant cette
Cour, un mois à la Force. Arrive bientôt l'ordre
de les transférer à la Conciergerie pour qu'ils
soient jugés. C'est un moment que quelques uns
appellent de tous leurs vœux, et que beaucoup
d'autres redoutent de voir arriver ; car, il faut
le dire, autant la captivité *préventive* est douce,
autant la captivité qui précède la condamnation
certaine est cruelle. Lorsque l'aboyeur a dit :
Allons, le transferrement, en route! les voitures
stationnent dans la Cour-des-Poules (ainsi nom-
mée parce que M. Valet, le directeur de la
Force, l'a peuplée de ses poules). Les détenus,
en présence du greffier et de l'inévitable huissier,

s'entassent dans le panier à salade, les portes de cette cage à la Louis XI se ferment sur eux, et le fouet des postillons annonce le départ.

Faisons comme les transférés, jetons un léger coup-d'œil sur la Force et suivons-les, mais tous jours de loin, à la Conciergerie, où nous allons nous promener en amateur; position différente de la leur.

La police de la Force consiste en un brigadier et en vingt-deux surveillans, chargés, non seulement d'inspecter les détenus, mais encore de les surveiller respectivement; aussi, est-ce un service perpétuel de délations.

Tous les jours ils vont faire leurs rapports au greffe. Les surveillans de service font, la nuit, deux rondes dans toutes les chambres, pour s'assurer si la tranquillité règne parmi les détenus, et s'ils ne s'occupent pas de préparatifs d'évasion.

Ils ont, comme les détenus, droit aux vivres de la maison. Une sortie leur est accordée toutes les semaines.

Le directeur de la Force est un homme qui administre habilement sa prison. Les prisonniers l'aiment assez à cause de son impartialité.

Le greffier, M. Constant, est un bon homme

qui s'occupe avec la même tendresse de son greffe et de sa femme.

Le brigadier Paul, chef des surveillans, est un triste monsieur qui martyrise constamment les prisonniers.

De tous les gardiens, le père Guérin est le plus aimé, et il mérite de l'être.

Quant aux inspecteurs actuels des prisons, s'ils les inspectent comme jadis les inspectait M. Moreau Christophe, ils n'y font pas de fréquentes apparitions; et je demanderai même à quoi ils servent.

La Conciergerie, prison située quai des Lunettes, a pour origine celle du Palais-de-Justice; car depuis le commencement de la première race, tous les palais des rois, tous les châteaux des seigneurs étaient à la fois des lieux de séjour, de défense et de détention. Pour ne pas m'exposer à de longues répétitions, je n'en dirai qu'un mot.

A leur arrivée à la Conciergerie, les accusés, avant d'être jetés dans la salle de réception qui avoisine le greffe, sont minutieusement fouillés; le *rapiot* (la recherche) des gardiens va si loin qu'il s'étend jusqu'aux bottes des détenus. Le *burbot* (l'examen) terminé, le greffier les fait comparaître devant lui et procède à l'écrou de chacun d'eux avec les formalités dont j'ai déjà parlé. L'inscription générale parachevée, on leur fait traverser une galerie qui conduit, avec le secours d'une quinzaine de marches, au préau qui leur est assigné.

Cette cour a 25 ou 30 toises de longueur, sur 10 environ de largeur. Son aspect est d'une tristesse calculée; tout autour est une galerie des loges qui servent aux prisonniers, et des escaliers qui aboutissent à des prisons supérieures. La vétusté des murs cause un sentiment involontaire de dégoût; dans cette prison les sensations sont plus sévères, plus poignantes; l'accusé recherche l'isolement; on dirait qu'il a besoin de se recueillir. Pour lui en effet approche le jour de la condamnation. A la Conciergerie pas de jeux, pas de chansons comme à la Force, puis la petite quantité des détenus qui la peuple surexcite encore chez chacun d'eux un abattement farouche. Dans cette prison le remords a saisi sa proie Satan s'est joué d'elle.

CHABOT.

LES FEUILLETONISTES.

—« Hier on a donné au théâtre de la Porte-
» Saint-Martin une première représentation d'une
» rapsodie en trois actes. Les noms des auteurs,
» couverts par les sifflets, n'ont pu arriver jus-
» qu'à nous. Cette œuvre bâtarde ne se relèvera
» pas, car nous espérons en la justice des hommes
» de goût. » (*Journal des Débats* du 15.)

—« Le drame en trois actes, joué pour la
» première fois, hier, à la Porte-Saint-Martin, a
» obtenu le plus brillant succès. Costumes, style,

» décors, acteurs, tout a été applaudi et a mérité
» de l'être. Les noms des auteurs ont été accueillis
» par les bravos et les trépignemens de toute la
» salle. » (*Corsaire* du 15.)

— « Quelle stupide production que l'ouvrage
» incolore représenté hier à la Porte-Saint-Mar-
» tin !... Auteurs et directeur se déshonorent en
» jetant à la face du public de semblables ordu-
» res. S'ils recommencent, nous ferons répandre
» du chlore dans la salle : avis aux mères de fa-
» mille. » (*Courrier des Théâtres* du 15.)

— « Enfin la Porte-Saint-Martin rentre dans
» la bonne voie !... L'immense succès qu'elle a
» obtenu hier lui assure au moins cent repré-
» sentations consécutives, à 6,000 fr. chaque.
» Heureux Harel !... A demain les détails sur cette
» œuvre remarquable qui place deux jeunes au-
» teurs au premier rang de nos écrivains drama-
» tiques. » (*Figaro* du 15.)

— « *Laïus est mort, laissons en paix sa cendre.*
» C'est tout ce que nous avons à dire du pitoya-
» ble drame représenté hier, pour la première
» fois, au théâtre de la Porte-Saint-Martin. Le
» nom des auteurs a été couvert par les sifflets;
» et, à coup sûr, l'affiche d'aujourd'hui ne sera
» pas assez méchante pour les publier. » (*Courrier Français* du 15.)

— « La première représentation du drame
» annoncé sur l'affiche du théâtre de la Porte-
» Saint-Martin, n'a pu avoir lieu hier, à cause
» d'une indisposition de mademoiselle Georges,
» qu'une partie de plaisir appelait à Montmo-
» rency. Ajourné jusqu'à demain, si l'actrice est
» en disponibilité. » (*Le Temps* du 15.)

— « Si vous aimez à rire, allez voir le drame
» représenté, hier, pour la première fois à la
» Porte-Saint-Martin ; c'est une farce ou une mys-
» tification ; peut-être toutes deux. » (*Le Messager*
du 15.)

— « Si vous aimez à pleurer, allez voir le drame
» de feu représenté hier, pour la première fois,
» à la Porte-Saint-Martin. Succès de nerf. » (*Nou-
» velliste* du 15.)

Voilà, messieurs... j'ai copié.

Et tout cela est exact, fidèle, sérieux... tout
cela est de chaque jour, de chaque heure ; tout
cela est bien triste, bien affligeant, bien sale,
n'est-ce pas ? Tout cela est écrit avec les passions,
et pas une ligne n'est un fait de conscience...
O feuilletonistes !

N'importe... Si c'est toi, jeune homme, qui
es l'auteur de la pièce nouvelle, ne saute pas
de joie à la lecture des lignes apologétiques ;
ne t'arrache pas les cheveux non plus, si l'on

jette sous tes yeux les articles acerbes et inju-
rieux. Il y a appel de ces deux jugemens. Le
public n'a pas encore prononcé, le public qui
voit, le public qui écoute, qui paie, qui veut
s'amuser avec des rires ou avec des larmes, le
public qui n'a pu pénétrer hier dans la salle,
parce que tes amis la remplissaient, tes amis,
entends-tu? qui ont trouvé à haute voix l'expo-
sition lente, l'intrigue embrouillée, le dénouement trop brusque, les caractères faux; voilà
tes amis d'hier, amis intimes s'il en fut jamais,
qui t'ouvriront leur bourse, se battront pour
toi, publieront au dehors que tu es un homme
d'esprit, un écrivain supérieur, et qui, au de-
dans, seront les premiers à frapper d'anathème
l'œuvre dramatique sur laquelle tu comptais asseoir ta réputation à peine commencée.

Oh! tu es bien fou de leur en vouloir à tes
meilleurs amis! car, écoute-les, c'est dans l'intérêt seul de ta gloire qu'ils ont fait entendre
leur parole indépendante. Et puis, jeune homme,
ne te hâte pas de haïr, assez de désenchantemens
t'attendent dans la carrière que tu vas parcourir.
La haine et le mépris sont vivaces dans le cœur;
tâche qu'ils ne s'y logent que bien tard.

Dis-moi encore. Es-tu allé à pied ou en cabriolet lire ton œuvre au comité?... Est-ce dans

une mansarde sans rideaux, ou dans un riche
cabinet d'étude que tu l'as mûrie et développée?..
En un mot, étais-tu pauvre ou riche en débutant ?... Riche?... Oh ! alors ce n'est pas le savoir
qui te manque, c'est le savoir-faire. Tu es riche,
et les *feuilletonistes* te dénigrent, te déchirent!
Tu peux prêter de l'argent, donner de beaux
dîners, disposer d'un cabriolet, et les *feuille-*
tonistes ne te trouvent pas du génie !... Pauvre
ami, d'où viens-tu donc?... Si, comme toi, j'étais
riche, pas un théâtre ne me serait fermé, pas
un journal ne me serait hostile, à moins que je
ne voulusse ni de la faveur des journaux, ni de
la faveur des théâtres. Si, comme toi, j'étais riche... Eh! bon dieu! je ne ferais pas cet article,
et tu ignorerais encore qu'il ne dépend que de
toi d'être un homme supérieur et d'avoir les
feuilletonistes à ta disposition.

Ton champagne est délicieux, tes soupers
amusans, ton cuisinier habile. Tu as une maîtresse dont tu n'es point jaloux, une campagne
où l'on peut aller gaiement s'enivrer, tu prêtes
de l'argent sans le publier... A toi les *feuilleto-*
nistes; ils sont à toi corps et âme ; la nuit et le
jour, disposes-en à ton gré.

Ne me parlez donc pas de vos rares excep-
tions ; elles confirment la règle... Et puis, com-

bien m'en citerez-vous? Deux? Trois? — Dix. —
Courtisan! vous faites des pièces et vous avez
peur... Mais va pour dix; pas un de plus.

Moi qui en fais jouer aussi, et qui reçois l'éloge
presque avec autant d'indifférence que j'accepte
une sévère critique, lorsqu'elle est dégagée de
personnalités; moi qui publie également des
feuilletons et qui n'ai vécu pendant quatre ans
que de cette littérature au verbe haut, au langage insolent et protecteur, je vous dirai le secret
du métier; je vous apprendrai comment, au
lieu du mépris que vous couviez, c'est souvent
une douce pitié que vous devez au *feuilletoniste*,
forcé, contraint *par devoir*, d'imposer silence à
sa raison, de faire taire le cri de sa conscience,
et d'élever jusqu'au troisième ciel ce que, dans
toute autre position que la sienne, il eût, insouciant, laissé dans la boue.

Il n'y a pas à Paris de docteur en médecine
plus funeste à ses malades, que ne peut l'être
aux débutans dans la carrière dramatique un
rédacteur de feuilletons. Aussi, voyez ces deux
messieurs qui se saluent..... Lequel des deux a
fait la pièce nouvelle? Celui dont le chapeau
descend plus bas, celui qui serre la main avec
plus d'affection, celui qui invite à dîner. Ceci
est de règle générale.

Comment ne pas paraître grand à côté de celui se courbe?

On a dit en style rococo que les muses étaient sœurs. En langage de toutes les époques nous dirons que les arts sont frères. Aujourd'hui nous ne voulons pas généraliser; nous laissons de côté les écrivains *feuilletonistes* qui ne rendent compte que des livres nouveaux. Ici, il n'y a point de périodicité dans la publication; les journaux peuvent se taire à leur égard; et, absorbés par ce qu'ils appellent leur politique, ils n'ont presque jamais qu'un espace de trois ou quatre lignes à accorder aux six volumes qui ont usé la vie d'un philosophe ou d'un algébriste. Lorsque vous apportez vos deux exemplaires au bureau, on vous enregistre, puis vous ouvrez votre bourse; vous accompagnez votre argent d'un tout petit morceau de papier, que vous nommez *réclame*, le chef de cette branche d'industrie du journal reçoit, avec une indifférence routinière qui vous irrite si vous êtes novice, l'argent et le papier; il numérote celui-ci, le pousse dans un large carton, comme on parque les brebis à la campagne, et vous dit froidement: *Vous passerez au premier jour.....* Un mois après votre *réclame* s'est glissée dans la feuille, et, en cherchant bien, en mettant vos besicles, vous parviendrez à la lire entre l'annonce d'un dépôt de moutarde qui vient de s'établir rue de la Mortellerie, et une récompense de trois francs promise à celui qui ramènera à une vieille douairière un caniche noir qu'elle a perdu dans le jardin du Luxembourg.

Non, non, la *classe* de littérateurs qui nous occupe en ce moment a plus de dignité dans ses faiblesses, moins de vénalité dans ses désirs ; elle est moins boutiquière; son bureau ressemble à un comptoir, j'en conviens ; mais les marchés ne s'y font pas sou à sou, écu à écu ; on y trouve une pudeur dans les transactions, une loyauté dans la discussion des intérêts, qu'on ne voit jamais chez les hommes à chiffres des journaux. Dans ceux-ci, c'est au compas et à la règle : tant de centimes par lettre; l'ordre est là, précis, positif; c'est la parole du destin, immuable pour tous. La fraude n'y est pas possible, le tarif y est stéréotypé ; s'il y a erreur, c'est au caissier à combler le déficit. Rothschild ne fait pas autrement avec le cerbère de ses trésors.

Dans le bureau du *feuilletoniste* dont nous parlons, une proposition d'argent peut être un outrage; il faut du moins que la forme corrige le fond. Avez-vous des livres? ils sont acceptés, c'est la règle. Des gravures? déposez, c'est la

règle. Des loges de théâtre, des stalles de concert?
laissez, c'est la règle..... La règle veut dire l'u-
sage; cet usage date de loin, je l'ai consenti, ce
n'est pas moi qui vous l'impose: libre à vous de
ne pas vous y soumettre, mais libre à moi aussi
de publier franchement ma façon de penser.
Concédez, je concèderai à mon tour. Si votre
livre est bon, deux colonnes d'éloges; s'il est
mauvais, deux lignes de critique bien mitigée,
bien emmiellée : *L'auteur s'est trompé ; et, en
homme d'esprit, il prendra bientôt sa revanche.*

Vous le voyez; il y a ici plus de formes ; on ne
vous met pas brutalement le couteau à la gorge;
vous avez des armes pour vous défendre, on vous
laisse prendre position, vous êtes en garde.....

Commencez-vous à ne pas tant mépriser les
feuilletonistes? attendez, je vous y aiderai peut-
être; mais, songez-y bien, j'ai fait des feuilletons;
je vous trompe un peu, un petit peu, je gaze le
vice, je masque la laideur : où est le peintre qui
fait toutes les rides de son modèle? la flatterie
est de tous les pays, de toutes les professions.
C'est la monnaie universelle, avec elle on achète
et on conserve. Le flatteur est d'ordinaire petit,
vil, mesquin; mais il est quelque chose, il occupe
un haut degré dans l'échelle sociale. Le flatteur
n'a pas d'égaux, il n'a que des supérieurs; et

quoiqu'il ait parfois le droit de commander, il
en demande la permission d'une voix humble et
soumise. Maître ou valet, le flatteur tire toujours
avec profit son épingle du jeu ; le flatteur peut
avoir six pieds, et vous quatre ; vous serez forcé
de courber la tête pour vous en faire entendre.
Il est homme à renvoyer son barbier pendant
un mois, si son patron ne se fait pas la barbe ;
il est capable de se faire arracher une dent, s'il
en manque une à son protecteur ; vous avez
un rhume, il en souffre depuis quinze jours ;
soixante ans pèsent sur votre tête, il a dix-huit
mois plus que vous, quoique vous soyez son aîné
de seize hivers. Si dans une discussion vous lui
donnez enfin raison, il vous en demandera pardon avec tant d'humilité que chacun jurerait que
c'est lui qui a eu tort. Et s'il a tort en effet... oh !
s'il a tort, il ne tiendra qu'à vous de le rouler
sous vos pieds ; c'est un service à lui rendre, ne
le ménagez pas, donnez-vous-en à cœur-joie, ou
il vous en gardera rancune. Le flatteur ne par-
donne jamais à qui veut persuader qu'il est moins
que lui... On arrive toujours, et partout, quand
on va ventre à terre, avec ou sans équivoque :
voyez le lézard.

Et moi qui, à propos du *feuilletoniste*, viens de
vous esquisser le caractère du flatteur ! Par quelle

transition suis-je arrivé là ? qui m'y a poussé ? je
cherchais l'étoile polaire, et je cinglais vers la
Croix du Sud... En route, pilote, *pare à virer !*

Voici l'envieux.

Malheur à vous, si vous êtes auteur d'un chef-
d'œuvre !... Gloire à vous, si vous débutez par
une chute !

Il y a peu de *feuilletonistes* à Paris qui n'aient
rimé des couplets pour le théâtre, ou charpenté
un drame, ou ébauché un opéra. Ce genre de littérature est le plus éblouissant et le plus lucra-
tif, il est payé par tout Paris, à vue, sans escompte, sans marchander. On se pare pour en
jouir, on avance l'heure de ses repas, on y convie
ses amis, et grâce à un succès, plus d'un cœur
amoureux reçoit au milieu des applaudissemens
de la foule le prix de ses feux et de sa constance.

Au théâtre, en effet, naissent d'ordinaire les
fortes passions. Comment ne rien sentir, lorsque
là, sur une scène brillamment éclairée, une jeune
femme vient demander avec des larmes, une ca-
resse, un aveu de flamme, un rendez-vous nocturne, et cela sans baisser les yeux, sans rougir,
à voix haute, sans se soucier le moins du monde
de cette masse compacte qui l'écoute avec pitié,
qui se met souvent à sa place, et qui applaudit
de l'âme à un triomphe qu'elle n'accorde jamais,

elle, qu'avec une mystérieuse clarté! Le théâtre est
le pays des illusions et de la réalité, toute une vie
s'y consume en un quart d'heure, toute une existence s'y colore en quelques minutes, et *Antony*
peut-être a valu plus de conquêtes à Satan que
les bals les plus diamantés de la capitale.

Eh bien! cet essai que vous fîtes un jour avec
succès de votre talent dramatique, vous allez le
maudire le lendemain de votre triomphe; une
heure de joie et d'extases, contre des mois en-
tiers de tribulations et d'impertinentes diatribes.
Le *feuilletoniste*, qui avait essayé de la même
carrière, est moins blessé de sa chute qu'il ne
l'est de votre gloire. Sa mémoire l'aide à merveille et lui donne des armes contre vous. Il n'y a
pas une situation de votre drame dont il ne
trouve le modèle chez vos prédécesseurs; il cite
les auteurs modernes, il compulse les auteurs
anciens, il parle de réminiscences, de plagiat,
il dénonce une épithète que vous avez heureusement ressuscitée, il transcrit un hémistiche que
vous n'aviez jamais lu, il commente, il dissèque;
et tout cela d'un ton de bonhomie si vrai, d'un
air de candeur si naïf, si désintéressé, si paternel, que ceux qui n'ont pas le secret du métier
donnent à plein collier dans le piége, plaignent
d'abord un peu l'auteur dévoilé, puis lui jettent

la pierre, et finissent enfin par voter des remer-
ciemens au *feuilletoniste* qui a éclairé leur conscience, démasqué la nullité et plaidé la cause
des arts. *O plebs!*

Et maintenant, si vous reconnaissez avec moi
que l'esprit a ses sympathies comme le cœur, si
l'auteur dont le nom a été proclamé par les bravos de toute une salle est ce qu'on appelle dans
le monde dont je parle, *un ami, un camarade;*
oh! alors Voltaire à ses côtés sera une *ganache,*
Rousseau un écolier, Montaigne, Pascal, des *per-
ruques.* Son livre doit avoir quinze, vingt édi-
tions consécutives; ou, si la *fatalité* lui est contraire, c'est-à-dire si l'engouement du public ne
répond pas aux prévisions de l'Aristarque, si
la première édition éteint l'enthousiasme et tue
l'avenir du livre tant prôné, lisez les brûlantes
colonnes du *feuilletoniste,* et vous y verrez que
le goût est abâtardi, que l'amour de l'or l'emporte sur celui des lettres, que l'époque actuelle
est toute spéculative, les femmes frivoles, les
hommes plus frivoles que les femmes, la littérature méprisée, la librairie aux abois, le siècle sans
gloire, le prince sans honneur et l'État menacé
d'une dissolution complète. Le feu qui manquait au livre, vous le trouvez dans les pages du
journal défenseur; et, prenez-y garde, ce n'est

point par générosité, par amour de la justice,
que l'indignation déborde, c'est par égoïsme.....
Le *feuilletoniste* a fait annoncer un chef-d'œuvre. Ce chef-d'œuvre, c'est lui qui le lance au
monde, c'est son cerveau qui l'a mûri, c'est sa
plume qui l'a fait connaître; l'échange d'éloges
avait été combiné, consenti d'avance. — Toi,
mon noble ami, tu seras un grand homme...
— Toi, mon jeune camarade, un homme prodigieux. — *Prodigieux* est déjà connu. — J'inven-
terai une autre épithète... Ah!... sublime. —
Nous avons dix-huit écrivains sublimes dans
notre nouvelle littérature. — Attends! miraculeux. — Ce n'est pas mal; et toi? — Cherche
quelque chose qui me convienne. — Profond.
— C'est trop bas. — Céleste. — Ce n'est pas assez
haut. — Divin, satanique. — Pas trop mal aussi,
tu choisiras.

Ne croyez pas que je plaisante, que j'imagine,
que je crée : ceci est de l'histoire, ceci est de
l'histoire de nos jours, et l'on n'ose guère mentir en face des contemporains, à moins qu'on ne
soit ou ministre, ou ambassadeur, ou homme de
lettres, ou marchand, ou libraire, ou maquignon, ou *feuilletoniste*. Moi, je fais des portraits
et pas autre chose; je ne flatte ni n'enlaidis. Les
modèles que je copie aujourd'hui, vous les

voyez dans leurs bureaux avec leur insolence, dans les promenades avec leurs ridicules, aux théâtres avec leur verbe haut et leur fatuité, aux cafés avec leur fausse bonhomie. A moi la pierre si je mens à vos yeux et à ma conscience; à eux le mépris si vous les reconnaissez.

Ce que je viens de vous dire pour un livre, je pourrais vous le répéter pour les œuvres dramatiques. Il y a, entre certains auteurs, contrat synallagmatique, convention verbale qui a force de loi, qui est respectée par tous, sous peine de forfaiture, et dont la non-exécution serait la perte et le déshonneur du transfuge. Les voleurs et les filles de joie ont des codes semblables auxquels ils se soumettent corps et âme; malheur à qui oserait le violer, il n'y aurait pour lui ni sûreté ni repos. Et ici, comme trait caractéristique de nos mœurs, vous remarquerez que les stipulations qui coûtent quelque chose à la conscience, quand on en a une, sont celles qu'on observe le plus religieusement. Le vice et la honte ont leur code à eux; et, dès qu'il a une fois senti la douceur d'un acte de probité, l'homme avili l'adoptera avec une fermeté que les intérêts de sa fortune compromise ne lui feront pas trahir..... Permettez-moi à ce sujet une petite digression; elle peint toute une époque;

elle n'est pas exceptionnelle, elle s'applique à presque toute une classe... Fille perdue, *feuilletoniste*, la distance peut se mesurer; l'une et l'autre appartiennent à qui paie, argent ou oripeaux, bijoux ou promesses, n'importe.

Écoutez.

Par une nuit magnifique d'été, je revenais, il y a deux ans, du bois de Boulogne, où la poussière en tourbillons avait blanchi mes vêtemens et desséché mon gosier. Je fis arrêter mon tilbury (j'en avais un alors et je n'écrivais pas dans les journaux), et je continuai ma route à pied.

Arrivé vers le milieu des magnifiques avenues que les Cosaques de 1814 ont un peu mutilées, j'entendis une jolie musique, ma foi, qui jouait de fort gaies contredanses. Je me présentai à la porte d'une vaste rotonde, la main dans ma poche, comme à un bureau de théâtre... On ne me demanda rien, j'entrai, je m'assis à une table verte, ronde, propre; et, comme mes voisins, je demandai de la bière.

L'on dansait. C'était curieux à voir. De la joie sur toutes les physionomies, des pirouettes, de beaux entrechats, des jetés battus, des ronds de jambe faits avec grâce; des maîtres de danse, en un mot, de la garde royale et des quartiers de

l'École - Militaire. Et les dames donc! Parole
d'honneur, je me plaisais à leurs manières dis-
tinguées. *A vou-t-encore, monsieur.— J'accepte-
rait avec plaisir. — L'offre que vous me fait' est
trop conséquente.— Oh! pardon, mon cavalier, je
vous ai marché-t-un peu sur le pied.* Je fus bien
vite au fait. Les couturières, les blanchisseuses
et les filles complaisantes de nos rues, endiman-
chées et heureuses, sont, je vous assure, des
personnes bonnes à voir et à étudier.

Il y avait déjà une demi-heure que je jouissais
de ce spectacle étourdissant, lorsqu'une voix
doucettement menaçante imposa silence, derrière moi, à une petite fille de cinq ou six ans,
un amour.

Je lui souris; elle eut peur... J'essayai un autre
genre de séduction, un petit gâteau. Elle n'eut
plus peur, la jolie fille, et tendit sa main en dépit de l'ordre contraire de maman.

La conversation était naturellement engagée.

— Un gâteau ne lui fera pas de mal, madame.

— Elle en a déjà mangé deux, monsieur; et
Laura est une gourmande que je gronderai fort
en arrivant à la maison.

— Ça m'est égal, tu m'embrasseras après, et
j'aurai mangé mon gâteau.

— Vous le voyez, madame... Mais vous, si jeune, déjà une enfant de cet âge ?... Votre mari danse, sans doute ?

— Non, monsieur, je n'ai pas de mari... je suis veuve.

— Un frère vous attend.

— Je n'ai point de frère, point de sœur; je suis ici seule, j'y suis entrée machinalement, et j'attends que le garçon arrive, pour payer et sortir, j'ai hâte.

— Mais il est presque nuit; si je vous priais de m'accepter pour cavalier ?

— Je refuserais, monsieur.

— C'est un refus qui m'affligerait, et que je chercherai à vaincre.

— Sans y réussir.

Cette persistance enflamma la mienne; je devins aimable par besoin de l'être, *je fis des calembourgs*, je caressai la jolie enfant et je parlai enfin de mon tilbury... Rien! rien sur la figure de la dame, rien qu'un caractère de modestie tout-à-fait séduisant. Mais la petite fille voulait s'en aller *à dada*, et je l'encourageais dans ses vœux.

Le garçon avait passé près de nous cinq ou six fois sans que ma belle inconnue l'eût arrêté... Enfin elle paya; je payai aussi, et je sortis tenant la petite fille par la main. Était-elle heureuse !...

— Oh ! maman ! le joli cheval blanc !

— En effet, le cheval et le tilbury sont d'une élégance !...

— Ils m'appartiennent, madame.... Georges ! suivez-nous au pas.

— Oui, monsieur.

Nous marchâmes encore un peu. Foi d'honnête homme, je fis ma cour avec un feu, avec une énergie que j'ai rarement trouvés depuis... je crois même que j'osai offrir des services, de l'or... j'étais devenu impertinent; j'eusse donné jusqu'à mon cheval blanc pour triompher de la rigueur de mon inconnue.

L'enfant était fatiguée; je la plaçai dans mon tilbury; la mère eut peur et l'y suivit; j'y montai pour rassurer la mère, et nous voilà brûlant le pavé...

— Où madame désire-t-elle être conduite ?

— Chez moi, rue de la Michodière, n° 10... Tout cela d'un ton froid, réservé, sévère, presque malhonnête.

Nous y arrivâmes en moins d'un quart d'heure.

— Me sera-t-il permis de venir demander des nouvelles de la santé de madame?

— Je ne vous le permets pas, monsieur.

— Adieu donc. Bonsoir, petite Laura.

— Bonsoir, monsieur ; venez nous voir...

Le lendemain je n'y pensais plus... j'allai dîner chez Prévost, au Palais-Royal ; j'entends à mes côtés des paroles repoussantes, de ces paroles qui font frémir les jeunes mères, qui égaient les vieux libertins, et qui composent un dictionnaire à l'usage des maisons de corruption de la capitale... Je me retourne.

— Oui, monsieur, c'est moi, me dit une jolie bouche, c'est moi qui vous ai vu hier au *bastringue* de la Rotonde. — C'est vous !.... et vous avez refusé mes offres !..... — Sans regret. J'étais si heureuse de passer pour une honnête femme !... c'est la première fois que cela m'arrive depuis que j'ai été vendue, il y a six ans de cela, et je n'oublierai de ma vie les paroles honnêtes que vous m'avez adressées. Maintenant si vous voulez monter chez moi, vous me rendrez service. Le prix est fixe : un petit écu. — Tenez, mademoiselle, et soyez sage, au moins pendant huit jours. — Est-il *godiche*, ce provincial !.... Ce furent les dernières paroles que j'entendis de la mère de la petite Laura. La petite Laura les répètera un jour aussi ; et certes, c'est grand dommage ; je n'ai jamais vu de minois plus agaçant.

Filles à vendre, *feuilletonistes* à acheter !... qui

en veut? Paris en fourmille, ils pavent nos rues,
baissez-vous et ramassez.

Vous croyez peut-être que je vous ai tout dit
de ces messieurs? vous pensez être au fait de
toutes les ruses, de tout le manége des *feuilletonistes?* Eh! mon Dieu, non!.... Et ceux qui
font eux-mêmes leur apologie? et ceux qui menacent de tuer les sévères Aristarques? et ceux
qui vont clandestinement dans les imprimeries,
corriger les épreuves des comptes-rendus? et
ceux qui défont le lendemain la réputation qu'ils
ont établie la veille? et ceux qui se disent les auteurs d'articles qu'ils n'ont pas faits? et ceux qui
renient les articles qu'ils ont signés?..... Mille
genres de *feuilletonistes* serpentent tous les jours
dans les rues de Paris et dans les coulisses de ses
théâtres; n'essayez pas de les saisir tous; c'est
chose impossible. Emparez-vous de quelques
spécialités, et livrez-les à l'indignation ou à la
pitié des hommes d'honneur et de probité, vous
aurez rempli une tâche honorable.

Que s'ils vous menacent de leur colère et de
leur vengeance, dites-leur comme moi :

Voilà mes écrits; je vous les abandonne; je
les publie, ils sont de votre domaine de *feuilletonistes;* quant à ma personne, quant à ma vie,
gardez-vous d'y toucher; c'est une propriété

que je défends autrement qu'avec la plume, et, vrai, il y a trop de péril pour vous et pour moi à ce qu'ils soient attaqués pour que je vous y encourage. Les sujets ne manquent pas au *feuilletoniste*, choisissez les bons; c'est chose aisée et profitable à la fois. Il est des pamphlets qu'on signe avec orgueil : voyez Paul-Louis; il est des feuilletons au bas desquels ne doit jamais se lire un nom honorable... Honte à qui n'ose pas dire : Ceci est de moi.

Jacques Arago.

LE PALAIS DE JUSTICE [1].

Je ne conçois pas l'histoire se bornant à une étroite manipulation de faits, quand je vois tant de monumens des vieux jours debout pour instruire les peuples. Il est chez nous de ces édifices savans, qui, témoins des luttes d'autrefois, écoutent la parole des temps nouveaux et se mêlent à nos destinées. Leur description ne doit pas seulement profiter à la curiosité; quel

[1] Cet article a été écrit en 1834. (*Note des éditeurs.*)

parti n'en pourraient pas tirer des plumes éloquentes et probes !

Un jour, tandis que je faisais ces réflexions, neuf heures du matin sonnèrent à Notre-Dame. Un devoir à remplir, une étude archéologique à terminer dirigèrent ma course vers le Palais de Justice.

C'était en décembre 1833. Un grand procès politique avait lieu ; à travers mille inextricables incidens, le drame judiciaire marchait vers sa péripétie. La force positive et l'énergie des idées s'étaient encore une fois donné rendez-vous pour se mesurer corps à corps. La presse avait élevé les gradins au haut desquels, comme spectateur intéressé, s'échelonnait la France. Chaque athlète avait ses parrains, ses tenans, ses couleurs. Depuis ce marché diapré où le plaideur distrait s'embaume en passant, jusqu'à la statue équestre du bon roi qui conquit Paris, moyennant 500 mille écus d'or, un cordon de soldats gardait les abords de la Cité, disputant cet antique honneur aux deux bras de la Seine. Le congrès tout entier des sergens de ville était sur pied, l'œil en feu, le jarret tendu. La légion qui porte *badine*, s'agitait çà et là, faisant plus d'une halte chez les rogomistes circonvoisins, et réchauffait son zèle au feu matinalement injecté dans ses entrailles maudites. Ferme sur l'étrier,

le garde municipal ruminait son mot d'ordre. A
travers ces chevaux qui piaffaient, ces conscrits
qui bâillaient le sac au dos, ces flamberges po-
licières qui luisaient, ces faces ignobles qui s'allu-
maient, on voyait circuler le peuple en habit de
travail, se dirigeant, l'air calme et toutefois pré-
occupé, vers l'enceinte où s'élaborent sous les
doigts des greffiers les mystifications de la politique
ergoteuse. Un convoi de voitures grillées arrivait
au pas de course. Des chants républicains mar-
quaient le passage de la geôle ambulante. C'était
l'hymne des accusés, qui bientôt, déprisonnés
un à un, non loin de la *tour de César* (1), franchis-
sent le guichet de la Conciergerie. Nous ne les per-
drons pas ; ils vont sous bonne escorte. Du fond
de ce noir labyrinthe, un escalier tournant les
mène à l'étage supérieur. Les voyez-vous, là,
tous la cocarde au chapeau ? Place à la sellette
des assises ! Bien-venus soient les ressuscités : la
maison de Justice a lâché sa proie.

Le jury se rend à son poste. Un bourdonnement confus sert de prélude aux débats. Des
sbires en vêtement bourgeois sillonnent la foule
compacte. Toutes les avenues sont garnies de
suppôts dont le fer regrette d'être à jeun. Ils

(1) La plus orientale des tours circulaires du palais.

font la chaîne comme pour un incendie. L'entrée
latérale des témoins et le perron du public s'encombrent de tout ce qu'a pu vomir l'antre du
quai des Orfèvres. On ne pénètre qu'en exhibant
une assignation, à défaut d'une carte de mou-
chard. Une émeute s'engage dans *l'allée des
Merciers*. J'entends les lamentations d'un enfant
qu'on étouffe. Le plébéien que collète un sergent,
réclame en vain quelque appui dans le temple
des lois ; un avocat que viennent de maltraiter
des mains impures s'en va tout chagrin quitter
sa robe polluée. Les troupes qui bivouaquent
partout croisent leurs bras et laissent faire.
Ainsi s'exerce au palais l'ordre public, les jours
de hautes solennités.

« Chapeau bas, messieurs ! » crie un huissier
audiencier du haut de l'estrade circulaire où vont
siéger les interprètes du Code. Debout, au barreau ! saluez la Cour !

Et le débat contradictoire reprit de plus belle
au point où il s'était arrêté la veille. Près de
deux cents témoins avaient été mandés de part
et d'autre. La liste était loin d'en être épuisée.
Beaucoup ressassaient des faits déjà produits ; l'on
n'écoutait plus. Je me recueillis dans mon idée
fixe et me mis à faire *in petto* de l'observation à
ma manière.

Nous assistons aux tournois de notre époque.
La société qui vient et celle qui s'en va exécutent
sous nos yeux une de leurs passes d'armes. Ceci
tient du carrousel ancien et de ce qu'on appelait
le *jugement de Dieu*; j'y vois une importance
morale à conquérir, une preuve juridique à faire.
Voici devant nous les trois *officiers du camp*, en
robe noire et coiffure dorée. Ordonnateurs du
combat, ils prennent note des coups, maintien-
nent la lice, en font observer les règles; ils ne peuvent décider qu'en droit ; et selon que le prix est
adjugé ou la faute avérée, ils légalisent la victoire
ou condamnent. Malheureusement, et depuis
que la parole a remplacé le fer, il se trouve parmi nous que l'accusé seul est puni s'il succombe.
L'accusateur vaincu en est tout au plus quitte
pour rougir. L'équité marcherait-elle à rebours
de la civilisation ?

Sur un fauteuil isolé s'agite *le chevalier tenant*,
le champion de l'attaque. L'accusateur en chef
l'a commis au soin de s'escrimer contre tous;
mais, à la différence d'autrefois, il n'a rien dé-
posé comme gage de bataille. Le but et les
moyens tracés, il fonctionne. Admirez ces bras
qu'il étend comme pour donner des signaux ;
voyez ces notes secrètes qu'il compulse ; écoutez
sa parole aiguë comme une pointe d'acier, brève

comme le son d'une monnaie vieillie. O digne
vicaire du parquet, tu en es ici l'image agis-
sante! Tu symbolises très bien ce système in-
quisiteur dont l'existence d'un jour s'appuie sur
le glaive inintelligent, sur les suffrages de l'agiot,
sur des campagnes de police et sur les exploits
de télégraphe!

A notre gauche écoutent sans mot dire douze
citoyens tirés au sort et qu'aucun insigne ne dis-
tingue. Ce sont les vrais juges de fait, décidant en
leur âme et conscience, indépendamment des am-
bages du code. Ils s'appelaient *Prud'hommes* et
Pairs, alors que la féodalité elle-même respectait
leur institution ; ils sont devenus le *Jury* depuis
que l'Assemblée nationale a régénéré leurs titres.
Les désastres de la liberté les ont laissés debout
mais non pas sans blessures. Un privilége restric-
tif s'est glissé dans leurs conditions de vie : c'est
comme censitaires d'élite qu'ils siègent. Leur
présence en ces lieux ne laisse pas, toutefois,
d'offrir un rassurant espoir. Telle que nous la
possédons, la phalange civique dont la toge doit
vénérer les arrêts, prévaudra toujours digne-
ment sur une magistrature à gages. Une patrio-
tique pudeur retiendra communément sa voix
sollicitée pour un odieux concours. Elle figure ici
la société neutre, celle dont l'attitude passive est

l'écueil des mauvais pouvoirs; celle qui, complè-
tant sa mission de tribunal, pèse tous les griefs,
entend le faible qu'on opprime, et, l'heure des
réparations venue, passe à la cause la plus juste.

Dans la tribune de droite se montrent les
accusés avec leurs *advocats* ou *chevaliers es-lois*,
sans autres armes que la vérité libre et franche.
Ils sont vingt-sept, presque tous membres de la
nouvelle génération, chargés de la représenter
dans ce moment difficile. Ce n'est pas qu'elle
les ait choisis ; leur adversaire seul a signé leur
mandat, et nul d'entre eux, assurément, n'en
a recherché l'honneur; mais l'on peut prendre au
hasard dans tout parti dont le dogme consiste à
subalterniser l'individu pour rehausser la masse.
Ceux qui le professent tirent de leurs persécutions mêmes des argumens propres à rassurer
foi; elles leur disent que toute intelligence sera
utilisée par le triomphe de la démocratie. Des gens
de lettres, des ouvriers, des étudians, des militaires, des commerçans, une jeune femme, tels
sont ceux que l'omnipotence de fait traduit à cette
heure à sa barre. Il y a là comme un type de la
France de juillet : la fraternité sainte n'est plus
qu'aux bancs des assises. N'oublions pas qu'à
côté de ces braves artisans, dont une procédure
indigeste a fait des conspirateurs, brille l'uni-

forme de l'École polytechnique; cet uniforme
que Bonaparte respecta, bien qu'il lui fût hostile, et qu'un pouvoir né de l'insurrection a, pour
la première fois, jeté sur la paille des cachots.
C'est que, sous cet uniforme comme sous la
veste, comme sous l'habit noir, la flatterie des
cours a démêlé des cœurs dont l'indépendance
lui fait honte !

Le sort de la bataille qui se livre est désormais fixé. Dans la mêlée des jours précédens les
combattans ont changé de rôles. L'avantage moral demeure aux accusés; le siége des accusateurs
s'est transformé en sellette. Ils ont eu à essuyer
en face de ces mots brûlans qui marquent un
homme à la joue. Le ministère public, décon-
tenancé, a perdu tout le terrain dont le génie
du procureur-général avait su disposer pour
son laborieux échafaudage. Le manifeste du
parquet demandait des têtes. Maintenant cette
stratégie cavalière a pris une allure des plus
humbles. Battu avant le verdict, l'athlète provocateur semble demander grâce. Il achève comme
il peut un roman judiciaire sifflé par l'opinion.
Il s'est pauvrement rejeté sur des listes de club,
des caquets de portier, des lieux communs contre l'anarchie, des souvenirs de 93. Rien de précis; rien de net; mais des conjectures vagues,

des récriminations, des mots d'un autre temps,
voilà ce qu'en fuyant il lance au jury stupéfait.
Dans son désarroi cruel, vainement il cherche
à rallumer sa faconde au souvenir des plus
vieilles conjurations. Robespierre intervient, par
sa bouche, chargé de tous les mensonges de
Thermidor. Babeuf ressuscite avec ses théories;
ne bougez : Catilina va paraître! O l'impertinent
fatras! Est-ce donc ainsi que s'exploite à présent l'héritage des Bellart? les mânes du crimi-
naliste assassin doivent s'indigner, je m'assure!
Trop candide jury! va, crois-moi, rassieds-toi,
assez, assez de labeur, ne t'escrime plus à comprendre. Ce n'est plus tant pour toi qu'on dé-
roule ici cette fantasmagorie de pédant. On sera
trop heureux d'un succès en province. La chambre du tiers-état va s'ouvrir. Que la peur monte
en diligence avec les députés; ce sont leurs con-
sciences effarouchées que l'on convoite. Mais un
complot à constater; mais des sentences de mort
à obtenir, vraiment on n'y songe pas ! regardez
plutôt aux pieds de la Cour pour finir de calmer
vos craintes. Là sont les pièces à conviction, les
preuves matérielles impliquant résolution d'a-
gir; fut-il jamais attirail plus burlesque? A nous
l'inventaire joyeux. Combien donnez-vous de
ces fusils sans chien, de ces malles sans fond,

de ces poêlons sans queue? à combien ce parapluie usé, ces vieilles cuillères d'étain, ce cha-
pelet de balles trouées, ce jeu de piquet sans
rois, ces fuseaux à dévider de la laine? Personne
ne dit mot? Qu'on m'appelle donc les huissiers
priseurs; je retiens place à l'hôtel Bullion pour
l'arsenal du grand complot. Les marchands de
bric-à-brac sont priés d'enchérir; l'affaire ici
pendante est de leur compétence.

———

L'audience est suspendue. Il était temps; on
étouffait. L'influence du solstice d'hiver, l'éloquence antiphlogistique de M. le substitut : rien
n'a pu contre la chaleur exhalée par trois cents
poumons et le travail d'un poêle énorme. Le jury
suait sang et eau; trois dames ont eu des nau-
sées. Profitons du répit qui nous est accordé
pour faire un tour dans le Palais ; nous tâcherons
d'utiliser la promenade. Le philosophe, l'histo-
rien, le jurisconsulte, le poète lui-même, peuvent trouver ici matière à décrire ou à réfléchir.
Pour élever ces murs, plusieurs générations ont
fourni leur pierre. De grandes assemblées s'y
sont tenues; le gouvernement y eut son centre.
Dans leur enceinte ont été fabriquées les lois

auxquelles un long mensonge avait soumis la nation. Elle est venue y protester trop souvent chapeau bas et par d'humbles discours; mais quelquefois aussi par le glaive et la tête couverte. L'ancien régime et la révolution dictèrent ici leurs volontés : il y a des traces du peuple, de la noblesse, et du trône.

Une étroite et longue galerie dont l'éblouissante restauration vient à peine d'être achevée, se présente en face du perron des assises. Elle sert d'anti-salle à la chambre des requêtes de la Cour de cassation, et s'ouvre sur la galerie *des Merciers*. Ce petit chef-d'œuvre de l'art d'imitation, où le moyen-âge a reparu plus élégant qu'il ne fut jamais, porte un nom assez triste. On l'appelle la *Galerie des Prisonniers*, parce qu'en effet les détenus de la Conciergerie devaient autrefois suivre ce chemin pour se rendre à la *Tournelle criminelle*. Le travail qui vient d'y être exécuté a reçu les éloges de M. le procureur-général près la Cour de cassation, dans une mercuriale de rentrée qu'était venu entendre le roitelet belge. L'orateur saisit cette occasion pour se révéler comme antiquaire. Selon lui, la *Galerie des Prisonniers*, dans son nouvel état, serait de point en point telle qu'on la voyait sous saint Louis, qui l'avait bâtie. S'il s'agissait ici d'une question de droit

civil, je m'inclinerais devant la science reconnue
du magistrat ; si d'une question politique, j'at-
tendrais, persuadé que M. le président de la
Chambre des députés ne tarderait pas à se réfu-
ter lui même ; mais sur un fait d'archéologie, j'estime qu'on peut se permettre un mot après le
juriste-législateur, d'autant que ce grand homme
est en outre académicien, et que, lui voyant des
fauteuils partout, je tiens à ce qu'il opte. Je
dirai donc que rien ne nous autorise à mettre
sur le compte de saint Louis le monument tiré
de nos jours avec tant d'éclat de son ancien abandon, et dont trop gratuitement on fait les premiers honneurs au héros de Joinville. Tout ce
qu'on peut avec certitude lui attribuer parmi les
vieilles constructions du Palais, se borne à la
Sainte-Chapelle et à la grand' chambre, y compris
la salle basse qui supporte cette dernière. Philippe-le-Bel ayant refait presque en entier la demeure royale, et l'ayant rendue plus vaste, afin
d'y loger le parlement devenu sédentaire, j'en
conclus avec beaucoup d'autres qu'il faut rapporter au quatorzième siècle plusieurs constructions gothiques réputées antérieures, et surtout
la galerie dite *des Prisonniers*, dont le service fut
spécialement affecté à la magistrature. Si nous
nous occupons maintenant de ce qui pouvait

être autrefois cette partie de l'édifice, j'ajouterai que nous n'avons point là-dessus de document complet propre à fixer nos idées. On n'a pas retrouvé le plus petit vélin, pas la moindre gravure en bois, qui pussent servir de base aux embellissemens modernes. L'artiste a seulement tiré profit de quelques fragmens de sculpture qui avaient été masqués par le plâtre, depuis le dernier incendie du Palais ; et, pour le reste, il s'est inspiré de l'ancienne salle des *Pas Perdus*, dont il nous reste un dessin et des descriptions authentiques. Je soupçonne même qu'il a dépassé le modèle, et que son génie n'est pas tout-à-fait pur d'un peu de clinquant emprunté à certaines toiles de l'Opéra. A cela près, la *Galerie des Prisonniers*, quant au goût de ses décorations, rappelle en miniature le monument, aujourd'hui détruit, du règne de Philippe-le-Bel. Tel est le résultat de mes recherches. Je n'ai pas toutefois l'ambition de faire autorité. Permis à chacun de croire ce qu'il voudra.

Le plafond de la *Galerie des Prisonniers* ou Galerie Saint-Louis, si M. le procureur-général persiste, est traversé, dans sa largeur, par douze arcades surbaissées que terminent des pendentifs d'un travail soigné, et qu'accompagnent des cartouches à figurines. L'or, le vermillon, et l'azur,

s'y marient on ne peut plus agréablement. Le
pinceau a fait merveilles. Les douze panneaux de
droite sont percés d'autant de *verrières* bleu de
ciel, qui reçoivent le jour du préau de la Conciergerie, attendu que le brillant corridor dont
nous parlons coïncide comme étage supérieur
avec les cellules de cette prison. Les douze panneaux de gauche se composent de portes à mou-
lures richement ornées de filets de cuivre, et
surmontées d'inscriptions en caractères gothiques qui en indiquent la destination. Elles servent d'entrée aux différens greffes et dépôts de
la Cour de cassation, à la bibliothèque des avocats *au conseil du roi*, au bureau des huissiers,
au parquet de la Cour, et à la chambre des requêtes. L'entrée de cette dernière est remarquable par son portique à double ogive, et par
quatre médaillons à la fresque représentant
Charles V, Justinien, Louis XII, et Charlemagne. Quant à saint Louis lui-même, il figure en
statue pédestre coloriée, d'après un ancien modèle, que l'on garde à l'église de *Sainct-Denys en
France*. A côté se cache, derrière une porte à
tapisserie, un cabinet circulaire orné d'une cheminée de style sarrazin et d'un système d'armoires dans le goût moderne. Peut-être sont-ce
là des garderobes inodores à l'usage de messieurs

les conseillers. Cette pièce, arrangée dans une
tour qui précéda les constructions particulières
de Louis IX, est, dit-on, tout ce qui nous reste
aujourd'hui des appartemens du monarque lé-
gendaire. Il y vaquait à ses nécessités privées
avant que Boniface VIII l'eût officiellement installé
sous les célestes lambris. Si par hasard j'avais
rencontré juste au sujet des armoires, la réinté-
gration du lieu dans son emploi traditionnel ex-
pliquerait le mot de M. le procureur-général,
lequel se trouverait avoir, en son oraison, pris
le tout pour la partie. Ce genre de trope est fort
en honneur dans la rhétorique du Palais.

Outre son entrée publique des *Pas-Perdus*, la
grand' chambre de la Cour de cassation est pour-
vue d'un abord particulier, connu seulement des
magistrats et des membres du barreau. Je veux
parler d'un vestibule qui, faisant suite à la *Galerie des Prisonniers*, vient d'être comme celle-ci
remis à neuf et pavé de marbre. Ce passage a été
ménagé dans les nouveaux bâtimens du quai de
l'Horloge qui touchent à la tour carrée. L'étroit
et sinueux réduit qui de là mène à la grand'
chambre a de quoi nous arrêter un instant,
malgré sa tenue peu digne. Attachez vos yeux
sur la grille épaisse à l'abri de laquelle cet escalier tournant plongeait autrefois sous les voûtes

de la Conciergerie. Vous voyez l'une des plus
terribles voies de communication établies par
l'ancien régime entre le parlement et sa geôle lu-
gubre. Par ce siphon de douleur, la Cour souve-
raine aspirait avec célérité ses victimes d'État, et
pouvait les jeter à ses pieds, toutes chaudes encore de la question des coins, des *brodequins*, ou
de la poix bouillante. Plus tard, après l'abolition
des supplices préventifs, le *Tribunal extraordinaire,* institué par le décret du 19 ventose an 1, fit
voir en ces mêmes lieux, avec son jury qui opinait
à haute voix, un de ces contrastes frappans dont
les hommes qui gouvernent ne profitent guère.
A travers ces silencieux degrés vinrent s'asseoir
sur la sellette accusatrice, non plus les criminels de *lèze-majesté,* mais les enfans dénaturés
de la patrie, prévenus d'avoir conspiré contre
elle. Les moindres détours de ce palais s'offrent
escortés de merveilleuses leçons.

Une énigme à jamais bizarre, ce fut, on en
conviendra, l'existence du parlement de Paris
avec ses luttes contre la royauté dont il se disait
le tuteur, ses luttes contre la nation dont il
se prétendait l'organe, ses longs empiètemens
sur les droits du pays, et ses pouvoirs non délégués dont l'assemblage monstrueux laissait à
deviner lequel était le plus illégal, dans cette

merveilleuse compagnie, de l'administrateur, du
législateur ou du juge. Comment, malgré sa déplorable constitution ou plutôt malgré l'absence
de toute constitution, l'ancienne France a-t-elle
pu s'élever au point où la trouva la fin du
xviii⁰ siècle? Déjà les richesses du caractère national la poussaient à la tête des peuples civilisés,
quand ses institutions la rejetaient encore parmi
les nations barbares. Elle a progressé d'elle-
même, quoi qu'ait pu faire la royauté, quoi que
son parlement ait pu prétendre. Elle est venue
à la suprématie littéraire en dépit de ce corps
aventureux qui monopolisa la censure des écrits,
fonda le privilége théâtral en faveur de la basoche et des confrères de la Passion , et mit ob-
stacle à toutes les nouveautés, sans en excepter la
barbe et l'académie. Elle est venue à la liberté
d'examen, bien que le parlement ait secondé le
chancelier Duprat et la bulle *Unigenitus*, bien
qu'il ait proscrit la Bible en français et l'imprimerie, fait brûler vifs les Luthériens et les sorciers, sanctionné la Saint-Barthélemy, condamné
Coligny, après son assassinat, appuyé toutes les
atrocités de François I⁰ʳ, créé la loi des suspects
pour cause d'hérésie, enregistré l'édit qui orga-
nisa le *Tribunal d'inquisition*, tiré la Chambre ardente de son sein, et plus tard dé-

voué aux flammes les livres des philosophes.

Il faut que de bien tristes déceptions soient venues fondre sur la société de nos jours, puisque des hommes, qu'on est en droit de croire loyaux, accompagnent encore d'une sorte de regret le souvenir des époques parlementaires. Ils disent que la magistrature ancienne eut rarement l'âme accessible à la corruption ; qu'elle eut de grands préjugés et peu d'avidité d'argent ; qu'un esprit de corps, habilement exploité, la mit seul parfois du côté de l'arbitraire ; mais qu'en certain temps d'oppression elle eut aussi quelque pitié du peuple ; que, supérieure à la toge moderne, elle put montrer dans ses rangs plus d'une conscience probe ; qu'elle osa flétrir des favoris impurs, et, sévère envers elle-même, stygmatiser la vénalité sous l'hermine.

Je ne prononcerai point sur ces hautes questions. Heureux si dans ce tableau du Palais je n'avais point à sortir du domaine archéologique!

La grand'chambre a échappé aux deux incendies qui, nécessitant diverses reconstructions, ont fait un vrai dédale de cet édifice. Elle fait partie, comme nous l'avons dit, des bâtimens de l'époque de saint Louis, lesquels portaient déjà le nom de *grand Palais* en 1250. Les tours circulaires du quai de l'Horloge sont d'une époque antérieure.

La plus grosse paraît remonter au ixe siècle. A l'égard des constructions du roi Robert, il n'en reste rien, si ce n'est peut-être à l'étage inférieur, dont nous ne nous occupons pas ici. N'oublions pas, dans cette répartition des œuvres du moyen âge, la tour carrée du Quai-aux-Fleurs, qui est de 1370; sa grosse cloche, qui sonna la Saint-Barthélemy, et que la république fondit en canons, était due à Jean Levic, ouvrier allemand. Ceci me fait penser que nous autres Français, qu'on voit aujourd'hui sacrifier le bienfait des idées au despotisme manufacturier, n'avons jamais eu en rien l'initiative industrielle. Prenez mon *memorandum* pour ce qu'il vaut : assurément ce n'est pas de la tour carrée du Palais que pourra venir un changement de système.

La grand'chambre subit, comme de raison, une métamorphose radicale à l'époque où vint s'y installer le tribunal révolutionnaire. Les ornemens gothiques d'intérieur disparurent; les fleurs de lis, dispersées, firent place à la Table des Droits de l'homme; au lieu du mortier à galons d'or on vit le panache aux trois couleurs surmonter la tête des juges; le jury eut sa tribune où s'enorgueillissait le banc des princes; et cependant (voyez le doigt du destin!) ce tribunal était sorti tout armé du cerveau de Danton, ex-parlementaire!

La section civile et la section criminelle de la
Cour de cassation occupent aujourd'hui la grand'
chambre, chacune trois jours de la semaine. Cette
enceinte historique , dont les ornemens ont été
il y a peu d'années remis à neuf, présente, quoique assez mal éclairée, un caractère de luxe,
mais de luxe grave et sentencieux. Je n'en dirai
pas autant du grand fauteuil de présidence destiné au roi, qui jamais ne s'y vient asseoir, et
dont, certes, plus d'un principicule allemand
ne ferait pas fi pour trôner. La Cour de cassation a quitté la robe bleu clair et le manteau
blanc que lui avait donnés Grégoire, dans son
rapport adopté comme faisant suite à la constitution de l'an III ; elle a repris en partie la défro-
que sénatoriale des parlemens : le mortier, la
robe rouge fourrée, les rabats de dentelles. Tel
est son costume d'apparat ; et vraiment quand
elle le porte, aux grands jours, c'est une chose
à voir. A défaut d'autres qualités perdues, il y a
du pittoresque dans le coup d'œil d'une audience
solennelle de rentrée, ou d'une réunion de toutes les chambres , alors qu'un point litigieux a
éprouvé des décisions contradictoires de la part
de plusieurs cours royales. L'arrêt qui intervient
en ce cas fixe la jurisprudence ; c'est là le *quos
ego* de la Cour de cassation. Elle a dans son res-

sort tous les départemens de France et les colonies, encore que sa suzeraineté soit mince. Ce qu'elle a pu recueillir des parlemens ne s'étend guère au-delà de la garderobe, plus la salle. Elle n'administre pas comme eux, ne réglemente pas, ne réprimande pas, ne juge pas au fond ; les lois naissent ou meurent sans elle. Quelle qu'en soit la moralité, il faut que durant leur vie elle les choie. Pour elle les faits ne sont rien ; elle est uniquement gardienne de la forme. Ce n'est pas que son pouvoir d'infirmer les arrêts pour fausse application des lois ne puisse arrêter au besoin quelques tyrannies ; Paris n'oubliera pas qu'il dut, en 1832, à la Cour de cassation, la levée de l'état de siége ; mais il ne se présente pas toujours, comme en cette circonstance, des tribunaux irréguliers à renverser ! La magistrature élue sans le concours des citoyens ferait peut-être moins détester son origine si elle trouvait plus souvent sous les toges de la grand' chambre une opposition libérale et répressive.

Les deux statues colossales que vous voyez à la Cour de cassation, dans la partie destinée au public, sont celles de Michel L'Hospital et du chancelier d'Aguesseau. Les docteurs du seizième siècle crurent adresser une louange bien délicate à l'illustre solitaire de Vignay, lorsqu'ils préten-

dirent trouver dans ses traits une ressemblance
frappante avec la face d'Aristote ; nous laisse-
rons en litige la question de savoir jusqu'à quel
point il leur était donné d'avoir raison. Déplo-
rons plutôt l'inconcevable préjugé de nos jours,
qui, la sculpture aidant, a mis sur la même ligne deux réputations parlementaires si différentes : d'Aguesseau, qui trempa dans la condamnation de Fénelon, à côté de L'Hospital, disgra-
cié sous Charles IX pour crime de tolérance !
L'impulsion donnée aux beaux-arts par la restauration n'a servi qu'à les discréditer. Voilà le
chancelier de François II expiant en effigie le
tort d'avoir eu l'empoisonneuse de Médicis pour
cause première de son élévation.

Nous allons sortir de la grand' chambre par sa
porte ordinaire. Cette rotonde, qui lui sert d'anti-salle, est probablement l'endroit où quatre
présidens du parlement venaient recevoir à genoux les rois de France, leurs *seigneurs et maîtres*. Ce cérémonial asiatique commençait à se
perdre au dix-septième siècle ; mais Louis XIII eut
soin de le faire rétablir après son lit de justice
du 12 avril 1633, tenu pour demander les têtes
du président Le Coigneux et du conseiller Des-
landes. La langue épaisse du monarque se déliait
facilement pour ces sortes de lardons. C'est lui

qui, tout ému de colère, disait au parlement de
Paris voulant l'humilier : « qu'il n'eût à se mêler
désormais que de juger *Pierre et Jean,* » locution
triviale, on en conviendra, de la part d'un porte-
sceptre. Richelieu méritait un premier officier
de meilleur ton.

A la Fronde les honneurs du style fleuri. Par-
lez-moi de l'avocat-général Omer Talon, le bien
disant par excellence. O comme il savait faire de
Louis XIV, encore imberbe, une image suprême
de la divinité, pour mieux établir que son ministre émanait directement du diable ! Que n'au-
rais-je pas donné pour me trouver dans un tout
petit coin de la grand' chambre, alors que cet in-
tarissable harangueur disait au royal bambin,
âgé seulement de sept ans : « *qu'il était un soleil,*
» et que quand ce grand astre envoie ses rayons
» dans une chambre *par la fenêtre,* sa lumière est
» féconde et bienfaisante ! » A quelque temps de
là, nouvelle figure. Le *soleil* de la France, en
robe d'enfant, vint s'entendre supplier par le
même orateur « de vouloir bien réfléchir sur la
» diversion naturelle des *maisons célestes,* sur la
» position des astres et des aspects contraires qui
» composent la milice supérieure. » Vous hochez
la tête ? Patience ; les fastes modernes du Palais ont
de quoi fournir l'équivalent de ce galimatias. Il

n'y a pas encore deux ans qu'un procureur-général, fameux par mille procès perdus, prononçait
devant la Cour royale assemblée une de ces se-
monces politiques, qui, tout calembourg à part,
lui ont enfin valu la dignité des sceaux, et compa-
rait la royauté constitutionnelle au pilote atten-
tif dont le coup d'œil supérieur gouverne le vais-
seau de l'État sur la position des étoiles ! Je n'ai
pas retenu, grâce au ciel, toutes les redondantes
circonlocutions qu'il ajoutait, toujours dans le
but de prouver qu'il faut que le pouvoir exécutif
règne et gouverne; mais si vous voulez rire, le
Moniteur de 1833 est là.

Quelques mots encore avant d'aller plus loin :
Nous avons un compte à régler avec certain ambitieux d'un tout autre acabit, un brouillon qui
du moins payait de sa personne. Ce fut à l'entrée de la grand'chambre qu'approvisionné d'un
estoc en guise de bréviaire, le coadjuteur de
Gondy se trouva pris entre deux portes. Haro !
baro ! cria-t-on sur *le Mazarin* et tout aussitôt
quatre mille épées d'entrer en jeu : l'on savait que
le futur cardinal trahissait son parti pour la ba-
rette. Sans le duc de Brissac qui vint charita-
blement le tirer de ce mauvais pas, Monseigneur
trépassait *inconfès*.

Au reste, un fait précieux pour l'histoire dramatique du Palais, c'est qu'à l'instar de l'évêque tapageur, la magistrature de la Fronde savait dégaîner au besoin, et que plus d'une fois les conseillers vinrent siéger avec une bonne rapière sur les hanches. L'adage *cedant arma togæ* n'était à ses yeux qu'un piége inventé pour favoriser l'insulte. En 1614 le Parlement ne s'était pas encore mis, je le présume, à la hauteur de ce siècle fanfaron ; dénué du genre de porte-respect qu'il adopta depuis, il eut à subir sans mot dire les fantaisies cavalières du duc d'Epernon. A l'issue de l'audience ses robes vénérables furent ignominieusement déchirées par les bottes de cinq cents nobles coupe-jarrets.

Il faudrait un long chapitre rien que pour décrire la salle des *Pas-Perdus*, dans ce qu'elle était encore au commencement du xvie siècle, alors qu'on l'appelait la grand' salle. Je n'ai pas heureusement à m'en embarrasser, et je suppose d'ailleurs qu'on a pu se faire de ce curieux monument féodal au moins une sorte d'idée. Qui n'en a lu quelque chose dans Corrozet, ou pour mieux dire, dans les historiens de Paris, lesquels ont tous, sans exception, copié le modeste et savant libraire? Qui n'a ouï parler du chef-d'œuvre gothique, accompli sous la conduite et direction d'Enguerrand de Marigny, cet habile

général des finances de Philipe-le-Bel, pendu
sous le règne suivant pour les déprédations de
son maître? Qui n'a appris les merveilles de cette
salle immense, affectée primitivement aux récep-
tions des grands vassaux, et de la *table de marbre*
où se donnaient, tantôt les galas du droit divin, tantôt les facéties de la basoche? On nous a suffisamment entretenus de ces prétendus lits de justice, où
les Capétiens venaient faire enregistrer leurs volontés suprêmes. Les admirateurs de François Ier
n'ignorent pas surtout que cette salle fut témoin
d'une cérémonie extraordinaire où la parole sacrée du héros brilla d'un singulier éclat, et que
ce roi tant prôné pour son honneur, ayant refusé d'exécuter le traité de Madrid, reçut là, sur
un trône exhaussé de quinze pieds, l'envoyé de
Charles-Quint son rival qui l'avait provoqué en
duel comme chevalier sans foi, ce qui n'empêcha
pas François Ier d'éconduire avec quelques bra-
vades le courroux du vainqueur de Pavie.

Chacun sait pareillement que l'ancienne salle
des *Pas Perdus* contenait les statues des rois de
France rangées par ordre de date et tenant leurs
mains pendantes ou levées selon que chaque ori-
ginal s'était conduit durant sa vie.

Cette partie du Palais, la plus remarquable
sans contredit, fut entièrement détruite après la

mort d'Henri IV. Dans la nuit du 5 au 6 mars
1618 un effroyable embrasement l'engloutit sous
ses décombres ; la toiture et les piliers tombèrent avec fracas ; les statues dynastiques furent
brisées ; la table de marbre fut réduite en poudre. La flamme se trouvant propagée de tous
côtés par les sacs des procureurs, les colifichets
des merciers, les cierges de la Sainte-Chapelle,
on vit disparaître en un clin d'œil toutes les portions voisines du foyer de l'incendie : le *greffe du
trésor*, la première chambre *des enquêtes*, les *requêtes de l'hôtel* et le grand parquet des huissiers.
On ne connaissait à cette époque pour arrêter
ces tristes désastres d'autre moyen que la paille
mouillée et l'eau tirée à force de bras. Tout le
quartier fut mis en réquisition pour empêcher
l'anéantissement total de ce vaste édifice.

Quelques auteurs n'ont pas craint d'attribuer
ce mémorable évènement à une étoile enflam-
mée, large d'un pied, qui serait, dit-on, des-
cendue du ciel pour brûler le palais, objet de sa
colère. D'autres, plus sensés ou mieux instruits,
l'ont mis sur le compte des complices de Ravail-
lac. Il est certain que la procédure du condamné
n'a pas été retrouvée et que le parlement fort inquiet du sort de certaines pièces secrètes ordonna,
sous les peines les plus sévères, l'apport immé-

diat de tous les papiers échappés au ravage. Une foule d'autres circonstances consignées dans les écrits contemporains laissent aisément soupçonner que quelques membres de cette compagnie n'étaient pas étrangers à la conjuration ourdie contre le vainqueur de la Ligue.

La salle des *Pas Perdus* actuelle fut terminée en 1622, d'après les dessins de l'architecte Desbrosses, auquel on doit aussi le palais du Luxembourg. Elle a 220 pieds de long sur 84 de large et se compose de deux nefs collatérales voûtées en pierre de taille, que sépare un rang d'arcades à huit pilastres d'ordre dorique. Quatre grands vitreaux demi-circulaires à l'est et à l'ouest éclairentconjointement, avec six roses pratiquées dans la voûte, cette espèce de halle judiciaire, dont l'aspect répond assez au reste à la destination voulue. La plus grande partie des combles est occupée par les archives du Palais; ce qu'ils n'ont pu contenir est resté dans l'étage supérieur de la Sainte-Chapelle. Ces combles sont du siècle dernier; leur construction est due à l'architecte de l'hôtel des Monnaies, qui n'a rien négligé pour les mettre à l'épreuve du feu. Quelques mauvais plaisans surpris peut-être du genre d'utilité qu'on a su tirer de la division aérienne des *Pas Perdus*, diront que les sottises du Palais, vu leur

énormité, débordent les toits; mais toujours est-
il que de l'aveu des Européens sa collection ma-
nuscrite est la plus importante qui se puisse voir
nulle part, sans en excepter Westminster et la
Tour de Londres.

Quel océan d'encre il a fallu pour cimenter la
gloire de ce monument! Vingt-quatre mille registres, trois mille cartons et (*proh pudor!*) quarante mille liasses, suffisent à peine à contenir
les actes authentiques et privés, les minutes des
diverses juridictions du Palais antérieures à 1789.
On y voit avec effroi revivre le Parlement de
Paris en ses nombreuses chambres et subdivi-
sions, sans en excepter la *chambre ardente*, dont
un registre particulier énumère complaisamment
tout ce qu'a pu recueillir un laborieux greffier des condamnations prononcées contre les
luthériens du xvie siècle. Puis viennent le grand
conseil, le conseil privé, la cour des aides, la
cour des monnaies, la prevôté de l'hôtel, le bailliage du palais, le secrétariat du roi, le châtelet,
puis encore la connétablie, l'amirauté, les eaux
et forêts qui, toutes trois réunies, formaient la
juridiction de la Table de marbre. Vous représen-
tez-vous ces montagnes d'écritures? Et le Parisien se promène tous les jours dans les *Pas Perdus,* la tête menacée sans le savoir par cet épais

fardeau! Je pense qu'après avoir lu mon article
on sera sur ses gardes Eh, que serait-ce si j'allais vous parler de la collection intitulée : *Olim*,
où l'on trouve à partir de 1258 ce que les époques granitiques et fossiles du *parliament* ont su
vomir dans leur latin le plus barbare !

Pendant le siége de Paris, la salle des Pas-
Perdus fut le point de réunion des ligueurs. Les
frondeurs et les Mazarins s'y rendirent ensuite.
Sous Louis XIV les laquais des grands seigneurs y
faisaient l'émeute l'épée au côté, livraient bataille
aux clercs de procureurs et ne craignaient pas
d'affronter les magistrats pendant les plaidoiries.
La régence y vit affluer ses rentiers fort scanda-
lisés de l'opposition du parlement au système
de Laws qu'il ne comprenait pas. Les luttes
entre la soutane et la robe rouge y attirèrent
bientôt les jansénistes et les jésuites. Puis ce furent les algarades de Meaupou et de Lamoignon.
Cette salle vit la ridicule prouesse de M. Dagout
qui en fit brûler les portes par ses sapeurs, en-
leva deux conseillers en pleine grand' chambre,
et mit le palais en état de siége.

Aujourd'hui *les Pas Perdus* ne sont plus assié-
gés que par les flaneurs du quartier, les avocats
en quête du client et la race impie des avoués,
ces héros du papier timbré dont un journal sorti

de la prison pour dette s'est tout nouvellement consacré à dévoiler les manœuvres coupables. Je doute qu'il réussisse à leur faire honte. Ces inaltérables sangsues ne rentreront pas dans le tarif à moins qu'il ne les y cloue. Voyez à gauche de la Cour de cassation l'audience des criées. C'est là que la corporation de Rollet de nos jours vient faire main basse sur l'immeuble à vendre ou à transporter, et rumine ces éternels mémoires de frais qui dévorent les familles.

Le tribunal de première instance avec ses sept chambres moins la quatrième est distribuée sur les flancs est, ouest et nord de la salle des *Pas-Perdus*. Le perron qui termine ce dernier côté dans la direction du quai au Fleurs, conduit aux deux chambres correctionnelles. C'est là qu'il faut entrer, lorsqu'on veut par une même imprécation maudire et bafouer le siècle. C'est là que vous verrez Paris en déshabillé, dans ce qu'il a de plus profondément douloureux et de plus vaniteusement mesquin : le charlatanisme enrichi près de la crapule aux expédiens ; l'escroquerie effrontée près de la misère honnète qui a peur. Vous y verrez des auteurs qui se volent, des éditeurs qui se pillent, des journalistes qui gaspillent ; le romantique et le classique se prenant aux cheveux pour un salaire de feuilleton, les *puces travailleuses*, dansant sur le bureau du président ; Bonaparte et la colonne de la place Vendôme humiliés dans une querelle de contre-façon ; des filous en gants beurre frais qui ont gagné jokey et château avec des cartes *biseautées*, des usuriers qui, comme du temps d'Harpagon, savent pour du bel et bon argent donner des peaux de lézard ; des fashionnables roturiers qui s'inspirent de la régence, s'affichent dans les mauvais lieux et s'y font *rouer*, se grisent au Surêne en lisant un roman musqué, insultent la garde et se laissent coffrer par des bizets, appellent leur tailleur *pekin* et mettent ses habits en gage. Vous y verrez de malheureux artisans coalisés qu'une détresse inique force à remuer Paris pour cinq sous ; le même délit puni chez l'ouvrier, toléré chez les maîtres. Vous y verrez les chapeaux vernis convaincus de sédition ; la loi des crieurs publics frappant de pauvres hères qui ne disaient mot ; les boutiques d'épiciers juridiquement assimilées à la voie publique. Vous y verrez des fils enrichis par l'agiot, dont les pères mendient ; mille petits vagabonds que leurs familles aisées ne réclament point ; des forçats libérés cherchant un travail honnête et contraints de revenir au crime à cause des gênes du ban ; les témoignages des mouchards reçus comme vérité; la prostitution élevée au rang des commerces permis et sa patente à la main osant réclamer les sûretés du vice. Vous y verrez des héros de salon dont l'unique patrimoine est dans les profits des mauvais lieux; des hommes-femmes pris en flagrant délit et que la loi renvoie absous, pourvu que leurs forfaits se soient dérobés au jour. Vous y verrez enfin le prolétariat avec toutes ses désolations; des infortunés qui campent la nuit, dînent de trois jours l'un, et, sans asile ici bas, n'espèrent pas même en Dieu; le matérialisme passé des heureux et des fripons du jour dans les derniers rangs des affligés, préparant vingt suicides. L'on voit tout cela sur les bancs correctionnels. J'ignore s'il est des juges qu'émeuvent de telles misères; mais en tout cas leur concours isolé ne remédierait à rien : la faute en est à d'autres beaucoup plus puissans, si leur tribunal sert d'antichambre à la Morgue.

La salle des Pas-Perdus n'a plus, comme autrefois, sa cohorte muette d'images dynastiques; cependant les traces d'un régime à jamais détruit s'y retrouvent encore. Les travées latérales du sud nous montrent une récrimination monumentale en marbre blanc, élevée par la restauration contre notre passé révolutionnaire, à la gloire du dé-

VII.   11

fenseur de Louis XVI. Trois statues, de grandeur naturelle, dues au talent de Bosio, y représentent Malesherbes, entre la France et la Fidélité, en attitude scénique. Une inscription composée par l'académie des belles-lettres surmonte ce groupe. Le soubassement offrait dans l'origine un bas-relief dont le principal personnage était Louis XVI, recevant dans la prison du Temple la visite de son ancien ministre; mais pendant les trois journées de juillet on ne manqua pas de faire main basse sur cette partie du monument. Le peuple avait une haine mortelle pour ce gouvernement, issu de nos désastres, qui venait à chaque instant lui demander des pleurs pour les actes de ses pères; dans son courroux il voulut anéantir, partout où ils les rencontra, les signes d'un deuil qui n'était pas le sien, et après la grande semaine, le provocateur du traité de Pilnitz se trouva décollé en effigie. Tous les habitués du palais ont pu voir ce bas-relief mutilé que depuis quelque temps l'autorité a jugé convenable de faire disparaître.

Hâtons-nous, l'heure nous presse. La partie sud-est du palais étant la plus connue du vulgaire parisien, nous allons tâcher de l'embrasser d'un seul coup d'œil, et pour cela nous nous placerons en avant du perron de la Cour royale. Ainsi

postés , voici quelle sera notre *rose* topographi-
que. A gauche, la galerie des Merciers et la grille
d'entrée des Pas-Perdus ; à droite, la petite rue
Sainte-Anne, la Sainte-Chapelle, dont un projet
trop souvent ajourné promet aux amis de l'art la
complète restauration ; l'édifice de la Cour des
Comptes, bâti sur les débris du monument in-
cendié en 1737, et dans le dessin duquel l'architecte semble avoir pris à cœur de faire regretter l'œuvre du xiv° siècle, cette conception
qu'inspira l'élégante Venise au savant domi-
nicain Jean Joconde. Devant nous sera la rue
de la Barillerie, avec son carrefour semi-lunaire.
Là s'élèvent tour à tour le pilori redouté des voleurs et les étalages en plein vent des tireurs de
carte. La présence de ces derniers n'est-elle pas
une épigramme contre l'ancien parlement? lui
qui fit rôtir tant de sorciers, comment n'a-t-il
pas deviné qu'un jour on vendrait du thé suisse
à l'endroit même où, sur les fondemens arrachés
de la demeure de Jean Châtel, une pyramide ex-
piatoire avait été chargée d'apprendre à la postérité la plus reculée le dévouement de la magistrature parisienne au dogme de l'inviolabilité
royale ?

A nos pieds se trouve une cour carrée que
borne, vers l'est, une vaste et magnifique grille ;

sur les flancs, des constructions modernes dont
celle de droite est consacrée au dépôt des archives de l'état civil, et à l'ouest la façade principale du palais à laquelle on arrive par un escalier haut de 17 pieds, large de 60. Cette cour
est la *Cour du Mai*, lieu vraiment hétéroclite où
se passaient autrefois les scènes les plus con-
trastantes. Philippe-le-Bel y tint ses états-géné-
raux de 1314; Charles VI, après la révolte des
Maillotins, vint sur un tréteau magnifique s'y
donner en spectacle à ses sujets et proclamer
sa perfide amnistie. La Basoche y planta tous les
ans un arbre coupé dans la forêt de Bondy, circonstance qui a valu à cette cour le nom qu'elle
porte encore aujourd'hui ; en 1553 le parlement
toujours impuissant et toujours courroucé y fit
dresser deux potences pour intimider les clercs
et les écoliers dont les attroupemens l'effarou-
chaient : ce fut là le drapeau de la loi martiale du
siècle. Au pied du grand escalier que le bœuf
gras gravissait tous les ans pour venir saluer
messieurs de la grand' chambre, la cour, sur le
réquisitoire de l'avocat-général, faisait brûler
comme *hérétiques*, *blasphématoires*, *perturbateurs*
du *repos des états*, les livres dont les idées grandes et justes avaient obtenu l'approbation de
l'Europe. Mercier, de qui j'emprunte ces ex-

pressions, nous apprend dans quel discrédit était tombée cette cérémonie ridicule au xviii° siècle.

« On allume, dit-il, un fagot en présence de
» quelques polissons oisifs qui se trouvent là
» par hasard ; le greffier substitue une vieille
» Bible vermoulue au livre condamné ; le bour-
» reau brûle le saint volume poudreux, et le
» greffier place l'ouvrage anathématisé et re-
» cherché dans sa bibliothèque. »

Depuis que le *Café du Palais* a pris place au bas du grand escalier, on n'y brûle plus que la fève du moka destinée à refaire les entrailles du barreau ou de quelque jeune conseiller pendant une suspension d'audience.

L'incendie de 1776 ayant détruit la chancellerie et la chambre des requêtes, située entre les Pas-Perdus et la Sainte-Chapelle, l'architecte Desmaisons fut chargé de construire toutes les dépendances actuelles de la *Cour du Mai*. Sur ses dessins s'exécutèrent les deux ailes qui bordent la rue de la Barillerie et le corps de bâtiment où siége aujourd'hui la cour royale. Ces ailes réunies par la grille-maîtresse, sont composées d'arcades à rez-de-chaussée, et d'une ordonnance dorique, comprenant deux étages. Le grand-escalier est surmonté d'un avant-corps de même

ordre, au haut duquel règne une balustrade ornée
de statues, et que couronne un dôme quadran-
gulaire. Toute la masse est percée de fenêtres en
attique. Ces vastes travaux furent, après mainte
interruption, terminés en 1787. La grille, avec
ses trois portes à deux battans, passe pour
un chef-d'œuvre de serrurerie. Elle a coûté plus
de six cent mille francs. Tous les ornemens et le
couronnement qui la décoraient avaient été dé-
truits dans la révolution comme présentant des
emblèmes proscrits ; mais l'oxidation ayant dis-
joint les ventaux, la ville de Paris, pour préserver cette grille d'une corrodation totale, la
fit redorer, de 1825 à 1828, telle qu'on la voit
aujourd'hui.

Nous voici à l'extrémité du palais. Retour-
nons maintenant sur nos pas en suivant la
Galerie des Merciers que termine à l'ouest
la salle Lamoignon ou *Galerie-Neuve*. Cette
dernière galerie communique à la cour *du
Harlay* par deux escaliers que la main du ba-
layeur ne purifie jamais, et quant à ce qui la
touche directement, entre nous c'est une dérision que de l'appeler *neuve*. Elle fut bâtie en
1671, en partie sur le jardin du bailliage du
palais ; un percement pratiqué dans l'ancienne
tour de la connétablie la joint à la Galerie-Mer-

cière. C'est là que se rendaient les gens de bel
air sous Louis XIV et Louis XV. On y trouvait
les libraires les mieux fournis en nouveautés;
des dames galantes en mules et en paniers;
des modistes qui jouaient de l'éventail; et pour
inviter les flâneurs, chaque comptoir avait son
minois de recommandation amplement historié
de mouches et de rouge. Depuis que les galeries
du Palais-Royal ont acquis la destination publique qui leur a valu leur gloire européenne,
la vogue, cette impertinente déesse, a déserté le
temple du vieux Paris. Le plaideur du xixe siècle
trouverait à peine dans la Galerie-Mercière ou
dans la Galerie-Lamoignon un tout pauvre petit
ruban dont il pût, en signe de quelque victoire
de greffe, orner les appas de sa femme. Elles
n'offrent aux dédains du chaland que des pantoufles et des livres de droit, des robes de
palais et des toiles d'araignée.

Au point de jonction des deux galeries se
trouve le redoutable perron de la cour d'assises.
C'est de là que nous sommes partis, là aussi
s'achèvera notre course. Cette juridiction criminelle de la cour royale se divise en deux
chambres, qui chacune ont leur tribune du jury
disposée en face de celle où les accusés prennent
place. On arrive de plain-pied à la deuxième

section. La porte est surmontée d'un marbre noir avec cette inscription connue :

Hîc pœnæ scelerum ultrices posuere tribunal :
Sontibus undè tremor; civibus indè salus.

Il serait trop long de discuter les prétentions de ce distique. Disons seulement que, dans les mois de relâche du parquet criminel, la deuxième section des assises est occupée par la chambre des appels de police correctionnelle, et qu'on y retrouve en partie ce qu'on a vu sur les bancs de l'autre juridiction. Si la détresse sociale s'y montre un peu moins hideuse, c'est que les condamnés ont rarement de quoi risquer les frais d'appel, et que, faute de pouvoir provoquer un arrêt de cour royale, le jugement rendu contre eux devient irrévocable.

Un double escalier grillé conduit à la première section des assises, dont la salle n'a de remarquable qu'un plafond du xviiᵉ siècle orné de peintures emblématiques et d'inscriptions tirées de l'Écriture-Sainte. Derrière le fauteuil du président s'élevait, il y a encore trois ans, une image de Christ devant laquelle les témoins étaient tenus de prêter serment, quel que fût leur culte et la nature de leur croyance. Cette gêne a dû disparaître avec la religion de l'État. Le tableau catholique

a été remplacé par un autre où la Justice est représentée sous ses attributs païens. Reste à savoir
si depuis cette réforme d'intérieur la balance et
le glaive des lois ont suffisamment réalisé les
promesses du ciel; si le faible qu'on opprime a
vu s'éclaircir ses destins; s'il a contre les puissans du jour trouvé cet appui vengeur et rému-
nérateur dont l'humanité n'attendit si long-
temps la réalisation que des chances d'une autre vie. Puisqu'on a conservé l'ancienne formule
du serment, il fallait ou supprimer tout symbole
et laisser à la conscience de chacun le soin d'y
suppléer, ou bien inventer quelque emblême
général propre à rappeler à ceux qui viennent
déposer *devant Dieu,* que le parjure est puni par
le même juge invisible, indépendamment des
formes de l'Église.

Il n'est pas de salle au Palais, si l'on en ex-
cepte celles de la cour de Cassation, qui ne soit
au moins une fois trop petite. Les juges n'y sont
pas plus commodément que l'auditoire et les plai-
deurs; mais ces inconvéniens se font surtout remarquer dans la principale enceinte destinée à
recevoir le jury, vu les causes célèbres qui s'y
débattent. L'étroitesse des lieux y fait trop souvent un leurre de la publicité; il est des cas so-
lennels où l'on dirait un huis-clos avec les agens

de police. La salle ordinaire des assises offre de
tous points une disparate choquante avec les idées
de notre époque. Comme elle date d'un temps
où les fonctions quotidiennes de la presse n'exis-
taient pas, les rédacteurs de journaux n'y sauraient même avoir une place fixe. Il faut que le
génie ordonnateur du président supplée chaque
jour à cette imperfection. Quand la circonstance
le permet, on dresse au bas bout de la tribune
des accusés un pupitre volant pour les sténo-
graphes : c'est là qu'ils écrivent entourés de gendarmes. La conquête de ces places donne souvent lieu à des scènes étranges. Nos chambres
législatives ont des huissiers spéciaux chargés de
classer le public; mais là ou s'exécutent les lois,
cet office est rempli par les sergens de ville. On
a vu plus d'un rédacteur, victime corporelle des
théories de son journal, forcé, pour gagner son
banc, de lutter *unguibus et rostro* avec ces préto-
riens en tricorne. Ces taquineries les font bien
venir auprès de leur administration et leur main-
tiennent la main pour les exploits de la rue.
C'est ici le cas de rappeler un projet qui remédierait à tout, et qui déjà, je crois, a provoqué
des rapports d'architecte. On a parlé d'abattre
la Galerie-Lamoignon, et de construire sur le lieu
même, une nouvelle salle des assises. On pour-

rait créer dans cette spacieuse localité un prétoire convenable, une tribune pour les journaux, des places décentes pour les avocats, pour les témoins et pour les auditeurs bénévoles. Un autre plan, qui a eu aussi ses approbateurs, consisterait à affecter au service des assises les deux salles occupées par la cour de cassation, et à transporter les audiences de celle-ci au Louvre. Ces projets paraissent avoir été abandonnés; ce ne saurait être toutefois faute de fonds, quand chaque année l'on voit le budget des travaux publics s'enfler d'une interminable série d'allocations oiseuses. N'a-t-on pas su flanquer le Luxembourg d'une immense boutique à procès qui, la circonstance passée, ne pourra servir qu'à faire une grange, un bazar ou un hippodrome? Qu'importe après cela que le jury siége ou non dans un bouge malsain; qu'il en sorte asphyxié, pour peu qu'une cause attire la foule et dure trois audiences? L'essentiel pour les détenteurs du trésor, c'est d'avoir eux et leurs baillis des palais où se mouvoir à l'aise. La justice régulière est très certainement en baisse.

La révolution de juillet, en abolissant les tribunaux d'exception, a rendu au jury le droit d'intervenir dans les débats politiques. Comme il est dispensé de motiver ses arrêts et qu'il se dé-

cide très souvent par l'intérêt social tel qu'il le
conçoit, ses acquittemens ont pu dans mainte
occasion être pris pour une censure des actes du
pouvoir; or, ce contrôle facultatif embarrasse.
Il existe une trame habilement ourdie pour res-
treindre de nouveau la compétence de jury aux
causes ordinaires. Le parti républicain, cité à la
barre de la cour des pairs, en dit assez à ce sujet;
mais les répugnances que soulève cette dernière
juridiction démontrent d'autre part combien la
procédure par jurés se trouve irrévocablement liée
à nos mœurs nationales. Quoique faussée aujour-
d'hui dans ses développemens, les hommes les
plus radicaux l'ont constamment acceptée, parce
qu'elle tire sa source du dogme égalitaire ; tout
en protestant contre l'abus de fait, ils ont cru devoir rendre hommage au principe. Voilà comment, depuis quelques années, la cour d'assises
de Paris, plus qu'aucune autre, est devenue en
quelque sorte une arène politique où les opinions exclues de la tribune législative ont pu
trouver des interprètes. Dominé par son origine,
le jury a quelquefois trouvé en lui des sympathies involontaires pour les doctrines persécu-
tées; mais les eût-il toujours frappées de condamnation, les solennités auxquelles il a présidé
n'en auraient pas moins eu leur retentissement.

Chose inouïe jusqu'à ce jour, des défenses d'accusés sont devenues un moyen libre et sûr pour l'éducation des masses. Les sociétés populaïres, la presse, l'émeute elle-même, n'ont jamais eu plus de crédit dans leurs enseignemens que lorsqu'on les a vues, terrassées ou poursuivies, s'asseoir à la place terrible où la loi prend ses criminels. Le parquet a fait de nombreux martyrs; mais son acharnement a obtenu ce résultat, qu'il a servi de véhicule aux principes démocratiques.

———

Les deux heures de répit demandées par le jury étaient expirées. Je rentrai dans la salle d'audience plein de tout ce que j'avais vu et médité. Là je fus témoin d'une des scènes les plus excentriques qui puissent venir se coudre à un drame de palais. L'assistance était comme en travail d'émeute et, debout sur leurs bancs, les accusés poussaient des cris d'indignation. Les témoins, par des paroles lancées avec éclat, semblaient vouloir revendiquer leur part d'un incident qui avait eu lieu. Frappé d'étonnement, le jury s'était levé pour mieux entendre. Au pied de la Cour étaient deux hommes qu'entourait la force armée. Le président, pâle et d'une voix mal articulée, demandait à l'un d'eux s'il reconnaissait avoir interrompu l'avocat-général et l'avoir traité d'imposteur.

LE TÉMOIN. — N'altérons rien. Je lui ai dit : *Tu en as menti, misérable !*

LE PRÉSIDENT. — Qu'avez-vous à alléguer pour votre justification ?

LE TÉMOIN. — Je ne me justifie pas. J'ai été tiré de ma prison comme témoin. J'ai entendu l'accusateur public proférer d'ignobles calomnies contre une association politique dont je suis membre; je lui ai répondu par un démenti. Dire que nous prêchons la loi agraire, c'est mentir à la France !

TOUS LES ACCUSÉS. — Nous pensons comme lui; vous êtes des calomniateurs !

LE PRÉSIDENT. — La parole est à un défenseur.

LE TÉMOIN. — Je proteste contre toute défense.

LE PRÉSIDENT. — Laissez parler.

LE TÉMOIN. — Me défendre devant vous?..... non, je ne le veux pas, *vous n'êtes pas les juges du pays ; vous n'êtes que de plats valets, des mercenaires salariés par un roi usurpateur des pouvoirs du peuple.*

LES ACCUSÉS ET UNE FOULE DE TÉMOINS.—Bravo! bravo! non, vous n'êtes pas nos juges.

Le tumulte allait croissant; l'homme noir, à droite des assesseurs, prit la parole. Vu ces dispositions de nos lois qui permettent à tous les membres du corps jugeant de prononcer dans leur propre cause, alors qu'ils sont lésés en public, les trois conseillers et M. le chevalier du roi, comme on l'appelait jadis, se réhabilitèrent mutuellement, celui-ci en requérant l'application de la peine, les autres en délibérant et faisant droit. L'énergique témoin fut taxé à trois ans de prison.

Un affreux brouhaha mêlé de cris, de huées et de réclamations aiguës, accueillit cette sentence abrupte. Beaucoup voulaient partager le sort du condamné. Pour la première fois les agens de la force publique, interdits, demeuraient impuissans contre cette tempête d'audience. Le témoin, victime de sa sincérité, paraissait seul empreint d'un sentiment de calme. Son sein, naguère oppressé, respirait librement. Un ami le félicitait; un autre voulait le plaindre : «Que dis-tu? répondait-il à celui-ci, je suis heureux; il y a long-temps que je cherchais à débarrasser mon cœur. Place là ta main, tu sentiras comme il bat en paix. Ignores-tu ce que procure d'aise un devoir accompli? Trois ans de prison! ah! c'est bien peu pour le bien que je me suis fait. »

Bientôt ce fut le tour des avocats. Trois d'entre eux, pièces en main, avaient fait entendre contre le parquet une accusation de faux; tous les membres du barreau présens aux débats s'étaient portés solidaires des paroles de leurs collègues. Les accusés et les témoins avaient dit aux gens du roi : vous êtes des menteurs; les défenseurs leur avaient répété : vous êtes des faussaires.

Le Jury renvoya les accusés absous et triomphans; la Cour, après avoir frappé un témoin, prononça la suspension des avocats. « Le sanctuaire de la justice est souillé, s'écria l'un d'eux; la robe a perdu son antique prestige.. »

Cependant la magistrature inscrivit ce procès au nombre de ses victoires.

A l'issue de l'audience, j'allai revoir la statue de L'Hospital. Déjà les ténèbres couvraient le Palais. Il me sembla que l'ombre de l'austère chancelier planait sur cet édifice; je crus entendre sa voix répétant ces paroles solennelles :

« *Togata mancipia ! togata mancipia !* »

GAUSSURON-DESPRÉAUX.

LES CONCERTS D'AMATEURS.

A Paris on aime la musique. Les Français, sans avoir la voix flexible et mélodieuse des Italiens, l'oreille juste et l'organisation contrepuntiste des Allemands, savent tirer parti de leur voix ; ils chantent avec goût, quelquefois avec grâce ; ils articulent bien, on entend les paroles, et quoique Beaumarchais prétende que : ce qui ne vaut pas la peine d'être dit on le chante ;

il n'y a rien de plus ennuyeux que d'écouter
sans entendre, et d'être forcé de dire à son
voisin, après un morceau de chant : « C'est fort
joli, mais qu'est-ce qu'on a dit? »

Le goût de la musique s'est si généralement
répandu dans toutes les classes de la société, que
l'on voit des pianos chez des portières, des gui-
tares chez des couturières, des harpes chez des
enlumineuses. Le garçon épicier apprend à jouer
de la flûte, il s'exerce le soir après avoir fermé
la boutique de son bourgeois; il estropie : *Ah!
vous dirai-je, maman*, entre un tonneau de
cassonnade et une caisse de raisins secs. Quand
il est parvenu à jouer : *Petit blanc*, sans s'arrêter,
il se croit fort; il dit à ses amis qu'il est musicien,
il ne sort plus le dimanche sans avoir sa flûte
en poche, et s'il mène sa tante, sa cousine, ou
sa maîtresse promener aux Prés Saint-Gervais,
il ne manquera pas de leur jouer *Petit blanc*,
sous chaque ombrage où l'on se reposera.

Si cette mélomanie rend certaines gens ridicules, en revanche le Conservatoire nous forme
des virtuoses ; de son école sont sortis une foule
de talens du premier ordre.

En voyant des enfans de dix ans faire courir
leurs mains sur le piano, avec la légèreté et
l'aplomb d'un professeur; en écoutant ces jeunes

violonistes se jouer des difficultés et manier l'archet avec une perfection désespérante, l'amateur
qui jadis eût passé pour avoir un talent fort
agréable, n'ose plus se faire entendre ni toucher
à son instrument.

Et cependant, à Paris, les concerts d'amateurs
sont généralement suivis, on y entend de bonne
musique; l'orchestre, bien conduit, a du nerf,
de l'ensemble. Mais, un moment, entendons-
nous : ce qu'on appelle concert d'amateurs est
une réunion dans laquelle il y a toujours au moins
la moitié d'artistes, de professeurs, d'exécutans
attachés à divers théâtres de la capitale; j'ai même
assisté à des concerts d'amateurs dans lesquels
il eût été difficile d'en trouver un seul parmi les
musiciens. Dans la belle rotonde du Waux-Hall,
une société musicale a donné des concerts pendant plusieurs hivers. Ces réunions que l'on
nommait aussi modestement : concerts d'amateurs, étaient fort suivies; une société brillante,
des femmes élégantes, une salle bien éclairée,
des symphonies, des solo bien exécutés, des
morceaux de chants qui ne déchiraient pas les
oreilles, tout devait concourir au succès de ces
concerts. Mais dans cet orchestre qui venait
d'enlever avec tant de précision une symphonie
d'Haydn, je reconnaissais des musiciens de l'O-

péra, des Bouffes ou de l'Opéra-Comique; cette
chanteuse que l'on venait d'applaudir, je l'avais
applaudie la veille dans la *Muette* ou la *Dame-
Blanche*; ce virtuose était du Conservatoire; ce
jeune violoncelle y avait remporté le premier
ou le second prix; un autre arrivait de Rome. A
coup sûr la présence de ces dames et de ces
messieurs ne nuisait point au charme de la
soirée; mais pour moi ce n'était plus un concert
d'amateurs, c'était une réunion d'artistes.

Le véritable concert d'amateurs, celui où l'on
trouve du comique à défaut d'ensemble, de la
prétention au lieu de talent, des cris pour du
chant, du bruit pour de l'harmonie; celui enfin
dont, si vous avez l'oreille délicate, vous devez
vous défier, comme un gourmand se défie de la
fortune du pot; un gourmet, des liqueurs de
famille; et un auteur, des pièces reçues à l'una-
nimité; savez-vous où il s'est réfugié? dans les
soirées musicales, petites soirées hermaphrodites,
qui ne sont ni bal ni concert, et dans lesquelles
cependant on donne et l'on fait de la musique.
Ces soirées-là sont devenues fort communes à
Paris : point de salons où il n'y ait un piano,
point de demoiselle bien élevée qui ne sache en
toucher; voilà déjà l'orchestre. Quand à ce piano
vous pouvez joindre un amateur qui joue du

violon, un autre qui souffle dans une flûte ou un hautbois, alors votre concert est formé; il y a toujours dans une réunion quelques personnes qui chantent, elles se chargeront de la partie vocale, et la maîtresse de la maison peut hardiment mettre dans ses billets d'invitation : on fera de la musique.

Je ne veux pas vous faire assister à une soirée de la Chaussée-d'Antin ou du faubourg St-Germain, on y sait chanter; Panseron ou Bruguière s'y font entendre, rien de ridicule, par conséquent rien de drôle ; ce n'est pas encore là mon concert d'amateurs. Mais suivez-moi du côté de la Porte-Saint-Denis, chez une dame qui a la manie de donner des concerts, qui croit que ses soirées musicales font sensation dans le monde, qu'incessamment il en sera question dans le *Musée des familles*. Il y a chez cette dame concert deux fois par semaine, et les autres jours on n'est occupé que de la rédaction du programme de la prochaine soirée ; vous pensez peut-être que la maîtresse de la maison est musicienne, qu'elle a une jolie voix; détrompez-vous, cette dame ne joue d'aucun instrument, ne sait pas une note et n'a jamais pu mettre *Portrait charmant* sur l'air. Mais c'est en cela que les amateurs aiment sa maison, dans laquelle ils se donnent rendez-vous de préférence; ils savent qu'ils ne seront point obligés d'entendre la sonate éternelle, et d'applaudir un morceau favori qu'ils connaissent par cœur, ce qui est presque inévitable lorsque l'amphitryon est lui-même musicien.

L'amateur véritable, celui qui est heureux lorsqu'il a fait son second violon dans un quatuor de Pleyel, ou risqué l'alto d'un quintette de Beethoven, ne s'inquiète nullement des personnes qui viendront l'écouter. Que lui importe que la réunion soit nombreuse et brillante, qu'il y ait de jolies femmes et du punch? ce qu'il veut trouver, ce sont les pupitres prêts, la musique placée, les bougies allumées et ses partners arrivés. Voyez-le entrer dans le salon, tenant son instrument sous le bras; sa toilette est négligée; mais il n'est pas venu pour faire le galant près des dames, il est venu pour faire de la musique; à peine si, en entrant, il jette quelques regards sur la société, il s'avance d'un air inquiet, il cherche la dame de la maison, et son salut est: «Ces messieurs sont-ils arrivés?» Si la réponse est négative, sa figure s'alonge, ses sourcils se rapprochent, il murmure quelques mots qu'on n'entend point et va s'asseoir dans un coin du salon où il fait la moue.

Mais les amateurs se font rarement attendre;

pour eux, la soirée est toujours trop courte; il en est qui après trois quatuors sont encore fermes, vigoureux, et ne voudraient pas quitter la place. Ce sont des intrépides, des anciens, des infatigables; ils feraient de la musique sur un carré s'il n'y avait pas de place dans l'appartement; ils ne se quittent jamais sans avoir leur rendez-vous pris pour le lendemain. Rien ne les émeut, rien ne les trouble lorsqu'ils sont devant le pupitre; que les dames rient, que les hommes causent tout haut; ils ne font pas attention et vont toujours leur train : c'est pour eux qu'ils jouent, et en vérité ils ont raison.

Assistons à cette soirée musicale, allons-y de bonne heure pour tout voir, la petite pièce et la grande. Vraiment, ce n'est pas tout plaisir de donner des concerts, la maîtresse de la maison est sur les dents avant que sa soirée ne soit commencée; c'est que depuis le matin il a fallu s'occuper de l'accordeur, des instrumens qu'on envoie chercher chez les exécutans; des cordes pour la harpe, des romances, des nocturnes qui ne se retrouvent pas, parce qu'on a prêté les unes et oublié les autres, des pupitres qui forcent à déplacer des chaises, et enfin, du morceau par lequel on commencera. C'est l'article le plus difficile, car en général personne ne veut com-.

mencer, si ce n'est les intrépides du quatuor,
mais encore faut-il qu'ils soient tous quatre arrivés.

Je me trouve assis derrière une jeune personne qui n'est pas mal, qui pourrait même passer pour jolie si sa figure n'exprimait pas l'humeur, l'inquiétude, la contrariété; une vieille
dame placée près d'elle, sa mère sans doute, lui
parle avec feu, et la jeune personne répond de
même; je puis savoir ce qui semble chagriner si
fort cette demoiselle :

« Vous chanterez, ma fille. — Non, maman,
» je ne chanterai pas. Je vous assure qu'il me se-
» rait impossible d'ouvrir la bouche devant tant
» de monde. — Enfantillage que tout cela! Je
» vous ai donné un maître de musique..... il dit
» que vous êtes en état de chanter en société.....
» D'ailleurs je vous entends assez à la maison....
» vous chantez du matin jusqu'au soir. — Mais,
» maman, c'est que je suis seule ou qu'on ne m'é-
» coute pas... si vous saviez quelle peur j'éprouve
» rien qu'à l'idée que tout le monde va avoir les
» yeux sur moi..... J'étouffe déjà.....J'ai une sueur
» froide..... Vous savez bien que je n'en ai pas pu
» dîner. — Raison de plus : il faut vaincre votre
» timidité..... il faut vous habituer à chanter de-
» vant le monde. Je ne vous ai pas donné un maî-

» tre de musique pour que vous ayez des sueurs
» froides. —Eh bien, si on me force à chanter...
» vous verrez.... je me mettrai à pleurer!.... —
» Avisez-vous de cela, et demain je vous ôte
» votre piano. »

Pauvre fille! elle débutait déjà à faire sa partie en mettant un mouchoir sur ses yeux. Pendant ce temps, une autre demoiselle entrait dans
le salon d'un air radieux, souriant à droite et à
gauche, tandis que son père, qui lui donnait la
main et semblait jouir d'avance des triomphes
de sa fille, criait dès la porte d'entrée :

« Nous voici...... Ma fille a apporté tous ses
» morceaux!... italiens et français!... Barcaroles
» et Bolero. Hier, elle a chanté divinement dans
» une soirée où il y avait des habitués de l'Opéra...
» Dieu! quel succès elle a eu!... C'était étourdis-
» sant..... »

La demoiselle reçoit les éloges comme un con-
quérant reçoit les clefs d'une ville. Elle salue
à demi, traverse le salon avec monsieur son
père qui ne cesse de répéter : « Dieu! comme
» ma fille a chanté hier!...» et elle va s'asseoir
dans une bergère d'où elle semble planer sur la
compagnie qui la regarde comme une célé-
brité!

Mais attention! voici les intrépides : le pre-

mier violon, ancien employé dans une administration, se consolant d'être à la retraite parce
qu'il peut se donner entièrement à la musique;
répétant le matin ce qu'il jouera le soir; ayant
pour son violon tous les petits soins, toutes les
attentions d'un amant pour sa maîtresse; le mettant près de lui dans son lit, parce que la chaleur
des draps rend, dit-on, les sons plus doux, et se
promettant de faire le voyage d'Italie pour rapporter des cordes de Naples.

Le second violon est un jeune homme pâle,
brun, nerveux; il a l'air en jouant d'avoir des
crispations; on croirait qu'il est en colère; il y
a de la fureur dans son coup d'archet, de l'em-
portement dans ses arpéges, de la brutalité dans
sa mesure, et cependant tout cela vient du plaisir qu'il éprouve à faire de la musique.

L'alto est un gros réjoui, souriant à chacun,
riant d'avance en prenant le la très fort sur son
instrument, mais enchanté quand il a escamoté
un trait, et cherchant alors un sourire de satisfaction sur chaque physionomie. C'est un homme
d'affaires qui n'en fait jamais, qui ne connaît
même rien aux siennes, mais qui termine tout
par son mot favori : « ça ira. » Et ça ne va pas
mieux que son archet sur l'alto.

Silence! voici venir la basse! c'est un person-

nage très respectable qu'une basse ! on le flatte,
on le choie, on le complimente. Pourquoi? A-t-il
plus de talens que les autres amateurs? Non, il
en a moins quelquefois ; mais il joue de la basse,
et l'on trouve une foule de violonistes, pianis-
tes, etc., tandis qu'il est fort difficile de trouver
un amateur qui se soit adonné à la basse, instrument ingrat, et qu'il n'est pas commode de porter avec soi.

Le concert va commencer : la maîtresse de la
maison va et vient, tâche de faire asseoir tout son
monde afin qu'on se tienne tranquille, car il faut
se défier dans un concert des jeunes gens qui restent debout. Ils chuchoteront entre eux, ils re-
mueront, ils changeront de place si le morceau
les ennuie ; ils sont même capables de s'en aller
tout-à-fait, et cela fait toujours un mauvais
effet.

Enfin, le coup d'archet est donné. La société
garde un religieux silence pendant les vingt premières mesures, mais bientôt s'établissent les
conversations à demi-voix, qui font le tour du
salon, comme le bourdonnement d'une chauve-
souris, les dames se regardent pour se critiquer;
les hommes parlent politique ou théâtre; quelques amis ou parens des exécutans lâchent bien
des : *chut!... silence!...* Puis font entendre des

bravo!... très bien!...enlevé!.... mais cela fait peu d'impression sur la société. Au reste, les intrépides, qui sont tout à leur musique, ont trop affaire avec leur instrument pour s'occuper de ce qui se passe autour d'eux; c'est déjà beaucoup de tâcher d'aller tous quatre ensemble; quant à l'alto, il est presque continuellement de deux mesures en arrière, mais cela le fait rire, et lorsqu'il finit sans s'être rattrapé, il ne manque pas de dire : *ça ira.*

Le quatuor est terminé. Les claques obligées partent de plusieurs points de la salle. Ces messieurs sont contens d'eux et prêts à recommencer; mais déjà un beau monsieur s'est placé au piano, et avec cette assurance de quelqu'un qui se croit infiniment plus de talent que tous ceux qui l'écoutent, il nous chante l'air d'*il Barbiere.* Cet air-là a passé par de bien cruelles épreuves; on veut le chanter partout! Je l'ai même entendu aux *Folies dramatiques,* dans une représentation à bénéfice, et Dieu sait la figure que faisaient ces messieurs et ces dames des places à huit sous, pendant qu'on leur chantait: *Figaro si, Figaro la!*

Dans un concert d'amateurs on est toujours poli, du moins on tâche de ne pas rire tout haut. Néanmoins, ce beau monsieur n'obtient qu'un

pâle succès, ce qu'on appellerait au théâtre succès d'estime. Cela ne saurait satisfaire quelqu'un
qui pensait qu'on allait se pâmer en l'écoutant;
aussi se lève-t-il du piano d'un air piqué, en s'é-
loignant il fait tomber les mouchettes et ne les
ramasse pas, il marche sur les pieds du père
enthousiaste de sa fille, et c'est celui-ci qui lui
demande excuse ; enfin il bouleverse les pupitres du quatuor et va se jeter sur une ottomane
en murmurant : « Je n'aurais pas dû chanter
« cela ici !.... C'est trop fort pour eux. »

La dame de la maison, qui met tous ses soins
à varier les morceaux, est allée prendre dans un
coin du salon un petit garçon qu'elle ramène en
s'écriant: « A votre tour, petit ami... Une sonate...
» Un air varié sur le piano.... Messieurs et dames,
» vous allez l'entendre..... il n'a pas encore onze
» ans... et... vous allez l'entendre. »

Cette dame me rappelait en ce moment ces
gens qui font voir des phénomènes, des monstres, des animaux savans ; j'avais cru d'abord
que *petit ami* allait faire la roue au milieu du salon. En le voyant s'asseoir sans hésiter devant le
piano, je prête une oreille attentive, et j'entends
un petit bonhomme de onze ans qui touche du
piano comme un enfant de dix ans ; c'était bien
amusant pour la société !

Vient ensuite un monsieur bossu, qui donnait du cor. Il entonne un air de chasse, des fanfares, des rappels, et son air est coupé par des repos pendant lesquels il imite les aboiemens des chiens, les cris des traqueurs, les gémissemens du cerf ; c'est un tapage à ne pas s'entendre.

« Je crois que ce monsieur a l'intention de » nous *chasser* tous ! » dit une dame que cette musique ne semble pas amuser. « S'il continue il y » réussira. »

J'étais tout-à-fait de l'avis de cette dame ; enfin, le monsieur bossu a terminé son morceau ; mais en revenant s'asseoir à sa place, il promet d'imiter le sanglier à la prochaine soirée. Et moi je me promets de ne pas y venir.

C'est le tour de la demoiselle qui a si bien chanté la veille, à ce que dit monsieur son père. Un jeune homme, qui va l'accompagner, la conduit au piano.

« Mon père, voulez-vous m'apporter ma mu- » sique ? dit la demoiselle d'un air grandiose.

— Tout de suite ! sur-le-champ ! » répond le papa en courant à travers le salon, en bousculant tout le monde pour se faire faire place, et en courant dans l'antichambre d'où il revient avec un énorme rouleau, qu'il développe en chemin.

« Voilà.... voilà ta musique.... Quel morceau
» chantes-tu ? —Mais... je ne sais pas... Qu'est-ce
» que je vais chanter ? — Oh ! tu as de quoi choi-
» sir là-dedans... Voici de l'italien... *la Dona du*
» *lac.* — Non, je chanterai du français ce soir...
» — Alors... voici le morceau du *Pré aux Clercs*
» que tu as si bien chanté hier..... c'est superbe
» cela.... — Oh ! mais... je suis fatiguée de le chan-
» ter... — Tiens... veux-tu l'air : *Quel plaisir d'ê-*
» *tre en voyage,* de *Jean de Paris....?...* » (Le papa
fredonne en battant la mesure avec sa tête) « Quel
» plaisir ! d'êtr... en voy..age... Jamais.. l'œil...
» — Papa, j'aimerais mieux autre chose..... —
» Autre chose... Attends, c'est cela qui est beau !
» un air de *la Vestale.:...* Je les sais tous moi! »
(Le papa fredonne de nouveau.) « *Oh !... des*
» *infor.....tunés ! dé...esse tu..uté...laire..re.* —
» Ah ! c'est trop triste cela! »

Pendant cette conversation entre le père et la
fille, la société se regardait, les uns en souriant,
les autres en bâillant; et l'un des intrépides disait d'un air d'impatience : « Nous aurions pu
» faire un quatuor pendant que cette demoiselle
» se serait décidée pour ce qu'elle veut chan-
» ter. »

Enfin, le choix est fait : c'est l'air du *Serment*
qu'on va nous faire entendre. Avant que sa fille

commence, le papa veille à ce qu'on soit assis, que les portes soient fermées, et les conversations terminées, puis il s'asseoit lui-même presqu'au milieu du salon, pour mieux juger de l'effet que sa fille va produire; mais le succès ne répond pas à son espérance. La chanteuse fausse plusieurs passages, en manque d'autres, se trompe de mouvement, et déjà quelques personnes disent à demi-voix : « C'est bien dommage que » nous ne l'ayons pas entendue chanter hier. »

« Elle a un chat! » s'écrie le papa, qui est mystifié du peu de succès de sa fille... « Certaine- » ment, elle a un chat dans la gorge. »

« Elle en a au moins deux ou trois! » dit le monsieur qui a chanté l'air du Barbier. Enfin les chants, ou plutôt les cris, ont cessé. Le papa va chercher sa fille en lui disant : « Tu es fatiguée!... » Tu avais trop bien chanté hier!... » Puis il fait le tour du salon pour affirmer à toutes les personnes de la société que sa fille a un chat.

De tels incidens ne sont pas la partie la moins amusante d'un concert d'amateurs; les réunions seraient froides sans de tels épisodes; que dire en effet d'un monsieur qui vient ensuite nous donner un solo de flûte? ce n'est pas assez bien pour fixer, captiver l'attention ; ce n'est pas assez mal pour faire rire , et en toutes choses l'absence de défauts ou de qualités produit la monotonie.

J'espérais pour cette jeune personne que j'ai vue pleurer, que l'on ne penserait pas à la faire chanter ; mais la maman a fait signe à la maîtresse de la maison, celle-ci vient la chercher, elle veut résister..... mais l'une la tire en avant, l'autre la pousse par derrière, il faut qu'elle cède. Elle marche au piano comme une victime irait à l'autel.

Je veux essayer de calmer sa frayeur. Je m'approche du piano, et je dis à cette pauvre petite qui semble prête à s'évanouir :

«—Mademoiselle, vous craignez de chanter de-
» vant le monde, mais remettez-vous... Si cela
» vous est agréable, on ne vous écoutera pas.....
» Je vais faire causer... rire ces messieurs..... Je
» ferai du bruit...... je casserai même quelque
» chose si cela est nécessaire ; pendant ce temps-
» là vous pourrez chanter sans qu'on s'en aper-
» çoive.

— Ah ! monsieur, que vous êtes bon !» me répond la jeune personne en joignant les mains. Je fais aussitôt ce que j'ai dit. Je vais causer bien haut, j'ai l'air d'avoir quelque chose de fort intéressant à raconter ; on se lève, on m'entoure, pendant ce temps, ma demoiselle chante sa modeste romance. Il y a bien quelques personnes qui me crient : — Mais, monsieur, on chante!... Je vais toujours mon train. Ce n'est qu'au dernier couplet que je me tais, car j'ai entendu que la voix se rassurait, que la frayeur se dissipait; je crois que l'on osera être écouté.... En effet, elle a chanté fort bien son dernier couplet, et cependant on ne faisait plus de bruit. Pauvre petite! elle est rouge comme une cerise en finissant, car elle s'est aperçue qu'on l'écoutait; mais on l'applaudit, et elle est bien contente en retournant se placer près de sa mère.

Après viennent les duo, puis les chansonnettes de *Jean-Jean;* c'est un ancien parfumeur qui se charge d'égayer la société, parce que sa femme prétend qu'il est très fort sur la gaudriole; mais déjà l'on songe à la retraite, et tandis que ce monsieur fait rire sa femme, son fils et sa sœur, qui se sont groupés autour de lui, la société prend congé en promettant de revenir au prochain concert.

Que conclurons-nous de tout cela? Que la musique faite par des amateurs n'amuse guère que ceux qui la font; qu'à Paris les concerts d'artistes, nommés modestement Concerts d'amateurs, ont tué ces derniers ; et qu'enfin , dans une soirée musicale, ce qu'on entend avec le plus de plaisir, c'est une contredanse....

CH. PAUL DE KOCK.

LES RAFFINÉS, LES ROUÉS,

LES DUELLISTES.

Je suis sûr qu'avec de sages recherches on découvrirait, sans trop d'erreurs, l'étymologie, la racine, ou mieux encore, la généalogie de la plus grande partie des mots de notre langue.

Mais qui voudrait s'occuper de cette vaste et laborieuse entreprise? Une vie séculaire, toute d'étude et de science, y suffirait à peine; et pourtant l'histoire de nos mœurs pourrait y trouver d'utiles éclaircissemens. Quand la société se crée des besoins, il faut qu'elle se crée aussi des mots pour les peindre, pour les caractériser; et, si les usages et les modes tombent, rien n'est debout pour les rappeler, que les expressions nouvelles dont ils avaient enrichi notre idiome.

Ainsi, en quelque sorte, l'histoire des langues serait peut-être l'histoire de la civilisation; et moi qui vous parle, moi qui cherche à vous persuader, et qui ai puisé ma croyance dans l'étude des dictionnaires en une feuille des peuples neufs et sauvages des archipels des Moluques, des Mariannes, des Carolines, et des insulaires de l'océan Pacifique, je pourrais, si c'était ici le lieu, appuyer mon principe de faits qui ne vous permettraient plus d'en récuser la sagesse...

A d'autres soins, puisque nous sommes aujourd'hui si frivoles.

Ne remontons pas au temps douteux dont la tradition ne nous a conservé que des documens incertains. De telles études sont inutiles. Chercher de sages leçons dans une époque où tout, les mœurs, les usages, les édifices, les arts étaient en opposition avec notre époque actuelle, serait s'exposer à trop d'erreur. Les mines qui rapportent le plus sont celles dont les veines se cachent à peu de profondeur. Si vous êtes forcé de creuser dans les entrailles de la terre, vos hommes périssent par la fatigue, et vos dépenses absorbent vos revenus. Les mêmes principes s'appliquent à l'histoire; et les faits qui parlent à l'œil sont plus éloquens que ceux que les écrivains ont été chargés de nous transmettre. Si le passé peut servir de guide au présent, c'est surtout lorsqu'il a une grande analogie entre les deux époques.

Ne cherchons pas en ce moment à généraliser notre pensée, et voyons d'abord si, à l'aide de quelques mots aujourd'hui éteints, nous ne pourrons pas traduire, ou du moins rappeler *un temps indiqué.* Voyons si la transition d'une expression à une autre expression a été également la transition d'un ridicule ou d'un vice mort à un ridicule ou à un vice qui vient de naître. Mais, comme le présent et le passé sont propres à s'expliquer l'un par l'autre, ne nous assujétissons à aucune marche, remontant ou redescendant l'histoire des temps selon notre bon plaisir. En mathématiques, on arrive souvent à la vérité par l'absurde; nous, nous ne voulons même pas de cette latitude, et nous ne nous baserons que sur des faits.

Notre langue a subi tant de métamorphoses,

que je n'ose plus maintenant jeter les yeux dans
les ouvrages anciens. Et cette *antiquité* que je
donne aux livres ne date pourtant que de trois
siècles et demi ou quatre. C'est à peine si je
comprends Marot; quant à Rabelais, je m'y perds.

Et toutefois, cette langue française, que nous
prétendons avoir si bien épurée, savez-vous
combien elle est pauvre, en la comparant à la
plupart des langues européennes?... Tous les
jours nos hommes de génie se voient forcés, pour
donner un corps à leurs nouvelles idées, de créer
de nouvelles expressions que les siècles efface-
ront à leur tour ; et leurs chefs-d'œuvre, dans
les temps à venir, seront l'objet des recherches
minutieuses et de volumineux commentaires, où
les érudits de l'époque, comme ceux de l'époque
actuelle, lutteront sans se convaincre, et obscur-
ciront le texte au lieu de l'éclaircir..... Les ridicules et les vices ont seuls le privilége de survi-
vre aux générations; on ne change que d'expression pour les habiller.

Aujourd'hui, par exemple, cherchons un *procureur*. Le mot a été rayé de notre langue ; ou
plutôt on ne l'a conservé dans le dictionnaire que
pour rappeler certains hommes et certaine époque, comme les numismates gardent, dans leurs
rayons, des médailles sans valeur intrinsèque,

éloquentes figures de transition et de chronolo-
gie sur lesquelles l'œil de la science sait trouver
d'utiles enseignemens.

Les *avoués* succédèrent aux *procureurs*. Le mot
disparut, la chose resta... Triste conquête! futile
travestissement! Mais nous sommes ainsi faits;
et nous croyons toujours, avec une couche de
fard, cacher une difformité. Le carnaval, chez
nous, est éternel.

Nous marchons tellement à reculons que la
philosophie s'en épouvante. L'aristocratie s'est
vautrée jusque sur les mots après avoir corrompu
les hommes. D'abord l'aristocratie des parche-
mins, puis celle des coffre-forts, puis celle de
l'intelligence, la plus excusable et aussi la moins
insolente. Lorsque les princes et les grands boi-
tent ou louchent, ce que nous appelons *peuple*
louche ou boite à son tour. Trouvez, dans tout
Paris, un seul *maquignon;* je vous en défie : tous
sont *marchands de chevaux*, et eux surtout veulent courir avec le siècle. Voyez combien il y a
peu de *cordonniers* en province comme dans la
capitale, car la province s'aristocratise par esprit
d'imitation : les enseignes ne vous indiquent que
des *bottiers* et des *fabricans de chaussures*. Il en
est de même des *apothicaires* qui sont devenus
pharmaciens, des *cabaretiers* qui se font appeler

aubergistes, des *cuisiniers* qu'on nomme *chefs*, des *décrotteurs* qui se baptisent *artistes*, et ainsi de suite. L'on croit ennoblir une profession en l'appauvrissant du mot technique et ancien qui la caractérisait ; c'est une sorte de blason qu'on se donne, c'est la particule qu'on ajoute à un nom; c'est un vieil habit des coutures duquel on fait disparaître les injures du temps... Vous avez beau vous déguiser, messieurs, vous serez toujours voleurs de vos cliens dans vos bureaux, voleurs en leur vendant des chevaux *maquignonnés*, empoisonneurs dans vos offices, empoisonneurs dans vos laboratoires, et fabricans de cirage dans vos salons à vingt centimes la place.

On a dit, je crois, que la délicatesse des expressions était en raison inverse de la pureté des mœurs. Si la pensée est juste, quel épouvantable époque traversons-nous!... J'ai entendu, hier encore, un chiffonnier dire à un de ses confrères, au coin de ma rue : *Madame mon épouse est alitée.* Un banquier de la Chaussée-d'Antin l'aurait menacé du fouet de son cocher ; moi, j'en ris et je notai le fait. Les faits seuls sont éloquens pour peindre l'histoire des générations.

Appelez à votre secours la logique de Condillac, l'esprit de Fontenelle, l'éloquence de Bossuet, et essayez de traduire, sans l'aide des faits,

cette époque de scandale et de honte, où, sous
un roi libertin et une cour corrompue, les seigneurs, héritiers de grands noms, les prosti-
tuaient dans des orgies dégoûtantes, et n'avaient
d'imagination que pour conserver, moribonde,
une vie incessamment consumée par le poison
des festins et le poison des maîtresses... Oh! elle
passait vite alors cette vie de libertin et d'escroc,
pour laquelle on créa le mot *raffiné!* Ils étaient
puissans et considérés sous Louis XIII, ces Love-
laces impudens, dont pas un, selon les plus vé-
ridiques historiens, ne sut cacher une conquête,
dont tous, au contraire, publiaient à son de
trompe, chez eux et à l'étranger, la défaite de la
vertu qu'ils dénonçaient par ses noms et pré-
noms, qu'ils stigmatisaient par les noms et pré-
noms de leurs ancêtres.... Rien ne manquait au
triomphe; ni le duel qui l'ensanglantait, ni le
rapt qui servait à le consommer, ni le rire glo-
rieux des courtisans et des amis, ni le pardon
immoral du monarque, ni l'opprobre hautement
avoué par la victime. Le drame était complet;
c'était de la boue et du sang sur tous les acteurs. .

Lisez les mémoires du temps; il faut des joues
cuirassées contre l'impudeur, pour ne pas les
sentir zébrées de larges plaques rouges au récit

des nobles turpitudes des grands seigneurs, dont
les noms blasonnés couronnaient celui du monarque. La vie seule de Richelieu est la vie de
trente libertins et vagabonds de nos jours. Les
cabarets, les *maisons des faubourgs*, les viols, les
lâchetés sont les lubriques théâtres où se pavane
le héros des *raffinés*. Il eût été bien fâché, le beau
duc, qu'un autre, à la cour, l'eût surpassé en
couardise, en scélératesse amoureuse, et quelquefois en courage ; car il est impossible qu'un
homme livré journellement à toutes sortes d'é-
motions, n'éprouve point aussi, à de longs intervalles, des émotions grandes et généreuses. Car-
touche et Mandrin avaient du cœur et sauvaient
souvent la vie à des malheureux.

Mais cette époque fut une crise ; et, comme
toutes celles de la nature, elle ne dura pas long-
temps. D'ailleurs, le métier ne rapportait plus
grand'chose ; le peuple, toujours si patient, ne
se laissait plus impunément voler les manteaux
sur les ponts ; une maîtresse de roi, d'autant plus
bigote qu'elle avait plus de péchés à se faire pardonner, improvisait au Louvre des paroles mys-
tiques dont on n'osait rire que sous cape ; et dès
qu'on eut commencé à se cacher sur un point,
on ne se crut point déshonoré à se reconnaître
moins de déshonneur.

La progression du mal au bien est lente. Aussi les *raffinés* restèrent-ils encore quelque temps *raffinés*, soit par esprit d'opposition, soit pour essayer un pas rétrograde qui les eût fait briller d'un nouvel éclat. Leurs efforts furent inutiles; le vice courba le front et s'avoua vaincu... Le vice est tenace.

Devait-on se faire capucin parce qu'on n'était plus voleur? ou devait-on rester voleur en cessant d'être libertin?... On trouva plus de profit à un demi-sacrifice du passé, et les *raffinés* ne furent plus que des *roués*.

Ceux-ci auraient pendu de leurs mains celui qui aurait volé sur la grand'route ou sur la place publique; mais ils auraient ridiculisé de leurs plus mordans sarcasmes le *roué* qui aurait refusé un combat injuste sur le pré, ou qui, au jeu, n'aurait pas su dévaliser son adversaire en faisant adroitement filer la carte à son profit.

Vous voyez combien la distance est faible du *roué* au *raffiné*, et pourtant il y en a une. Sans elle le mot n'aurait pas changé. Avec les derniers, et selon nos mœurs, il fallait souvent être à la fois voleur, lâche et assassin; en compagnie des autres on pouvait se contenter d'être escroc; on ne se mésalliait pas, pourvu qu'on sût adroitement escamoter la bourse d'un cadet de famille, nouvellement débarqué à la capitale. Du reste, incapables de rougir de ce divorce avec la probité, au contraire, ils se contaient triomphalement, le matin, leurs succès de la veille ; et le lendemain, le plus fripon était accueilli à la cour avec des soins et des attentions bien propres sans doute à exciter le zèle de ses amis moins heureux.

Ainsi, quand les orgies des *raffinés* étaient faites, pour ainsi dire, en plein air, celles des *roués* avaient une sorte de huis-clos : c'était dans les salons qu'elles se consommaient, il y avait progrès; c'était un voile qu'on jetait sur elles; mais la gaze était si transparente, que, de près, rien ne masquait le vice.

Cette époque de la régence où le principal acteur, avec les plus nobles qualités qui rehaussent l'éclat d'un rang, avait aussi celles qui en font descendre par la route la plus abjecte, ne pouvait vivre et mourir qu'avec le maître. C'est ce qui arriva.

Lorsque la faculté se fut déclarée impuissante pour guérir un prince impuissant, les *roués* réfléchirent : ce fut un premier triomphe. Lui mort sur le sein de sa maîtresse, les subalternes redoutèrent les maîtresses et une mort semblable, car le vice est pusillanime jusque dans ses excès. Peut-être aussi la métamorphose fut-elle opérée par tout ce qu'offrait de hideux et de révoltant aux regards et à la pensée l'avilissement d'une princesse de sang royal qui luttait de cynisme avec un père dont on l'accusait d'avoir partagé les incestueux plaisirs. On a beau faire, la laideur est toujours la laideur; et quand on est arrivé au point où toute comparaison est impossible, il est impossible aussi de ne pas reculer devant ce qu'elle offre de repoussant et de nauséabonde.

Quoi qu'il en soit, avec la régence croulèrent les *roués.* Le mot créé pour eux ne retentit qu'à de longs intervalles; et les héros de cette farce hideuse se séparèrent comme après un festin d'ivrognes. Un ministre, fait ministre à coups de pied et à coups de canne, disparut avec eux; et, chose étrange, le seul homme qui, au milieu de cette cour empoisonnée, demeura pur de souillures, ce fut un valet. L'exemple venait de trop bas, on ne pouvait en profiter.

Des vices moins insolens succédèrent aux vices de la minorité de Louis XV; et à ceux-ci d'autres encore qui marquèrent une époque distincte. Puis des évènemens plus sérieux traversèrent la scène du monde. L'ouragan alla *crescendo;* le monarque, chez nous, cessa d'imposer

des lois; il en subit. Les *roués* ne vivaient plus
que dans la mémoire; on vit surgir les *crânes*.
Après avoir été vice ou vertu, occupation ou dé-
lassement, le libertinage devint distraction. Il y
eut encore progrès. Du vol, de l'escroquerie et
du duel, on ne garda que le duel, car les lois anciennes qui devaient le punir étaient tombées
en désuétude, et celles récentes qui punissaient
les escrocs et les voleurs avaient toute puissance
et toute sévérité. On tua par tierce et par quarte,
et les maîtres d'escrime jouèrent un grand rôle.

La guillotine fit taire l'épée. Devant cette
arme redoutable se ployèrent les *fanfarons*,
vieille expression un peu usée, mais qu'on res-
suscitait par besoin. Le besoin est ingénieux et
créateur. Ici parurent les *merveilleux*, les *incroya-
bles*, les *spadassins*, dont l'Italie nous avait vomi
le mot francisé et la chose italianisée. On se di-
visait pas clubs, et tandis que des clubs plus
sérieux pesaient le destin des empires, les premiers se disaient régulateurs de la mode et arbi-
tres de salons et du goût. Aux vices succédèrent
les ridicules. Tout était à la guerre dans la vieille
Europe, il fallait bien qu'on respirât un peu à
l'aise dans les promenades et les jardins publics.
On se fit un colifichet de ce qui, en d'autres
mains et en d'autres circonstances, était une arme

redoutable. Les élégans traînaient après eux un énorme gourdin à assommer un taureau, et les dames jouaient avec une guillotine en miniature, suspendue à leur collier de perles.....

La secousse que l'Europe recevait pouvait se calmer par le calme d'un seul homme. Mais cet homme continua à s'agiter. Les Alpes furent franchies, le Rhin traversé, l'Italie soumise, l'Allemagne, la Prusse tendirent une main suppliante, et Bonaparte imposa des lois. Pour plaire au maître, chacun fit l'apologie de la guerre ; et ceux-là même qui n'étaient point dans les rangs des soldats, se firent un jeu des combats et des armes.

Il y eut des écoles de tir et d'escrime. On visait sur de petits automates pour apprendre à viser sur des hommes, et tuer devint un jeu.

D'ici date le duel. Les *raffinés*, les *roués*, les *tapageurs* étaient morts. Mais l'humeur belliqueuse vivait, et l'homme qui n'aurait pas permis un seul pas rétrograde, se fût fâché de voir ressusciter de vieux mots pour peindre même une chose ancienne. Les *duellistes* eurent leur règne ; règne de deuil et de misère, acheté par bien des regrets et par bien des larmes.

L'officier qui arrivait dans son régiment était *tâté* par ses camarades. C'était le coup d'essai

du débutant. Malheur à lui s'il ne s'était pas
tiré avec honneur de cette première affaire, son
avenir en eût souffert, et vingt *crânes*, à leur
tour, l'auraient contraint à fuir le métier des
armes. Or donc, pour être jugé digne de se défaire d'un ennemi, il fallait commencer par tuer
un ami, un camarade, un frère d'armes..... Ainsi
le voulaient les lois du duel, car le duel a son
Code aussi écrit avec du sang.

Toutefois, Napoléon, qui avait ennobli la
guerre, ne sourit pas toujours aux *duellistes*.
Comment aurait-il pu, d'abord, les proscrire et
les punir ? Les généraux qui l'entouraient et qui
l'avaient fait leur général, portaient tous sur
leur poitrine et leurs bras tatoués, des cicatrices
de leurs combats particuliers, de leurs jeux de
soldats et de tambours : Lannes, Augereau, Bes-
sières, Davoust, avaient été les premiers *crânes*
de leurs régimens ; ce furent toujours des *crânes*
qui leur servirent de planton, *qui finirent leur
chique*..... L'histoire nous a transmis leurs noms.

Napoléon laissa donc faire. Lui mort pour son
armée, mais vivant dans le souvenir et le cœur
de ses soldats, ceux-ci gardèrent leurs anciens
erremens. Mais, dans les camps, le duel n'avait
rien de bas et d'ignoble. Il n'en fut pas de même
de nos cités. Ici, il avait souvent pour principes

les causes les plus futiles. Le sang coulait pour un mot échappé à la vivacité d'une discussion, et la société en fut alarmée.

Vous voyez que des siècles nous séparent du siècle des *raffinés*. Le duel était alors un titre à la considération des hommes, à l'*amour* des femmes, aujourd'hui le duel est un titre au mépris des honnêtes gens, à l'horreur et à l'effroi des mères. Jadis un duel injuste devenait le sujet de mille bouffonneries contre la victime, aujourd'hui un duel injuste ne trouve d'apologistes que parmi quelques *sacripans* éhontés, piliers d'estaminets, et prêts à vendre eux-mêmes leur bras à qui peut payer leur vie ce qu'elle vaut..... un petit écu, moins peut-être. Un cœur bien placé bondit encore d'indignation au souvenir de ce fatal duel, où le général Fournier traversa si lâchement la poitrine d'un tout jeune homme sans expérience. C'est que nos lois sur le véritable honneur, quoique non écrites, sont senties par tous les hommes qui ont étudié l'histoire pour l'appliquer à la philosophie et à la morale, c'est que de nos jours un assassinat est un assassinat, c'est qu'un bon argument pèse plus qu'une balle dans toute balance, c'est que celui qui tue doit être pur de blâme pour être pardonné, c'est qu'enfin il est rare qu'une pointe d'acier ou une

bouche de pistolet ait *complètement* raison contre un homme qui a *un peu* tort.

En général les hommes qui ont eu beaucoup
de duels les ont eus par leur faute. Et, à ce sujet, je citerai le mot d'un ami à moi, fou s'il en
fut, tapageur s'il en a existé, et à qui je servais
un jour de second... Il fut blessé; j'exigeai que
l'affaire en restât là, malgré ses cris et ses me-
naces. Si je le lui avais permis, il m'eût rossé.
—Va (me dit-il dans la voiture qui nous reconduisait), dorénavant, je te réponds de ne jamais me battre que je ne sois l'agresseur. —
Et pourquoi ? — Tu vios ce qui m'arrive ; aujourd'hui j'avais raison. Tant que j'ai eu tort,
j'ai blessé mon homme.

Ces caractères, j'en conviens, ont une sorte
de brillant qui éblouit, qui parfois intéresse.
Mais que de larmes aussi n'ont-ils pas fait verser
à des épouses, à des mères de familles !

Il est, de par le monde, un être plus mépri-
sable qu'un lâche ; c'est le fanfaron qui s'attaque
à un lâche. J'ai vu bien de ces hommes-là dans
Paris. Quelques uns, à l'aide d'une publique
provocation, sont parvenus à se faire une certaine réputation de bravoure et même de crâne-
rie. Ceux-ci, par exemple, dans une discussion
quelconque, et à propos de tout ou de rien, font

arriver le récit de leurs *affaires*. Ils ont souvent donné des soufflets, ils ont blessé vingt personnes, en Allemagne, en Italie, en Angleterre. Si l'angle d'une serrure a déchiré leur front, c'est une balle qui a fait la cicatrice; un bouton de petite vérole a-t-il marqué leur poitrine, c'est une pointe de fleuret qui, par miracle, ne les a pas tués. Ils ne s'en font pas faute, je vous jure; leur corps est couvert de blessures reçues en combats singuliers. Ils vous forcent à appuyer votre index sur leur omoplate, sur leur biceps, sur leur frontal, sur leur rotule; partout vous devez reconnaître les traces du plomb ou de l'acier... N'appuyez pas votre main sur leur poitrine, vous n'y trouveriez pas de cœur.

Il existe aussi à Paris, comme partout ailleurs, une espèce particulière d'hommes qui s'avouent lâches par principe, qui, lorsqu'une dispute s'échauffe, commencent toujours par vous dire : *Je vous préviens que je ne me bats pas*, et qui, grâce à cette maxime si bien pratiquée par eux, se croient autorisés à vous lancer au visage les épithètes les plus offensantes. Irez-vous leur en demander raison? Ils vous l'ont dit : ils ne se battent pas..... Fuyez ces braillards; leur verbe haut vous brise le tympan, et leur suffisance vous blesse à l'âme.

D'autres, plus curieux, et surtout plus amusans, s'avouent lâches parce qu'ils se plaisent
dans ce monde, parce qu'ils aiment les bons
repas, une belle journée, les promenades et les
théâtres. Ceux-ci sont curieux à voir et à observer. La querelle est finie dès qu'ils ont quitté
le lieu où elle a commencé. *Tu es un drôle.* —
Toi un fat. — *Toi un polisson.* — *Toi un lâche.*
— Et *toi plus lâche que moi.* — Rappelle - toi
comme Eugène t'a *fait mettre les pouces*, dimanche dernier, à Romainville. — Et toi, souviens-
toi du soufflet que Léon a appliqué, mardi, sur
ta joue gauche, et dont tu n'as pas osé demander
raison. — Tu mens, c'était un coup de poing.
— C'était un soufflet. — Ernest! tu y étais, n'est-
il pas vrai que c'était un coup de poing ? — Je
crois que c'était un soufflet. — Au fait, c'est
possible, j'aurai été ébloui par les trente - six
millions de lumières qu'il me fit voir.... Tout est
fini là, on quitte le salon ou le café, et les deux
antagonistes sortent bras dessus bras dessous,
et vont s'asseoir côte à côte dans une loge de
théâtre.

Je vous préviens que tout ceci est de l'époque
actuelle, et que l'époque actuelle a un mot a
créer pour désigner ces sortes d'individus. L'espèce s'en perdra, et l'histoire n'en dira rien, si

on ne trouve une expression pour les caractériser... A vous donc, messieurs de l'Académie.

Mais j'en connais de plus divertissans encore,
et je ne conçois pas que nos vaudevillistes ne les
traduisent pas sur la scène. Je l'essaierai un de
ces jours. Ceux dont je vous ai parlé tout à
l'heure s'avouent lâches, sans honte ; ceux que
je vais vous présenter se font un mérite de leur
lâcheté, et dès qu'une fois ils se sont fait connaître, il y aurait ridicule à leur porter le plus
petit défi ; ce serait fouetter la mer.

Un jour, dans une vive discussion, un de ces
hommes reçoit un soufflet d'une main qu'on ne
pouvait accuser de lâcheté. Irrité contre sa propre action, celui qui avait frappé invite son pauvre adversaire à en demander satisfaction, l'assu-
rant qu'il lui ferait beau jeu sur le terrain. Un
ami commun fut chargé de la négociation.....

— Bah ! dit l'homme souffleté, j'ai reçu dernièrement, devant le Gymnase, une claque autrement appliquée, et j'ai pardonné ; pourquoi
serais-je moins généreux aujourd'hui ? La générosité est mon fort, assurez-le que je ne lui en
veux pas.

— Tout cela est beau, répliqua le médiateur ;
mais en vérité c'est par trop beau. Il y avait là
des étrangers ; et, en nous voyant dorénavant

nous promener avec vous, il penseront que, comme à vous aussi, l'on peut impunément nous donner des soufflets.

— Que faut-il que je fasse?

— Vous battre.

— Est-ce bien nécessaire?

— C'est de toute nécessité.

— Et si je le tue?

— Il ne donnera plus de soufflets.

— Et s'il me tue?

— Vous n'en recevrez plus.

— Peut-être.

— Voyons, sérieusement, à quoi voulez-vous vous battre?

— Dame! à quoi risque-t-on le moins?

— C'est selon. Celui qui a du cœur risque peu.

— Je suis un homme perdu.

— Et pourquoi cela? Il vous a promis de vous faire beau jeu; je le connais; et, s'il se bat, ce n'est que par amitié pour vous.

— Au diable son amitié! J'aime bien mieux une haine qui laisse vivre qu'une affection qui tue.

— Mais il ne veut pas vous tuer.

— En est-il le maître, le scélérat?

— D'abord, comme il est l'agresseur, il vous laissera tirer le premier. Ensuite, vous fixerez la distance.

— C'est à moi de fixer la distance!... Dites-lui que j'accepte, que je lui demande raison, que je le provoque.

— A la bonne heure.

— Je porterai les armes nécessaires.

Le lendemain l'affaire eut lieu. Rendu sur le terrain, l'homme au soufflet reçu alla d'abord serrer la main à l'homme au soufflet donné.

— Voici nos armes, lui dit-il.

— Ces pistolets sont bien petits.

— Ils sont propres aux petites rancunes, et je ne vous en veux pas beaucoup... Chargeons... C'est fait?... A moi à mesurer la distance... Cent pas; je vais les faire.

— Y songez-vous? ces pistolets portent tout au plus à quinze.

— Le croyez-vous?

— J'en suis sûr.

— Eh bien! à cinquante pas.

— C'est encore six fois trop.

— Le hasard peut pousser la balle plus loin; le hasard est si ridicule!

— Tout cela est inutile, monsieur; puisque je suis venu ici, nous nous battrons à distance raisonnable. Quinze pas, c'est assez.

— Je suis l'offensé, monsieur, et c'est à moi d'ordonner. Trente-cinq pas est ma dernière pro-

position... Du reste, comme je n'ai pas de rancune, vous pouvez tout terminer à l'instant
même... Faites-moi des excuses.

— Qu'est-ce à dire? moi, des excuses!

— Parbleu! cela vous coûte-t-il beaucoup,
et est-ce si difficile?

— Si difficile, monsieur, que vous allez vous
mettre en place et marcher sur moi. Allons!
allons!

— Vous ne voulez pas faire d'excuses?

— Non, de par tous les diables!

— Eh bien! soyez satisfait, recevez les mien-
nes, car, au total, tout ceci me fait mal au cœur,
et je ne pourrais jamais me pardonner d'avoir dirigé une balle sur un homme qui a bu et trinqué
avec moi... Embrassons-nous et rentrons.

— Rentrons.

Les adversaires et les témoins rentrèrent en
effet; et, en arrivant au café, l'homme au soufflet
reçu fut entouré, questionné.

— Eh bien! comment cela s'est-il terminé?

— Ah! mes amis, *si je n'étais pas un jean f...,
je serais mort.*

Le mot fit fortune, et nous continuâmes à
voir en ami notre ancien ami.

Cet homme a pourtant de l'esprit. Il est bon,
obligeant, gai convive; il n'a jamais fait et ne fera

jamais de mal à personne. Qui aurait la lâcheté de lui en faire? Pour ma part, je lui suis vivement attaché, je suis prêt à lui donner mon bras à la promenade, et à le refuser au *duelliste* qui tue ou au fanfaron qui menace.

O mes amis! vous seriez épouvantés de la quantité prodigieuse de *crânes* et de faux crânes qui, chaque jour, traversent Paris dans tous les sens. J'ai connu un jeune homme rempli de moyens, appartenant à une honnête famille, mais paresseux par goût, et par conséquent pilier de café, qui *achetait* des duels... Oui, messieurs, quand un de ses amis au cœur timide avait une querelle, lui, moyennant un emprunt plus ou moins fort, selon la gravité de la dispute et la réputation de l'adversaire, prenait fait et cause pour celui qui payait, et sous un futile prétexte, allait d'abord se battre contre l'offensé ou l'offenseur. Un duel renvoyé est presque toujours un duel éteint. C'est ce qui arrivait souvent, et l'argent reçu était *loyalement* gagné.

Il suffit qu'un homme ait eu un duel retentissant pour que sa réputation de bravoure se trouve établie. Quelquefois même un éclatant succès dans ces sortes d'affaires vous vaudra l'épithète de crâne, de ferrailleur ou de *duelliste*. Nous avons tous connu cet habitué du boulevart de Gand, au chapeau pointu, à l'habit étriqué, au lorgnon toujours sur l'œil. Les étrangers le regardaient de travers et évitaient son contact. Eh! bon Dieu! c'était au total un très bon garçon, très obligeant et très sociable. La balle qu'il dirigea sur Saint-M... le fut pour venger une offense que tout homme de cœur eût repoussée. Mais cette fatale mort occupa les journaux; et, de là, une réputation faite, un *tueur* montré au doigt, un ogre créé.

L'apologie du duel n'a été publiée que par un seul écrivain. C'est qu'il est des travers, des ridicules et des vices que nous défendons souvent dans notre intérieur, mais que nous rougirions de protéger en public. Le malheureux Alphonse S... devait tôt ou tard succomber en combat singulier. Vous l'avez vu trente fois, brouillon dans les cafés, impérieux au théâtre, querelleur dans nos promenades, brusquer un ami, imposer silence à un voisin, et goguenarder un étranger dont la figure n'était pas de son goût. Il paraît que la mienne ne lui plut pas, un soir, au parquet du théâtre des *Nouveautés*, car il me chercha noise d'une manière si impertinente, que tout homme beaucoup moins patient que moi n'eût pu le souffrir.

Eh bien! ce jeune écrivain dont l'avenir aurait

pu être si brillant, et qui, chaque jour, suscitait quelque nouvelle querelle, se battait souvent avec pusillanimité... Cela devait être; comment tuer de sang-froid celui qu'on a outragé?

Pauvre ami! tu as cruellement expié ce délire de ta tête qui ne gâta jamais ton cœur!

Ainsi donc, quoiqu'il soit vivant dans nos mœurs, le duel est mort dans l'opinion publique, et les *duellistes* en horreur et mépris aux honnêtes gens. L'époque actuelle, si riche en ridicules, s'est enrichie encore de l'absence d'un préjugé odieux. L'homme qui tue par basse vengeance, et l'homme qui tue par désœuvrement, sont deux fléaux pour la société qui les flétrit et les répudie. Mais si, en champ clos et avec des armes égales, vous repoussez un outrage, vainqueur ou vaincu, tâchez que chacun de nous puisse dire : *il a succombé en homme de cœur*, ou *il a triomphé en homme loyal...* Croyez-moi sur parole, une mort à se reprocher est un poids lourd et brûlant sur la conscience.

ALPHONSE LECLERC.

LES HOTELS GARNIS.

Si, comme la machine humaine, les *hôtels garnis*
de nos douze arrondissemens, doués d'un appareil
locomoteur, pouvaient un jour, s'éloignant de
leur clocher respectif, se trouver réunis par dé-
putations en quelque lieu public (la plaine de
Grenelle par exemple si tristement veuve des
petites guerres de la restauration), le connaisseur,
à la seule inspection de la tournure, saurait dire
en les heurtant du coude : — Salut, Chaussée

d'Antin ! Faubourg Saint-Marceau, salut ! Marais,
salut ! Salut, Palais-Royal !

Mais ces nuances physionomiques, si sensibles
de quartier à quartier, et qu'un seul regard suffit pour signaler, deviennent encore beaucoup
plus tranchées lorsqu'on examine la vie inté-
rieure, la moralité, l'âme desdits hôtels. Sous ce
rapport il y a aussi loin de l'hôtel de la rue du
Helder à l'hôtel de la rue du Dragon, que du
Parisien au provincial indigène — cette borne
miliaire qui, comme le dit Henri Heine, porte
inscrit sur son front son éloignement plus ou
moins grand de la capitale.

Le premier *hôtel garni* de Paris est l'Hôtel
de Londres, sur la place Vendôme : ses portes
s'ouvrent à grand bruit et toujours à deux battans ; le pavé de ses cours retentit du roulement
des équipages et du piétinement des chevaux.
Le concierge parle anglais ; les domestiques,
anglais ; les chevaux anglais ! C'est l'Angleterre
aristocrate, c'est Waterloo qui s'est placé en face
de notre glorieuse colonne ! Est-ce que cette
place où se dresse l'éternel monument de vingt
ans de victoires ne devrait pas être toute nationale ? Fallait-il donc condamner l'empereur à
voir du haut de son piédestal un de ses plus beaux
palais occupé par les fils peut-être de ceux qui

l'enfermèrent dans l'infâme prison de Sainte-Hélène? Mais l'or britannique paie le droit de dormir sous nos plus riches toits, comme à Londres il boit nos meilleurs vins : il écrème la France. L'Hôtel de Londres est le plus beau de Paris.

Quelques hôtels des boulevards des Capucines et des Italiens sont aussi exclusivement occupés par des enfans d'Albion ; mais plus francisés, mêlés davantage au mouvement de la vie parisienne, plus emportés dans son tourbillon, ils se sont un peu lavés du brouillard de la Tamise. On les rencontre souvent à la suite d'un certain lord, avantageusement connu par la largeur de ses épaules et ses combats à coups de poings, aussi fameux assurément que les faits d'armes tant vantés du général lord en qui la gloire militaire de la Grande-Bretagne s'est aujourd'hui personnifiée.

Mais ces hôtels des boulevards des Capucines et des Italiens, dont le nombre d'ailleurs est fort limité, sont plutôt habités par les jeunes héritiers de dix-huit à vingt-trois ans. C'est là qu'on rencontre ces possesseurs prématurés de la fortune que leur père a conquise sou par sou, et qui se donnent pour la dissiper plus de peine que le défunt n'en prit pour l'amasser. Avec cet air de famille, ne les croiriez-vous pas frères les uns des autres? Le même tailleur les a habillés; ils se tiennent avec le même aplomb dans la même cravate. La même heure pour sortir, la même heure pour le frac, la même heure pour la redingote; c'est une caserne de fashionables: la mode y bat le tambour, la stupide fatuité y donne le mot d'ordre. Dans cet hôtel, l'orgie n'est tolérée qu'au tokay ou au champagne; la vie s'y passe élégante, dérangée, et pourtant monotone, jusqu'au jour où l'héritage de l'un d'eux étant hypothéqué, absorbé, ruiné, l'usurier ne prête plus un sou, et que l'huissier fait sa première visite. L'égoïsme du fashionable est impitoyable, tous les égards sont suspendus pour le malheureux; pas un de ses *amis* ne viendra à son secours; le concierge ne salue plus, il murmure dès qu'on rentre tard; et quinze jours se sont à peine écoulés, que les bottes de Sakoski, les habits que Blain a taillés, les chemises en toile de Hollande, et les mouchoirs de batiste sont confisqués pour gage du loyer qui n'est pas payé, avec sommation énergique de *vider les lieux* au plus vite. — C'est une espèce de mortalité à laquelle l'hôte est fait, et qu'il consigne avec une stoïque indifférence sur son livre d'entrée et de sortie.

Ces jeunes gens ont d'ordinaire, pour co-locataire, pour ami, pour conseil, un colonel ou un général à la réforme, ou bien encore un héros Polonais, Espagnol, ou Italien. C'est lui qui forme les débutans, qui leur apprend à se ruiner convenablement et sans faiblesse ; qui les conduit à Frascati et dans les coulisses de l'Opéra, et donne en secret à l'hôte l'avis du moment où il est nécessaire de ne plus accorder qu'un crédit limité. Il est du reste l'intermédiaire entre ces jeunes gens et l'hôte ; car le fashionable ne se compromet par aucune familiarité, il paie le droit d'être raide et de ne saluer personne ; ce privilége figure en chiffres formidables sur son mémoire.

Ces hôtels n'ont pas de table d'hôte, le fashionable dîne chez Véfour ou au Café de Paris, et plutôt au Café de Paris. Mais le général ou le colonel à la réforme est admis à la table du maître, par reconnaissance pour ses services, à titre de pensionnaire. — Il sert le potage, découpe le rôti, lit le journal, et raconte la nouvelle du jour. Si le temps n'a pas trop grisonné ses moustaches, et que l'hôtesse n'ait pas eu trop à souffrir des rigueurs de trente-sept hivers, il est probable que le zèle du colonel à la réforme ne se borne pas à remplacer l'hôte dans

ses seules fonctions d'Amphitryon. . . . .
. . . .

Toujours sur le boulevard, mais en quittant
la Chaussée d'Antin pour se rapprocher du faubourg du Temple, après avoir subi une assez longue solution de continuité, l'hôtel garni est arrivé
tout-à-coup à une métamorphose complète. Là,
ce sont des ménages qui travaillent, qui font la
cuisine, qui mangent, qui dorment dans l'étroite
dimension d'une chambre et d'un cabinet. Ménages pour la plupart composés d'artistes dramatiques de bas étage, de musiciens de feu la
Gaieté, ou de généraux de Franconi, qui ont
abdiqué le turban, le cimeterre vainqueur et
les épaulettes dorées, pour le simple et national
bonnet de coton, et le ballet dont ils se servent avec une estimable adresse dans le partage égal des travaux de la communauté. Ce n'est
plus l'escalier ciré, la nonchalante figure d'un
concierge poudré, plus cet air parfumé et musqué de l'hôtel du boulevard des Italiens. — En-
trez, un chien aboie, un chat miaule, un enfant
crie ; du coude vous avez heurté une bayadère
en pantoufles, sans corset et sans ceinture, portant une serviette remplie de salade ou de pom-
mes de terre, de la même main qu'elle va donner si noblement à baiser le soir au grand Mogol

ou à Ibrahin-Pacha sur les planches belliqueu-
ses du Cirque-Olympique. Il semble qu'en ce négligé son corps se détende de la raide majesté
dans laquelle il est forcé de se dresser à la lumière du lustre. Suivez-la, elle s'est arrêtée à la
chambre de l'hôtesse ; les voilà qui causent toutes les deux, car ici, comme sur le boulevard des
Italiens, on n'est pas fier, on est bon voisin,
on se *fréquente ;* mais aussi quand arrivent
les mauvais jours, quand le théâtre est déserté,
quand le directeur suspend ses paiemens, l'hôtesse attend que la détresse du locataire ait cessé,
elle en parle avec lui comme d'une épreuve à
subir, elle le plaint et ne le chasse pas : elle ne
le considère pas comme un de ces oiseaux de
passage dont il faut saisir bien vite toutes les
plumes qu'on peut en arracher.

Dans ces hôtels les fauteuils sont tous en velours d'Utrecht, jaune et râpé ; les commodes et
secrétaires datent du règne de Louis XV ; les lits
ont vu naître et mourir quatre générations. Il n'y
a pas d'exemple d'un meuble neuf introduit dans
ces hôtels ; tout y a un air de longévité qui atteste
une expérience consommée des choses de la vie,
et une excellente constitution. Cependant, l'extérieur de la maison est brillant et coquet, et ces

draperies écarlates qui jouent aux fenêtres, pa-
rure superficielle et trompeuse, rappellent ces
manteaux de pourpre et ces habits galonnés qui
cachent le soir la chemise déchirée des rois de
théâtre qui sont venus s'y loger.

Mais voici une physionomie moins menteuse :
voyez-vous dans les rues obscures de la Cité,
dans les rues étroites de la Grève, dans les rues
sales de tous les faubourgs, ces petites fenêtres
en guillotine, aux vitraux sombres sans rideaux,
voyez-vous ce mur noirci par la fumée ou taché
par la lie d'un vin violet, voyez-vous cette porte
étroite qui s'ouvre à demi sur une allée puante
et au-dessus de laquelle on lit : *On loge ici la
nuit.* — Gardez-vous bien d'y pénétrer. — Là se
ramassent ensemble quelques couples de musiciens ambulans, d'ouvriers sans labeur, de forçats libérés, de filous, de *Robert Macaires*, derniers restes de la vie truande, succursale héré-
ditaire de la Cour des Miracles.—On s'y chauffe
au même foyer, on y fait la soupe dans le même
plat, on y mange avec la même cuiller, on y médit
du procureur du roi et de la Charte de 1830 : et
Dieu sait si quelque hideuse sorcière n'y danse
pas sur un balai l'infame ronde du sabbat! Avez-
vous entendu? on a crié : *Ouvrez, au nom de la*

loi ! On a ouvert, c'est la patrouille grise en plein exercice de ses mystérieuses fonctions. La patrouille grise est fille de la nuit ; elle marche sur les toits et dans les gouttières, et dort parfois dans un égout. Armée jusqu'aux dents d'épées, de poignards, de cannes à dard, être fantastique, presque invisible, elle passe près de vous comme une ombre sans que vous ayez jamais le temps de la reconnaître ; vous vous êtes peut-être trouvé vingt fois au milieu d'une patrouille grise sans vous en douter. Mais quand elle s'abat sur une de ces maisons où *on loge la nuit,* et qu'elle y respire quelque odeur de meurtre, elle en enlève tous les locataires, et les poussant rudement devant elle, les conduit à la Préfecture de police, où ils attendent qu'on ait regardé à leurs mains s'il n'y reste point des taches de sang.

Paris n'a pas d'auberges proprement dites, de grandes maisons avec une grande cour, un grand jardin, des écuries, des remises, une grange, et une bonne odeur de foin et de poulet rôti. Les *voyageurs* en sont réduits à l'hôtel garni. Mais au moins l'hôtel garni des voyageurs a son quartier à lui : le Palais-Royal. — Les diligences, dont l'état-major se trouve rue Notre-Dame-des-Victoires et rue Saint-Honoré, portent et emportent ce flot mobile et nomade qui se renouvelle, mais ne laisse jamais la plage à découvert.

Auprès du Palais-Royal, mais dans un rayon qu'il serait assez difficile de circonscrire, vous aurez remarqué cette double affiche, d'un côté : *Restaurant à la carte*, et de l'autre : *Chambres meublées à louer*. C'est encore un hôtel garni, mais avec une destination qui lui est particulière ; c'est une perfection du *cabinet de société*, c'est la chambre avec tout ce qui constitue la chambre : le lit, le fauteuil, la cheminée, où l'on respire à deux le fumet érotique des truffes, et où un nombre inappréciable de mariages se consomment avec de l'*aï qui pétille à défaut d'eau bénite*. Le prix de la chambre ne figurera pas sur l'*addition*, mais soyez sûr qu'il ne sera pas oublié. On n'a pas écrit sur la pancarte : *Ici on loge la nuit ;* mais vous pouvez vous y présenter en sortant du spectacle ; vous êtes prévenu qu'on y soupe, et les soupers se font encore dans une chambre à coucher.

Mais le véritable hôtel garni, l'hôtel garni par excellence, c'est l'hôtel garni de l'étudiant. C'est là qu'est le bruit, le mouvement, le plaisir, l'étude, la vie! A côté de ce jeune avocat qui pâlit

sur les très indigestes commentaires de feu M. Cu-
jas, voici Maurice, son ami, son condisciple, son
voisin, qui prélude à ses plaidoiries sur la trom-
pette à piston. Au-dessous d'eux, quatre docteurs
en herbe dissèquent une jambe volée aux pavillons
d'anatomie, tandis qu'à l'étage supérieur d'ex-
cellens poumons s'essaient sur le bruyant cor de
chasse à sonner l'halali du cerf aux abois. Ici
une table est dressée sans linge et sans couverts,
entourée de jeunes disciples de toutes les facultés, qui contemplent les grâces faciles de leurs
Daphnés à la lueur bleuâtre d'un punch au rum.
L'amour chante, l'amour boit, l'amour s'enivre,
franc tapageur qu'il est, et bien dépouillé de ce
manteau mystérieux dont il était accusé de s'en-
velopper autrefois.

Sous le toit cependant la bière coule à grands
flots, la fumée des cigares forme un dais épais,
et l'on démolit pièce à pièce la machine gouver-
nementale. C'est de là que partiront les héros de
juillet, les héros de juin, les héros d'avril, les
héros de toutes les insurrections. Cet hôtel a mille
voix et une mobilité de physionomie qui fait
qu'aucun autre ne peut l'imiter. Aujourd'hui
grave et sérieux le matin, mort à midi, le soir il
éclate. Demain, c'est au lever du soleil que de
joyeux refrains feront trembler les vitres, tandis

que les premières heures de la nuit seront employées au sommeil que réclame vivement une journée trop bien remplie.

En général, les étudians sont fidèles à la demeure qu'ils ont choisie après trois essais; et si, comme les hirondelles, ils ont leur temps de migration, les vacances, plus qu'elles ils sont sûrs de retrouver le nid abandonné. Livres, habits, serins en cage, tout sera gardé scrupuleusement, et pendant les deux mois d'absence on aura souvent parlé d'eux à l'hôtel. Au retour, des rideaux plus blancs, un papier plus frais, leur prouveront qu'on ne les a point oubliés. Lorsque le fiacre qui les ramène s'arrêtera devant la porte, le maître et la maîtresse de l'hôtel accourront au-devant d'eux; on se serrera la main, on s'embrassera. L'hôte, qui est père de famille, ne se sent-il pas appelé à représenter la famille de ces jeunes gens? Souvent il appelle les plus jeunes ses enfans, et quand il a passé avec eux plusieurs années, il ne s'en sépare pas sans avoir les larmes aux yeux. Les relations sont donc toujours bienveillantes et faciles. Cependant il existe quelquefois certaine cause de querelles qui, sans rompre la bonne harmonie, en altère un peu la douceur. Le jour, l'étudiant reçoit toute visite qui lui convient, homme ou femme, sans intervention di-

recte ou indirecte de son hôte. Mais la nuit, c'est-
à-dire depuis minuit, le règne de la morale commence jusqu'à six heures du matin inclusivement ;
alors aucune femme n'a plus le droit de rester dans
l'hôtel sous quelque prétexte que ce soit, parce
qu'il n'y a plus de prétexte. Aussi lorsque l'heure
fatale des apparitions a sonné, si Victorine n'est
point encore partie, l'hôte sort du lit conjugal,
et, enveloppé de sa robe de chambre, il vient
sommer son locataire de reconduire à sa mansarde la tendre grisette qui s'était dévouée à
charmer la solitude de ces longues heures de ténèbres qu'à vingt ans on est toujours trop bien
disposé à passer à deux. L'étudiant se lève, ferme
les rideaux de l'alcôve où Victorine se cache tremblante, et face à face avec son hôte, presque nu,
comme lui les lèvres pâles et les cheveux hérissés,
il parle haut, il crie, il s'emporte, défend avec
héroïsme ses amours qu'on outrage, s'enferme
à double tour, et envoie promener, quelque
temps qu'il fasse, son hôte en chemise, et le commissaire qui dort et dont il est menacé. Mais à
l'avenir, pour éviter ces discussions dans lesquelles le vide alarmant de sa bourse force parfois l'étudiant à s'avouer le vaincu, il préfère
introduire Victorine en fraude, soit qu'il la dis-
simule sous l'ampleur commode de son manteau,

à la faveur du jour douteux du crépuscule; soit qu'il se place en travers de la loge du portier, qu'il *embête*, c'est le mot, pendant que cette marchandise de contrebande se dépose au n° 7 ou 9, inaperçue du respectable douanier, qui doit non l'empêcher d'entrer, mais la forcer de sortir.

Ferons-nous figurer au nombre des hôtels garnis les chambres isolées que quelques ménages détachent de leur appartement pour en alléger le prix? Ce que l'hôte précédent dépensait d'affection et d'humanité sur vingt têtes, ici se trouve concentré sur une seule. D'ailleurs les soins sont un peu commandés par l'intérêt; on cherche à augmenter les avantages de la chambre par ceux des relations... Votre cheminée fume, mais vous êtes admis à celle du salon; votre lit est dur et mal fait peut-être, mais ce canapé n'est-il pas tout prêt à vous recevoir, et n'avez-vous pas l'honneur d'y être parfois assis à côté de la demoiselle de la maison? Quand vous vous êtes fait honorablement connaître, on vous confie quelquefois cette demoiselle pour la conduire le dimanche aux Tuileries et aux Champs-Élysées. Mais aussi vous êtes condamné à briller par vos mœurs; vous êtes là au cœur de la famille, il faut en respecter tous les devoirs et toutes les exigences. Ne cédez jamais à la tentation de *montrer* votre chambre à la modiste ou à la couturière, vous seriez perdu sans retour. Soyez sage... cela est difficile, n'est-ce pas ? Mais pourtant le jeune homme qui veut bien se conformer à la règle un peu sévère qu'on lui impose, n'est plus seul à Paris ; il a un intérieur, il a des dieux lares, il a une famille d'adoption.—Il a trouvé le meilleur des *hôtels garnis*.

INSTRUCTION PUBLIQUE.

Un jour, c'était, si nous avons bonne mémoire, le 10 mai 1806, le Jupiter du xixe siècle éprouva un violent mal de tête, et appelant à son secours son forgeur de décrets, son ami Hugues Maret, voulut faire extraire de son cerveau la pensée qui le fatiguait. L'enfantement fut laborieux; le fruit divin n'était pas à terme, il fallut y revenir à deux fois; et ce ne fut que le 17 mars 1808 que

l'opération réussit, et que du front impérial s'é-
lança tout armée comme Minerve, l'université,
le casque en tête, la lance en main et l'égide au
bras. Nous ajouterons que là s'arrête le rappro-
chement entre les temps modernes et l'antiquité.
Le père et la fille ne furent que médiocrement
contens l'un de l'autre. On prétend même que
plus tard, à l'aspect de son ouvrage surchargé
d'ornemens étrangers à ses intentions, il s'écria
dans un moment d'humeur : Ils m'ont gâté mon
université ! On aurait pu lui répondre que c'était
lui et non pas d'autres qui l'avaient gâtée en faisant de ses lycées autant d'écoles militaires, en
créant un état-major embarrassant et dispen-
dieux, et une administration compliquée et
inutile, et en soumettant, pour en couvrir les
frais, tous les élèves à une taxe qui blessait la
justice et la raison.

On ne lui fit point cette objection ni d'autres
auxquelles le sujet prêtait beaucoup, d'abord
parce que les objections n'étaient pas de mode
alors; ensuite parce que ceux qui étaient en position de lui en adresser avaient une part dans
le nouveau gâteau, et se seraient bien gardés d'y
trouver le plus petit mot à reprendre.

Du reste, soit par suite de ce mécontentement
d'un père à qui il vient de naître un enfant dis-

gracié, ou d'un architecte qui s'aperçoit que l'édifice qu'il a construit est manqué dans ses proportions et ne remplira pas sa destination ; soit que sa pensée fût absorbée par d'autres préoccupations, le guerrier fondateur parut peu s'inquiéter de sa nouvelle création, et n'en suivit pas les commencemens avec cet amour de père, avec cette bienveillance minutieuse, avec cette coquetterie de soins et de détails qu'il portait dans tous les ouvrages sortis de ses mains et dont il ne voulait pas livrer le mérite aux chances d'une exécution imparfaite.

Nous devons rendre justice aux mains à qui fut confiée d'abord la direction de l'université. Leur sagesse et leur habileté surent tirer un heureux parti de la nouvelle organisation et en déguiser le vice fondamental. Une administration éclairée et prévoyante autant que douce et paternelle sut concilier les droits acquis et les intérêts naissans, par cette bienveillance de formes, par ces ménagemens pour les positions, qui passeraient maintenant pour une misérable faiblesse ; et c'est une vérité qu'il faut bien reconnaître, que les mots justice, morale, humanité, avaient alors quelque valeur. Sous ce gouvernement despotique si peu connu et si mal compris aujourd'hui, et qui aurait moins de

détracteurs si d'imprudens imitateurs ne s'atta-
chaient à en reproduire les mauvais erremens,
les dépositaires de l'autorité avaient une responsabilité morale qu'ils ne méprisaient pas; dans
leurs mesures les plus arbitraires, ils prenaient
en considération les individus, les intérêts privés,
sous un homme qui pourtant faisait bon marché
des hommes; leurs actes étaient reçus pour ce
qu'ils valaient, et lorsqu'ils blessaient l'équité ou
violaient la loi, chose plus rare alors qu'on ne le
croit ou qu'on ne le voit aujourd'hui, ils n'affec-
taient pas au moins de prétention à la justice et
à la légalité, comm· on le fait de nos jours, où
l'hypocrisie de religion a été remplacée par une
autre hypocrisie, la plus détestable de toutes, à
notre avis, et la plus pernicieuse, parce qu'elle
corrompt un peuple dans ses mœurs politiques.

Si Napoléon, quand il eut créé le corps enseignant, ne fut pas émerveillé de son ouvrage et
s'il lui battit froid dès le principe, celui-ci, de son
côté. malgré les harangues obligées de son chef
aux époques solennelles et les périodes cicéro-
niennes des concours généraux, ne se montra
pas très reconnaissant de la vie qui venait de lui
être donnée. Ne trouvant pas apparemment sa
naissance assez distinguée, l'université saisit bien
vite l'occasion de renier une origine qui la faisait

jeune, fraîche et pleine d'avenir, marchant à la
tête du siècle, pour s'en attribuer une qui lui
donnait l'apparence d'une petite vieille ridée,
décrépite, ne vivant que de souvenirs, et destinée, comme toutes les institutions dont elle se
prétendait contemporaine, à se perdre dans une
refonte générale. Nous l'avons vue pendant
quinze ans se donner sérieusement le nom de
fille aînée de nos rois, à l'imitation de ceux-ci qui
reprenaient le titre de *fils aînés de l'église*.

Ce n'était que ridicule ; elle voulait être de
bonne maison, et un petit gentilhomme corse
ne lui paraissait pas un père qu'on pût avouer.
On reçoit tout de ces gens-là, mais on ne leur
doit rien. Ce qui était plus grave, c'est que, non
contente d'usurper le nom de sa devancière, qui
n'avait rien de commun avec elle, on la vit, pour
nous servir d'un vers pittoresque du spirituel
prédécesseur de M. Thiers à l'Académie,

> Au char de la raison s'attelant par derrière,

travailler au grand œuvre de ce qu'on appelait
alors la réconciliation du présent avec le passé,
ou, en d'autres termes, la démolition des constructions nouvelles pour y substituer les ruines
qu'elles avaient remplacées.

L'ancienne université ne ressemblait en rien à

la nouvelle, si ce n'est par ce nom d'université,
qui, ne signifiant pas grand'chose aujourd'hui,
ne signifiait rien du tout alors. L'enseignement
qu'elle renferme dans ses limites est loin d'être
universel, et était encore bien plus restreint
autrefois. Il est vrai qu'on donne aussi à cette
dénomination une étymologie qui n'a point de
rapport avec la signification grammaticale du
mot, ni avec l'objet auquel on l'applique. Raison
de plus pour ne pas la conserver, mais c'est à
quoi nous sommes parfaitement indifférens.

Ces efforts obstinés, cette lutte continuelle
pour marier ensemble deux époques qu'a sépa-
rées un éternel et sanglant divorce, ont renouvelé de nos jours la fable de Sisyphe, qui est
devenue de l'histoire; et de nouvelles tentatives
dans le même sens auraient toujours le même
résultat, s'il n'arrivait pas de plus que le rocher
en retombant entraînât dans sa chute les mala-
droits qui auraient encore essayé de le remonter
au sommet fatal. L'université a sans doute renoncé à sa part de complicité dans cette marche
rétrograde, dans cette opiniâtre résistance, qui
trouvait sa principale force et des soutiens futurs
dans les esprits qu'elle façonnait, et à qui elle im-
primait une fausse direction, dont long-temps
encore nous ressentirons les effets. Qu'elle re-

connaisse enfin que son berceau n'appartient
point, comme on le lui a fait dire sottement,
aux temps reculés de la monarchie; qu'elle re-
prenne sans arrière-pensée les allures fermes et
progressives de la jeunesse, car elle appartient
à notre âge, elle est fille du dix-neuvième siècle;
et seulement si son enfance a été maladive et peu
soignée, s'il a été trop facile d'abuser de sa faible
et vicieuse constitution, il n'est pas impossible
de corriger ses défauts et de fortifier son tempérament.

N'allez pas croire au moins d'après ce qui vient
d'être dit, que le corps enseignant manque de
bases fixes, de lois écrites, de règlemens précis,
vous seriez dans une grande erreur. C'est là au
contraire sa plus grande maladie; il en est écrasé,
et le code universitaire est à lui seul plus volumineux et plus compliqué que tous nos codes
réunis. Le tome douzième est commencé ou ne
saurait tarder à l'être, et encore ne comprenons-
nous pas là-dedans l'instruction primaire, qui a
aussi son code, lequel forme déjà un beau volume in-8°. Car à peine une loi a-t-elle vu le
jour qu'elle ne saurait marcher sans un accompagnement obligé de règlemens, d'arrêts, de
circulaires, de décisions qui l'interprètent et la

modifient selon les besoins du temps, des lieux et surtout des personnes. Rarement une loi arrive-t-elle à une localité éloignée avant d'avoir été changée dans ses dispositions principales, et celui qui s'empresse d'en faire une application complète et immédiate est tout surpris de ne plus se trouver en harmonie avec le chef-lieu.

Il existe au sein de l'université une sorte de chambre législative, une machine à lois, que le ministre occupe, faute de mieux, à rédiger la charte des colléges. C'est le *Conseil royal*, qui s'acquitte de ce travail avec une activité qui ferait honte aux mécaniques les plus productives, au génie de Watt lui-même. A cette profusion d'articles réglémentaires qui sortent deux fois par semaine de cet atelier toujours en mouvement, on dirait qu'il cherche à faire illusion sur son utilité et à gagner le plus consciencieusement possible, les 65,000 fr. qu'il prélève annuellement sur le latin qu'on apprend en France. Nous connaissons de fort honnêtes gens qui demandent à quoi sert ce conseil, et ce que gagne l'administration aux pertes qu'elle a fait subir aux lettres, aux sciences, à la médecine, en leur enlevant les Villemain, les Thénard et les Orfila. Malheureusement cette question s'est faite dès l'origine même du conseil, elle se renouvelle chaque année dans

les bureaux de la chambre et à la tribune, et ni
dans les attributions de ses membres, ni dans la
prompte expédition des affaires, ni dans la moralité de ses actes, ni dans le progrès des lumières, ni dans le perfectionnement de l'éducation
nationale qu'on pourrait le croire appelé à diriger, on ne saurait trouver aujourd'hui pas plus
qu'on n'a trouvé alors de réponse satisfaisante.
Peut-être même résulterait-il d'un examen un
peu sérieux, que s'il est inutile, s'il est impuissant à faire le bien, il trouve en lui-même et dans
sa position d'immenses ressources et une merveilleuse facilité pour faire le mal. Nous ajouterons qu'il en use largement.

Nous n'entendons parler ici que de l'intérêt
général, de cet intérêt qui dut seul occuper la
pensée du fondateur et être l'objet de sa sollicitude ; car, pour ce qui est de l'intérêt du pouvoir, il eût été impossible de lui donner un plus
utile auxiliaire, et, en même temps, plus habile
et plus empressé. Pour peu qu'un ministre ait
du goût pour l'arbitraire, et nous conviendrons
sans peine qu'il s'en rencontre quelquefois de ce
caractère-là, il n'a que faire de se gêner. Il ne
saurait imaginer d'acte et de mesure, si tyran-
nique ou absurde que ce puisse être, que son
conseil ne vienne à son aide sur-le-champ, et ne

lui présente sans hésiter l'arme dont il a besoin pour frapper. Si elle n'est pas dans l'arsenal, dont il est le fournisseur et le gardien, ou si, vu l'urgence, il ne veut pas se donner la peine de l'y chercher, il saura bien la lui forger à l'instant même, sauf à en forger une autre dès le lendemain pour un usage opposé. L'essentiel ici n'est pas d'être juste, mais légal; et il est bien plus facile de créer des lois pour les besoins que de régler les besoins sur les lois. La légalité est une belle chose. Il arrive quelquefois que des mesures sont décidées et des ordres donnés sans qu'on se soit aperçu qu'ils contrarient des usages et des règles antérieurs. Les intéressés se refusent à l'exécution. Le conseil royal ne se déconcerte pas aisément; il prend un arrêté, cet arrêté devient loi, et l'erreur disparaît. L'injustice seule reste, mais elle est consacrée, tout est légal.

On pourrait conclure de là que le conseil royal prend sur lui tout l'odieux, quand il y en a, des mesures acerbes ou violentes, tout le blâme des fausses combinaisons. Il n'en est rien : il existe à cet égard entre le ministre et lui une touchante et habile solidarité qui ne laisse peser sur l'un ou sur l'autre aucune responsabilité morale. Si vous avez à vous plaindre ou à réclamer (ce dont le Ciel vous préserve, soit comme père de famille, soit surtout comme membre de l'université!) vous n'aurez justice et n'obtiendrez raison ni du ministre qui vous renvoie aux rapports et aux propositions du conseil, et dont la signature ne paraît être qu'une formalité; ni du conseil, qui se rejette sur l'omnipotence du ministre et semble n'avoir fait qu'un travail d'ordre. Chaque membre en particulier vous est même favorable, il désapprouve au besoin la mesure qui vous blesse; mais il ne peut rien, il n'a que sa voix, et c'est la majorité qui décide. La majorité dans une assemblée de six personnes, dont chacune a sa spécialité, son département où elle résout et tranche à son gré les questions sans contrôle comme sans partage! Quelle dérision!

Cessons maintenant de nous étonner que le conseil royal soit encore debout, malgré son inutilité bien constatée, bien reconnue, et dont lui-même a la conscience. Cette réciprocité de bons offices nous explique son existence. Quel ministre consentira volontiers à laisser briser une machine si souple, si commode, avec laquelle on a tout le plaisir de l'arbitraire, sans en craindre le reproche? Aussi ne serait-ce qu'avec une extrême répugnance qu'on se déciderait à vous donner cette loi sur l'enseignement, demandée, attendue et promise depuis quinze ans, et l'une des conditions imposées par la révolution de juillet ; car on sent bien que la première pensée, le premier coup de marteau serait pour ce pauvre conseil, dont la raison publique et l'économie ont toujours exigé le sacrifice, et aujourd'hui plus que jamais. N'espérez donc une réforme générale, si vous l'obtenez, que le plus tard possible et quand on aura essayé tous les replâtrages, épuisé toutes les ressources dilatoires.

Ce que nous venons de dire de la faculté législative attribuée au conseil royal de l'instruction publique, et de cette monomanie d'arrêtés dont il est travaillé perpétuellement, suffit pour faire comprendre cette masse de lois que nous avons signalée plus haut, et qui va grossissant tous les jours, comme une boule de neige dont nous espérons bien qu'elle aura le destin. Cet état de choses offre deux avantages. Le premier que nous avons indiqué est de contenir le pour et le contre, et de fournir pour la même question deux solutions opposées.

Le second, qui a bien son mérite, est de rendre moins facile, sinon impossible aux administrés, la connaissance précise des lois qui les régissent. Plus de cinq mille professeurs et fonc-

tionnaires de toutes sortes vivent sous le régime
ou du régime universitaire. Aucun d'eux peut-
être ne connaît bien la législation à laquelle il
obéit. Ceux qui ont tenté de pénétrer dans cet
obscur dédale, de débrouiller ce chaos informe
composé de tant d'élémens qui se neutralisent
mutuellement, ont dû renoncer à cette fasti-
dieuse et stérile étude. Il n'y a plus qu'à fermer
les yeux, tendre la main, et se laisser conduire.

Nous ne craignons pas d'aller trop loin en disant que les maîtres eux-mêmes, les hauts barons
du conseil n'en savent pas davantage. Mais n'oublions pas que, vu leur qualité de fabricans,
cette érudition ne serait pour eux qu'un luxe
inutile. Si une pièce leur manque, à quoi bon
chercher dans un magasin en désordre, où d'ailleurs ils ne portent jamais les regards? N'ont-ils
pas là devant eux un tapis vert, de l'encre et des
plumes? C'est une affaire de six lignes et de vingt
minutes.

Nous avons vu dernièrement annoncer dans
les journaux, avec accompagnement d'éloges,
une mesure du ministre qui prescrivait aux proviseurs des colléges royaux d'envoyer tous les
trois mois au ministère des notes détaillées sur
la conduite et les progrès de leurs élèves, lesquelles notes seraient au besoin communiquées

aux familles. Qui ne croirait que c'était là une sage innovation, dont les avantages sont faciles à sentir? Et néanmoins la mesure a toujours existé, elle a même toujours été régulièrement exécutée. Il est probable qu'une omission, une négligence, une réclamation, auront éveillé sur ce sujet l'attention du ministre, qui aura cru avoir une lacune à remplir, et que la loi manquait, quand seulement on avait manqué à la loi. Il était naturel de se borner à en recommander plus sévèrement l'exécution, mais il a paru plus court de faire du nouveau, sans se donner la peine de consulter le passé et la règle établie. De là une décision, une circulaire (car la circulaire, à nous gens de l'université, est notre pain quotidien), et les journaux de se récrier d'admiration. Ce n'est là au surplus qu'un double emploi fort innocent, et nous voudrions n'avoir à relever que les petites misères de ce genre. Aussi avons-nous rapporté le fait moins pour blâmer que pour montrer qu'il se trouve de tout chez nous, même du bon.

Si le Code universitaire est souvent lettre close pour ceux qui, comme on dit, sont de la maison, voire même pour les auteurs permanens, brevetés et payés, on conçoit qu'il doive être inconnu même de nom aux familles dont on est censé consulter les intérêts en le rédigeant. Que nos lecteurs se rassurent, nous n'avons pas le dessein de les engager avec nous dans ce labyrinthe dont nous ne sommes pas bien sûrs d'ailleurs de posséder le fil. Quoique nourri dans le sérail, nous sommes loin d'en connaitre tous les détours, et il suffira d'ailleurs, pour la tâche qui nous est imposée, d'indiquer ici quelques dispositions générales.

Comme le monopole en est le principe, et la fiscalité la base, il n'est pas surprenant que dès la fondation elles soient vexatoires, tyranniques. Le décret du 15 novembre 1811 proscrit l'enseignement classique partout ailleurs que dans les lycées, et enjoint d'envoyer à ces établissemens privilégiés tous les élèves au-dessus de dix ans qui étudient les langues anciennes. Il interdit aux pensions et institutions d'élever l'instruction qu'elles donnent au-dessus de l'enseignement primaire, quand il se trouve un collége dans la même ville, et s'il ne s'y en trouve pas, leur permet d'aller jusqu'en seconde.

Un arrêté, dont nous n'avons pas la date précise sous les yeux, mais que nous croyons de la même époque ou antérieur de peu de temps, défend à ces mêmes établissemens les distributions de prix, et l'art. 104 du décret cité plus haut, leur interdit formellement toute impression de discours, programmes, prospectus, annonçant les études, la discipline, les conditions de leurs maisons.

Ne pensez pas que tout cela soit tombé en désuétude, que le temps et le ridicule en aient fait justice ; il n'en est rien. Ces prescriptions, ces défenses, et beaucoup d'autres que nous ne citons pas, existent toujours et sont encore exécutées avec plus ou moins de rigueur ou de mollesse, suivant les temps et les localités, moins à Paris, par exemple, où la liberté se fait jour par tous les pores et se maintient sous tous les régimes tant bien que mal, que dans les provinces, où l'isolement des individus ne fait pas craindre de résistance, à moins pourtant qu'il ne s'agisse de ces établissemens pour lesquels la restauration nous a légué un respect et des ménagemens traditionnels dont nous n'avons pas pu ou voulu nous défaire.

La loi qui se maintient le mieux, et qui s'exécute partout bon gré mal gré, non parce qu'elle est meilleure, mais parce qu'elle donne de l'argent, c'est assurément celle qui établit la *rétribution universitaire*, et sans laquelle probablement on ferait bon marché du reste. Mais on y tient ; c'est comme la clef de voûte, qui ferme et retient l'édifice. Cet impôt, payé depuis 27 ans, n'a jamais été bien compris des parens ni des législateurs eux-mêmes. Les uns ne concevaient pas qu'après avoir payé les professeurs de leurs enfans et les frais de colléges, il y eût encore à remplir une autre caisse dont ils ne profitaient pas. Les autres, embarrassés de l'application d'une loi dont les termes formels semblaient promettre une pauvre moisson, l'interprétaient largement et dans le sens le plus favorable au fisc L'art. 134 du décret du 17 mars 1808 fixe l'impôt au *vingtième de la rétribution payée par chaque élève pour son instruction.* L'art 135 laisse aux conseils académiques le soin de déterminer sur quelle somme peut porter ce vingtième, quand l'instruction est confondue avec les frais de pension.

L'exécution litérale du décret n'eût produit qu'une somme ridiculement minime, à peine la douzième partie de ce qu'on voulait percevoir. Quand on fait de l'odieux, il faut le faire en grand ou ne pas s'en mêler. Le décret du 17 septembre de la même année traduisit, comme disent nos politiques du jour, la pensée du 17 mars, en établissant que chaque élève paierait le vingtième du prix total de sa pension. Il ajoute que la somme devra être *la même* pour tous les élèves indistinctement, *demi-pensionnaires*, *externes*, *gratuits* ou *non gratuits*, c'est-à-dire que le ving-tième qu'on exigera d'eux sera calculé sur une pension qu'ils ne paient pas. On ne pouvait être plus clair ni plus positif, et il eût fallu être bien difficile pour demander mieux; le doute et les interprétations n'étaient plus possibles. Une or-donnance royale de 1816 ou 1817 a eu beau ressusciter le décret du 17 mars, et statuer dé-finitivement que l'impôt serait du *vingtième des frais d'études*, on a regardé sans doute cette velléité de modération et de justice de la restau-ration comme une erreur sans conséquence, et l'on n'a jamais cessé de percevoir sur tous les élèves pensionnaires, demi-pensionnaires, ex-ternes, gratuits ou non gratuits de tous les éta-blissemens publics et particuliers, le vingtième non seulement des frais d'instruction, mais encore du prix qu'ils paient ou *sont cencés payer* an-nuellement pour nourriture, logement, chauf-fage, blanchissage, entretien, etc.

Peu d'impôts ont été comme celui-là l'objet d'une réprobation générale et sans partage. Des résistances généreuses, parce qu'elles n'étaient pas sans danger, se sont formées dans Paris plus d'une fois et ont fait retentir les tribunaux et les chambres. Les magistrats ont maintenu la loi en flétrissant le principe, et nos honorables, sur qui le mot de budget produit l'effet de la baguette d'un alderman, ont traité l'université comme la loterie et les maisons de jeu.

Nous croyons inutile d'ajouter que l'impôt n'est pas payé par la moitié de ceux qui le doivent. La fraude et le vol sont la conséquence forcée des mauvaises lois et d'une fiscalité honteuse ou oppressive. Que partout ailleurs on se résigne à cette nécessité reconnue généralement, nous le concevons ; mais il est déplorable qu'on ne sache pas y soustraire le corps chargé de former et de diriger l'éducation et la morale publiques.

Au surplus, soit pour diminuer la fraude et en atteindre plus sûrement les auteurs, soit par l'effet d'une pudeur tardive, l'université vient, par une loi récente, applicable dès cette année 1835, d'être déchargée de la perception de la rétribution. C'est le trésor qui désormais en aura l'odieux et en exercera toutes les rigueurs. Ce dernier trait manquait au tableau ; c'est le beau idéal. Napoléon ne s'en fût pas avisé, lui qui, par un principe de haute raison et de spirituelle délicatesse, tenait surtout à isoler l'université, et généralement les corps savans et littéraires, des formes dures, matérielles et tranchées des autres administrations de son gouvernement. L'argent était bien alors, comme en tout temps, le plus puissant mobile, mais il n'était pas le seul, comme aujourd'hui; il n'était pas l'objet exclusif des prévoyances et des combinaisons politiques et législatives, le niveau unique sous lequel dussent fléchir et tomber toutes les considérations, et dont la précision ne pût jamais être sacrifiée à quelques idées nobles et généreuses. Il est probable d'ailleurs que cet excès du mal portera son fruit en multipliant les réclamations et en leur donnant plus de force (1). Quand l'odieux a dépassé la limite du tolérable, on peut se rassurer, il est près de sa fin.

Nous avons dit que le code universitaire a du

(1) Ce fruit ne s'est pas fait attendre. Depuis que nous avons tracé ces lignes, deux chefs d'institution des plus distingués ont refusé l'entrée de leurs maisons aux agens du Trésor qui venaient compter les élèves, vérifier les registres et arrêter les sommes dues. Si ces messieurs persistent, que peut-il arriver? on les jugera, on les condamnera; on dira bien peut-être comme autrefois que la loi ne vaut rien, mais que c'est LA LOI; ils paieront, et tout sera dit.

Ceux qui ont fait le mal peuvent seuls le réparer. C'est un chapitre de plus à comprendre dans la révision générale qu'on attend et qui ne peut pas toujours se faire attendre.

bon, et nous ne voulons pas le dissimuler. L'auteur des décrets fondamentaux ne s'est pas borné à penser à lui et à son système ; il a pourvu aux intérêts du personnel qu'il créait, et il a voulu que des fonctions pénibles, mal rétribuées, et qui offrent peu d'avenir, présentassent au moins quelque stabilité. Des dispositions formelles les ont rendues en quelque sorte inamovibles sous certaines conditions légales imposées au pouvoir.

Les efforts n'ont pas manqué plus tard, il est vrai, pour rendre cette garantie difficile à obtenir et presque illusoire. On a créé trois sortes de fonctionnaires, les uns simplement *chargés*, sans titres, et révocables à volonté; les autres nommés *provisoirement*, également en dehors de la protection de la loi, mais avec plus de chances et de droits pour l'avenir; enfin des fonctionnaires *définitifs*, trouvant dans les décrets, et dans leurs diplomes qu'on ne peut leur retirer sans jugement, des garanties contre l'erreur, l'arbitraire ou le caprice, en échange de celles qu'on a exigées d'eux. Presque toutes les nominations sont provisoires; à peine un tiers du personnel aujourd'hui existant se trouve pourvu de titres définitifs.

Cette organisation particulière à l'université n'est point un mal à nos yeux, car elle suppose

qu'on a passé par des épreuves et acquis une
expérience qui tournent au profit de la science
et de la jeunesse; mais il faudrait que ce ne fût
pas une déception. Et veut-on savoir maintenant
comment on s'y prend pour atteindre le fonctionnaire dans ce dernier asile où il dort sur la
foi des traités, pour briser entre ses bras ce pal-
ladium si chèrement acheté? On vous accorde un
congé que vous n'avez pas demandé, avec la
moitié de votre traitement, ou le quart, ou rien;
le congé expiré, on nomme à votre place, et vous
restez *en disponibilité* avec une indemnité qui
peut cesser d'un moment à l'autre, parce qu'elle
n'est pas obligatoire. Dieu sait quand vous en
sortirez! Vous réclamez, vous criez à la violation
de la loi, vous montrez votre titre définitif. De
quoi vous plaignez-vous? On ne vous l'ôte pas,
vous n'êtes pas destitué, vous êtes seulement à
la disposition du ministre qui nomme aux emplois. Attendez. En attendant, vous perdez votre
carrière, vous mourez de faim, et l'on ne pense
plus à vous. Et néanmoins, à la rigueur, tout
s'est passé légalement. La *réforme*, la *radiation*,
ne peuvent être prononcées que par le conseil
royal et après jugement; il n'en est pas question
pour vous. Mais la suspension, le congé forcé, la
mise en disponibilité, sont abandonnés à la dis-

crétion du ministre, et ce sera toujours votre cas. Il ne s'agira pour en faire une belle et bonne destitution que de la prolonger indéfiniment.

Si donc un membre de l'université vient vous dire qu'il est inamovible, vous ne lui rirez pas au nez, parce que cela est peu décent et pourrait d'ailleurs avoir des conséquences; mais vous lui répondrez le plus poliment et le plus sérieusement possible que c'est une mauvaise plaisanterie dont il est la dupe et dont il pourra être la victime. Lorsqu'en 1833, M. Dubois, inspecteur-général, le prétendit aussi, et qu'on recula devant sa prétention, c'est qu'il était député, et qu'on ne plaisante pas avec un député. Le même M. Dubois avait fait, quatre années auparavant, un essai analogue de la justice universitaire; mais il était simple professeur alors, et il fut brisé comme un vase d'argile. Nous voudrions bien savoir ce que pense aujourd'hui le haut fonctionnaire député de cette législation qui le proscrivait il y a six ans et dont il arracha le masque et dévoila si bien les vices. Car elle est encore la même, et nous ne voyons pas que les erremens en soient changés. Les formes seules se sont modifiées en ce qu'elles sont devenues plus dures. On n'aura trouvé que ce moyen de paraître fort.

Ce n'est pas assez d'avoir à craindre sans cesse ou l'application des mauvaises lois, ou la mauvaise interprétation des bonnes, ou la création de nouvelles exigences; le pauvre universitaire n'est jamais sûr de pouvoir conserver ses pénates aux lieux où il les a établis. Au premier mécontentement dont il ignore la cause, ou seulement parce qu'on a des vues sur sa résidence, ou encore pour le bien du service, il faut qu'il se transporte dans un autre collége, dans une autre ville, de l'est à l'ouest, du nord au sud, sans autre compensation qu'une indemnité de déplacement qui ne lui est pas toujours accordée, et qui à coup sûr est toujours au-dessous de la dépense forcée, surtout s'il est marié. Les déplacemens de ce genre, nous ne parlons que de ceux qui sont involontaires, sont extrêmement nombreux; cela s'appelle remanier le personnel, et ce remaniement a lieu tous les ans. Chaque année, on passe trois mois dans les bureaux à disloquer et réorganiser les 366 colléges royaux et communaux de la France. Nous n'avons pas besoin de faire sentir ce que cette déplorable habitude peut avoir de nuisible aux études et à l'éducation, et combien elle doit jeter de perturbation dans les familles qu'elle compromet. Quel vaste champ ouvert à l'intrigue et au favoritisme!

Quelle facilité donnée à l'esprit de vengeance, de tracasserie et de persécution, sans compromettre la mansuétude du persécuteur!

De toutes ces vexations ouvertes ou cachées, de ces fréquentes contradictions entre les principes et les lois, de cette guerre perpétuelle entre les règles et les intérêts, il résulte une méfiance générale, un mécontentement chagrin, une désaffection qu'on se donne peu la peine de dissimuler d'une part, et que de l'autre on semble prendre à tâche de justifier chaque jour. Pour nous qui portons à l'université un attachement réel, quoique nous lui ayons dit des vérités sévères, nous l'avons défendue pendant quinze ans contre ses détracteurs, et nous nous étonnions qu'elle eût autant d'ennemis; mais depuis que nous l'avons vue de près et que nous la connaissons bien, nous ne serions pas surpris qu'elle en eût davantage. Il n'y a plus que d'intrépides flatteurs ou de mauvais plaisans qui peuvent lui conserver ce titre de *paternelle* que nous croyons bien certainement avoir existé dans la pensée de ses fondateurs, qu'elle s'est efforcée quelquefois de mériter et mérita en effet à de certaines époques, mais qui n'est plus maintenant qu'un jeu de mots usé, une de ces antiphrases si familières aux anciens, lorsqu'ils appelaient *Euménides* les furies et donnaient le nom de *Pont-Euxin* à la mer la plus féconde en naufrages. Et quelle administration pourtant devrait user de plus de ménagemens, de plus de douceur, que celle dont les membres, par la nature même de leurs occupations toutes morales, tout intellectuelles, semblent exiger plus d'égards et de concessions! Esprits délicats, inquiets, ombrageux, sensibles à l'excès, véritables modèles du *genus irritabile*, qui puisent dans leurs études et alimentent par leurs travaux journaliers le sentiment plus ou moins exagéré de leur supériorité, et que ce sentiment seul, si vous le respectez, si une autorité blessante n'y porte pas atteinte, dédommage du sacrifice qu'ils ont fait du repos, de la santé, des forces, de tout espoir de fortune.

Que nos lecteurs nous pardonnent les réflexions générales qui précèdent; elles nous ont paru nécessaires pour donner une idée de la législation de l'instruction publique. Cette législation est la même pour Paris que pour le reste de la France, depuis la suppression des universités, dont chacune avait son régime à part. La division en académies est purement territoriale, et celle dite de Paris ne se gouverne pas autrement que les autres, sauf quelques légères modifications dans les règlemens de classes. Nous ne sommes donc pas sortis de notre sujet en appréciant celles des dispositions écrites ou des règles établies qui sollicitaient la réforme. Elles serviront peut-être à expliquer comment Paris, resserré dans leurs limites, a dû, sous certains rapports, rapetisser ses proportions et ralentir sa marche progressive.

Nous allons maintenant jeter un coup d'œil rapide sur tous les établissemens que la capitale ouvre à l'enfance et à la jeunesse studieuse, et nous sommes heureux d'avoir ici une large part à faire à l'éloge; notre tâche, en ce qu'elle avait de pénible, est achevée.

L'instruction classique proprement dite, celle qui appartient exclusivement à l'université, et que nul n'a le droit de répandre hors de son sein et sans son autorisation, est donnée à Paris dans sept colléges, dont cinq *royaux*, et deux particuliers de *plein exercice*. On entend sous cette dernière dénomination des établissemens où toutes les études sont distribuées et se font comme dans les colléges royaux, auxquels ils sont dispensés d'envoyer leurs élèves, et qui peuvent présenter ceux-ci à l'examen du baccalauréat ès-lettres sur leurs simples certificats de philosophie; mais ils ne peuvent recevoir d'externes des autres établissemens. S'administrant eux-mêmes comme spéculation particulière et n'étant point aux frais ni au compte de l'université, leurs fonctionnaires et professeurs, quoique nommés par elle, n'ont pas les mêmes titres ni le même rang que ceux des colléges royaux, et ne sont pas tenus de subir les mêmes épreuves ni de justifier des mêmes grades. Tels sont les colléges *Rollin* et *Stanislas*. Il est bien entendu que cette distinction est purement nominale et de forme, car la terrible concurrence des colléges royaux a fait pour ceux dont nous parlons une nécessité de l'égalité de lumières et de talens, et il est chez ces derniers des noms qu'un mérite personnel et l'estime publique ont placés au premier rang et qui ne redoutent aucune comparaison. C'est au surplus la même différence qui est établie en province entre les colléges royaux recevant une subvention du gouvernement et les colléges communaux laissés à la charge des principaux et des villes, sauf la défense d'admettre des externes qui n'existe pas pour ceux-ci.

Nous devons dire en passant que la création de ces sortes de colléges, en province comme à Paris, ne remonte pas plus haut que 1821 (27 février et 28 août), et fut due à l'intention d'isoler une partie de la jeunesse et de l'exploiter au profit des idées dites alors monarchiques et religieuses. Il paraît que l'université, assez bonne personne pourtant et de facile composition, était encore trouvée incommode et gênante pour les projets ultérieurs de la congrégation et des doctrines régnantes. On voulait soustraire à son action directe et immédiate certaines maisons privilégiées, pour y ressusciter et y conserver les bonnes traditions contre-révolutionnaires. Ce fut dans cette pensée que naquit *Rollin*, sous l'invocation de *Sainte-Barbe* et la direction de M. H. Nicolle, et que l'institution de l'abbé Liautard reçut le nom de *Stanislas*. Le premier cependant, adoptant de suite des formes mondaines, entra bientôt dans les voies du siècle et ne s'en est plus écarté. L'autre, pour qui les principes de la restauration étaient une habitude et avaient même été sous l'empire un moyen de succès et d'une sorte d'opposition, s'y enfonça davantage, et en a même gardé une teinte rembrunie dont il lui est difficile aujourd'hui de se débarrasser complètement.

Des sept collèges de Paris, trois, *Louis-le-Grand*, *Henri IV* et *Saint-Louis*, admettent indifféremment externes et pensionnaires ; deux,

Charlemagne et *Bourbon*, reçoivent des externes seulement; et les deux autres n'admettent, comme nous l'avons dit, que des internes. Le nombre s'en élève : pour *Louis-le-Grand*, à 509 internes et 500 externes ; *Henri IV*, 410 internes et 355 externes; *Saint-Louis*, 265 internes et 510 externes; *Charlemagne*, 850 externes; *Bourbon*, 844 *idem ; Rollin* et *Stanislas,* ensemble 689 internes. En tout 4,932 élèves. On peut calculer que des 3,000 externes, 2,300 environ appartiennent aux établissemens particuliers, et 700 sont envoyés directement par leurs familles sans l'intermédiaire des pensions. C'est ce qu'on appelle *externes libres.* Il n'y a pas moins de 350 personnes chargées d'administrer, d'instruire et de surveiller cette réunion d'enfans.

Quoique soumis aux mêmes lois, au même régime, à une discipline semblable, quoique l'enseignement y soit donné par des hommes supérieurs, n'offrant pas moins de garanties les uns que les autres par les épreuves qu'ils ont subies, ces colléges néanmoins ne présentent pas tous la même physionomie, et les chiffres que nous venons d'indiquer sembleraient prouver qu'ils n'occupent pas non plus le même rang dans la confiance des familles, inégalité que l'on n'est pas surpris de voir se reproduire assez ordinairement dans le partage des succès aux concours généraux.

Il serait bien difficile de déterminer la cause de ces nuances, quand il n'y a pas lieu de l'expliquer par la différence de talens. Leur situation y serait-elle pour quelque chose, et influerait-elle sur le choix des parens, sur le travail des élèves et les efforts des maîtres, par les traditions qui s'y rattachent et les habitudes qui s'y conservent?

La plupart sont placés sur la montagne latine, cette montagne si célèbre dans nos fastes intellectuels, où l'on vit luire l'aurore de notre civilisation, où s'éleva le phare qui servit à guider notre raison naissante ou égarée. C'est de là, comme du mont Sinaï, que la voix s'est fait entendre, et que sont partis ces jets de lumière qui ont éclairé Paris, la France, l'Europe. Là sont encore agglomérées comme en un faisceau toutes les ressources de l'esprit humain; là est le vaste réservoir où vont puiser, sans le tarir, toutes les intelligences. Au sommet, la pensée avec toutes ses formes; à la base, d'un côté l'homme physique avec toutes ses misères, et de l'autre la nature avec toutes ses richesses.

Henri IV occupe le haut de la colline, et malgré ses efforts, malgré de royales protections, malgré d'heureuses circonstances, là se borne sa supériorité. Ni son nom qui rappelle tant de

succès de plus d'un genre, ni celui de Napoléon
qu'il portait d'abord et qui semble repousser
l'idée du second rang, n'ont pu le défendre
contre le redoutable voisinage d'un puissant
rival. Louis-le-Grand, à la vigueur d'une création moderne, joint l'appui de traditions anciennes et d'une vieille réputation. L'ombre du
grand roi erre encore dans les murs et veille
aux destinées de son nom. Les bons Pères, fondateurs du Collége de Clermont, doivent tressaillir de joie dans leurs tombes au bruit des
triomphes qui semblent éterniser leur ouvrage ;
et s'il existe encore, comme nous le soupçon-
nons fort, malgré l'ouragan de juillet, quelques
héritiers de leur esprit et de leurs projets, quels
regrets ne doivent-ils pas éprouver en voyant
qu'il ne reste plus à la *Compagnie* d'autre part
à ces triomphes que l'honneur d'avoir occupé le
même emplacement! C'était déjà, sous l'empire,
le premier collége, le collége par excellence,
désigné suffisamment par le nom de *Lycée impérial ;* et cette dénomination générale, appliquée
exclusivement à un seul établissement, était
comme un gage de la première place.

Cependant il ne l'a pas toujours conservée ;
mais il ne fallait pas moins qu'une catastrophe
pour la lui arracher momentanément. Un cer-

tain jour, le 28 janvier 1822 (autant que nous
pouvons nous le rappeler), à l'occasion de la
destitution de M. Malleval, l'un des meilleurs
proviseurs qu'on eût mis à la tête d'un collége,
mais qui ne pensait pas comme on devait penser
alors, le banquet de la Saint-Charlemagne fut le
théâtre de désordres qui amenèrent l'expulsion
des jeunes convivés. Ce fut un massacre général,
un véritable Waterloo, où tombèrent cent cinquante petits grognards, l'élite des classes
depuis la 6ᵉ jusqu'à la philosophie, depuis
Lhomond jusqu'à Laromiguière, car on sait que
tous les *premiers* sont seuls admis à la Saint-Charlemagne, récompense des premières couronnes
de l'année et garantie des dernières. Les jeunes
exilés furent accueillis par le Béarnais, et surent
le payer largement de son hospitalité, en fixant
la victoire sous ses étendards.

C'était un coup terrible, à ne pas se relever,
pour tout autre que Louis-le-Grand. Aussi fut-
il quelques années à se remettre d'une si violente
secousse; mais enfin sa fortune l'emporta, et
chacun reprit son rang qu'il n'a plus quitté.

Saint-Louis, fondé sur l'emplacement du collége d'Harcourt, est beaucoup plus jeune que ses
rivaux, car il date de 1820. Il n'admit d'abord
que des externes, et ce ne fut que plus tard qu'il

reçut des pensionnaires, encore y eut-il sur l'âge
des élèves des conditions qui donnaient moins
de latitude et de chance pour le peupler rapidement. Cette double circonstance pourrait expliquer son infériorité numérique quant aux
internes. Elle lui servirait au besoin à se justifier
sous d'autres rapports, si on venait à calculer
trop sévèrement sa part dans la distribution
annuelle des palmes classiques. Mais il faudrait
y ajouter quelques particularités qui se rattachent à son organisation primitive, telles que
des innovations, des essais plus ou moins heureux, dont au surplus nous ne lui faisons pas
un reproche. L'abbé Nicolle avait passé par là.

C'était le temps où l'enseignement mutuel
forçait toutes les barrières, et menaçait de fran-
chir les limites universitaires ; où M. Ordinaire
proposait, pour les élémens du latin, une méthode ingénieuse qui se combinait parfaitement
avec le mode de Lancastre ; où l'abbé Gaultier
rendait la science si facile aux jeunes enfans,
qu'ils couraient au-devant d'elle, et que ses
livres suffisaient aux mères pour se passer d'ins-
tituteurs et d'institutrices. L'abbé Nicolle aussi
avait ses méthodes, ses plans, qui avaient fait
l'objet de toutes ses études et le rêve de toute
sa vie ; il les avait portés avec lui sur la terre

d'exil, jusqu'aux rives de la mer Noire, il les avait médités, essayés chez les Moldaves, et, en les rapportant d'Odessa, il se proposait bien, le digne homme, d'en voir l'effet dans la mère patrie. Mais le terrain de la rue de la Harpe se montra rebelle à la culture de plantes nouvelles et ne répondit pas à son attente; et puis le membre du Conseil royal, le recteur de l'académie, ne pouvait guère, en conscience, innover publiquement et s'écarter des règles dont il prescrivait l'exécution. En conséquence, la même année ou peu après, il fonda l'Institution de la rue des Postes sous le nom de son frère, déjà connu par la vaste entreprise de la collection des *Classiques latins*, commencée alors depuis quatre ans, continuée et presque achevée par M. Lemaire, qui, mort en 1832, n'a pu en voir les derniers volumes publiés après lui.

Pour soutenir le nouvel établissement auquel, avant tout, l'argent était nécessaire, on fit un appel à d'anciens élèves de la vieille Ste.-Barbe, et à défaut du local, qui existait bien encore, mais qu'on ne pouvait pas reprendre parce qu'un autre l'occupait, on se contenta de reprendre son nom, en s'appliquant cet héroïque vers :

Rome n'est plus dans Rome, elle est toute où nous sommes.

M. Delanneau prétendit vainement que le nom aussi lui appartenait comme successeur immédiat et occupant les bâtimens; la petite usurpation fut maintenue par la grande légitimité.

Mais les jouissances de l'abbé Nicolle ne furent ni bien vives ni de longue durée. D'abord, comme nous l'avons dit, le désir de prendre part aux luttes communes, fit naître promptement la nécessité de se mettre en harmonie avec les concurrens qu'on aurait à combattre. Puis il lui fallut renoncer à ces vieux titres, à ces anciens noms qu'il aimait tant. Il ne fut plus recteur de l'académie de Paris, lui qui avait eu l'ambition, sous ce titre rétabli pour lui seul, d'être le Rollin du xixe siècle ; il ne fut plus logé *en Sorbonne* (locution consacrée); il ne fut plus *Supérieur de Ste.-Barbe;* et, pour dernier affront, ce nom pour lequel il avait chargé sa conscience d'une fraude pieuse, revint à qui de droit. M. Delanneau (le fils, car le père n'a pas vu ce triomphe de sa maison) se hâta de demander, à la révolution de juillet, la justice que lui avait refusée la restauration ; et, entre nous, il fit bien de battre le pavé pendant qu'il était chaud. Nous doutons fort qu'il obtînt aujourd'hui, du Conseil royal, l'arrêté qui alors lui octroya d'enthousiasme sa patronne et son nom.

Le nom de Rollin, donné en échange au collége Nicolle, fut une faible fiche de consolation; mais enfin c'en fut une pour cet excellent homme qui prenait sa retraite en même temps. Nous ne le quitterons pas, nous, sans rendre hommage à ses vertus qui rappelaient réellement celui qu'il s'était proposé pour modèle. S'il apparut à une époque de persécutions (dont nous eûmes notre part), son influence en limita, en suspendit les sévérités. Lorsqu'il était obligé de faire l'application de lois oppressives, il n'ajoutait pas à leurs rigueurs des formes dures et brutales. Il fut en un mot du trop petit nombre d'hommes qui voulaient que le nom de *paternelle* réclamé par l'administration universitaire ne fût pas un vain mot. Nous avons vu de près, nous avons éprouvé par nous-mêmes ce qu'il y avait de bienveillance dans ses sentimens et dans son accueil, d'indulgence dans ses reproches, de tolérance dans ses opinions, de ménagemens et de délicatesse dans l'exercice de son pouvoir. Mais que tout cela est loin des douceurs du légal et des aménités du positif que nous avons aujourd'hui en compensation!

Le collége Rollin a conservé des plans et des systèmes de son fondateur les soins multipliés

et minutieux pour la jeunesse qui en font encore
le rendez-vous des enfans gâtés de la capitale.
Une mère qu'épouvantent la précision militaire
et l'inflexible régularité de Louis-le-Grand ou
de ses voisins, mais dont le mari tient absolu-
ment au mot *collége*, ne voit de salut et de
santé que rue des Postes, où se trouve déployé
un luxe de précautions et de prévoyances que
ses exigences ne sauraient dépasser. Mais là
ne se borne pas son mérite, et chaque année
fournit une nouvelle preuve que le plus jeune
des colléges de Paris, doué d'une vigoureuse
constitution, peut suivre ses aînés à la course,
et figurer sans honte à leurs côtés.

Au moment où il recevait la naissance et qu'on
était obligé de tout créer pour lui, emplacement,
élèves, nom même, une institution depuis long-
temps florissante obtenait le titre de collége et
s'organisait en conséquence. La pension de l'abbé
Liautard avait été sous l'empire comme un
moyen d'opposition pour les familles mécon-
tentes dont les principes et les opinions protes-
taient (bien bas pourtant) contre la révolution.
C'est ce qui en avait fait le succès. Il devait s'attendre à la faveur royale, et son attente ne fut
pas trompée. Mais, malgré cette faveur, ou peut-
être à cause de cette faveur trop marquée, mal-

gré le titre de collége Stanislas, cet établissement ne s'est pas élevé alors ni depuis au-dessus de son ancienne prospérité. Sa clientelle est nombreuse, mais peu mélangée. Dirigé par deux abbés, il semble avoir conservé je ne sais quelle odeur religieuse et monarchique qui le tient un peu isolé, et quoique les classes y soient confiées comme ailleurs à des hommes d'un talent éprouvé, il est rarement heureux aux concours généraux.

C'est presque ne pas sortir du pays latin que de parler de Charlemagne, quoiqu'il y ait le fleuve à passer. Nous y trouvons la même physionomie, les mêmes allures; peu de signes distinctifs font remarquer le collége de la rue Saint-Antoine, si ce n'est que celui-là du moins n'a jamais changé de nom, fait assez rare pour le consigner ici. Le vainqueur des Saxons s'est trouvé du goût de toutes les politiques. On a respecté son collége comme le déjeûner annuel qu'il donne le 28 janvier, en sa qualité de saint et de fondateur des écoles de Paris, à tous les premiers de chaque classe.

Le collége Charlemagne se montre du reste digne de son puissant patron; avec ses seuls externes, dont il a un plus grand nombre que tous les autres, il soutient toutes les concurrences, lutte contre toutes les gloires, et souvent avec assez de bonheur pour troubler le sommeil de ses rivaux de la montagne et balancer leur prépon-dérance.

Le collége Bourbon, autrefois *Bonaparte*, a une physionomie toute particulière. Situé au nord, loin, bien loin de tout établissement scientifique et littéraire, c'est un autre pays, une autre population, des mœurs, un climat et presque un langage différens. Il a bien aussi sa montagne, et cette montagne est célèbre; mais il n'ambitionne ni ne mérite ce genre de cé-lébrité. Placé dans le plus beau quartier de Paris, au milieu de la Chaussée-d'Antin, il a pris quelque chose du brillant monde qui l'envi-ronne. Ses *externes libres*, qui sont nombreux, lui donnent une tournure élégante et fashionable. Les abords en sont moins sévères, les murs moins tristes. Les distractions mondaines n'y semblent pas incompatibles avec les austérités de l'étude.

Ne croyez pas que dans cette disposition le collége Bourbon demeure indifférent ou étranger aux triomphes classiques. Loin de là, les fastes du concours général constatent qu'il y prend sa part, et souvent une part très large; mais ses fortunes sont diverses et ses succès quelquefois inattendus.

A l'abri, par sa position isolée, de toute influence servile et routinière, et quoique appartenant à une clientelle riche et tant soit peu
aristocratique, par conséquent peu intéressée aux
innovations, mais amie de tout changement dont
elle peut s'attribuer l'honneur, c'est de lui (ou
plutôt des pensions qui l'alimentent) que partent
le signal et l'exemple des améliorations vainement
sollicitées ailleurs. On doit à cette tendance, qui
est propre au quartier, plus d'un progrès heureux
dans l'éducation, plus d'une réforme long-temps
et chaudement disputée.

Tels sont les établissemens dans lesquels l'u-
niversité donne l'enseignement classique dont
elle s'est réservé le monopole. Cet enseignement
embrasse sept années, depuis la sixième jusqu'à
la philosophie, et comprend la langue française,
les langues latine et grecque, anglaise et alle-
mande, la géographie et l'histoire, l'histoire
naturelle et les mathématiques élémentaires et
spéciales, la philosophie, la chimie et la physique.

Ces études se partagent le temps de l'élève en
proportion de leur importance et de leur difficulté relatives. Les langues nationale et anciennes et l'histoire le reçoivent dès son entrée
dans les classes et ne le quittent qu'à sa sortie

de rhétorique. La géographie, à laquelle trois années peuvent suffire, s'arrête en quatrième. Deux années, la 5e et la 4e, ou la 3e et la 2e, sont données à chacune des langues étrangères. Les études scientifiques précédées de notions d'histoire naturelle, enseignées pendant la 6e et la 5e, commencent dès la 4e, par l'arithmétique, et se poursuivent pendant six années consécutives, ensemble ou séparément, jusqu'aux portes de l'École polytechnique.

Ce plan n'est pas sans doute exempt de quelque imperfection; on regrette par exemple que l'histoire naturelle commence trop tôt et l'arithmétique trop tard; que les mathématiques soient comme suspendues en rhétorique et bornées à *une* leçon de *cosmographie* par semaine; que les langues modernes soient placées pour les heures de classes en dehors des autres études, et laissées par exception au choix et à la volonté des élèves, ce qui produit nécessairement la négligence ou l'abandon. Mais, en passant condamnation sur ces taches, et d'autres qui disparaîtront peu à peu, il serait difficile d'imaginer un cadre plus et mieux rempli, une instruction plus solide et plus complète, pour préparer la jeunesse à toute carrière littéraire ou scientifique. Nous ne disons pas qu'il satisfasse à tout, et qu'il

n'y ait pas en dehors et au-delà quelque chose
à faire pour d'autres besoins, mais nous ne
voyons pas ce qu'on pourrait y ajouter sans
excéder les forces de l'enfance, ou à quelle étude
on pourrait retrancher du temps sans l'affaiblir
et en compromettre les résultats attendus.

Cet ensemble, à quelques détails près d'une
faible importance, est exactement le même pour
tous les colléges royaux, et son exécution y est
remise partout à des mains également exercées et
formées à la même source, c'est-à-dire à Paris.
C'est de l'école normale et des épreuves de l'a-
grégation que sortent et se répandent en France
les habiles professeurs qui sont chargés de ce
vaste enseignement, possédant, sinon un égal
talent (la nature conserve toujours son droit de
prédilection), au moins une même dose de connaissances variées et approfondies. Paris n'est
pas sous ce rapport autrement partagé que la
province ; seulement à lui seul appartient l'immense honneur d'avoir instruit et de fournir les
sujets. Aussi ces derniers, en reconnaissance,
rivalisent-ils d'efforts, de mérite et de sacrifices
pour n'en pas sortir ou pour y être rappelés ; et
nous avons vu plus d'un jeune savant préférer à
l'éclat d'une chaire de rhétorique, en province, les
modestes devoirs d'une classe élémentaire à Paris.

Toute cette instruction, qui est, comme on
le croira sans peine, fort dispendieuse pour l'université, ne coûte pas à chaque élève plus de
cent fr. par an, dont soixante seulement pour
les frais d'études au collège. Une école appren-
drait-elle à lire à votre enfant à meilleur marché?

Mettons donc sur le compte des vieux souvenirs, des observations mal faites, et des vues
désappointées, ces accusations trop répétées
dans le monde contre l'université, de bourrer la
jeunesse de latin et de grec pendant huit années
exclusivement, d'y tout sacrifier, jusqu'à la
langue française, et de ne pas montrer à chacun
ce qu'il lui importerait de savoir. Beaucoup de
parens, préoccupés des erreurs d'un système dont
leur éducation a été victime, il y a vingt-cinq ans
et plus, croient de bonne foi que les choses se
passent encore, dans nos collèges, comme de
leur temps. Quelques uns sont tout surpris que
leurs enfans, après avoir traduit Demosthènes
et récité Virgile, soient médiocres marchands et
fort mauvais industriels. D'autres, malheureusement en trop grand nombre, dont les fils,
sortis de rhétorique ou au moins de troisième,
n'ont pas su dresser une facture ou résoudre
une difficulté proposée par le journal gramma-
tical, se plaignent amèrement qu'on ne montre

pas au collége l'*orthographe* et un peu de *calcul.*
Parmi ces reproches, les uns ont du vrai quoique mal raisonnés ; les autres ne sont que
ridicules. Nous laissons ceux-ci pour ce qu'ils
valent ; quant aux premiers, ils tiennent à une
lacune que nous signalons plus bas.

Outre les colléges royaux que nous venons de
désigner, et autour de chacun d'eux, se groupent les établissemens particuliers auxquels ils
doivent plus de la moitié de leur population, et
à qui revient dans une proportion égale et souvent même supérieure l'honneur des concours
généraux. Ces établissemens sont au nombre
de 104, dont 34 *Institutions* et 70 *Pensions.*

Voilà encore une distinction que ne comprend
pas le public, et dont il faut chercher l'explication dans le texte de la loi, car elle ne résulte
en fait, ni de l'organisation et de l'importance
des maisons, ni du mérite des chefs, ni des
résultats annoncés ou obtenus.

On a déjà vu que les uns et les autres sont
tenus de renfermer les études de leurs élèves
dans de certaines limites bornées à la 4ᵉ pour
les maîtres de pension, et à la seconde pour les
chefs d'institution. Encore n'ont-ils plus cette

latitude dans les villes où il y a des colléges,
auxquels ils doivent conduire tous leurs élèves
au-dessous de dix ans. La même loi qui leur ôte
le droit d'enseigner leur fait payer ce droit, aux
uns 400 fr. et aux autres 600 une fois donnés,
pour le diplome ; plus annuellement pour l'exercice, 75 et 150 fr. Le premier impôt ne se
perçoit plus ; le second est maintenant bien payé.

Le chef d'institution doit être bachelier-ès-
lettres, et bachelier-ès-sciences ; le premier de
ces grades est seul obligatoire pour le maître de
pension.

L'université, qui, nous le répétons, a du
bon quelquefois, a senti l'inanité de la distinction établie. Elle a fini par ne plus autoriser à
Paris qu'une sorte de maisons ; seulement elle a
choisi celles qui rapportaient davantage.

Il semblerait que les maîtres de pension (nous
employons ce titre comme le plus généralement
compris et adopté), réduits par la loi au métier
de logeurs, ou tout au plus aux simples fonctions
de répétiteurs, ne devraient fournir la matière
d'aucune observation importante et particulière.
Mais nous avons déjà dit que les mauvaises lois
sont peu et mal exécutées. Celle-là est du nombre. Si les maîtres de pension envoient aux divers
colléges, dont ils sont comme les vassaux, envi-

ron 2300 élèves, on peut calculer sur des données à peu près certaines, qu'ils n'en gardent pas moins auprès d'eux sinon plus, auxquels ils donnent une instruction analogue ou plus appropriée à des vues et à des destinations spéciales.

Ce serait partager l'ingratitude de l'université, et, disons aussi, l'indifférence d'un public mal informé, que de passer sous silence les services qu'ont rendus, que rendent tous les jours les maîtres de pension à l'instruction dont ils perfectionnent les méthodes par des essais multipliés, et à l'éducation qu'eux seuls (1) à défaut des familles, sont en position de donner.

Ce sont eux qui, après les orages révolutionnaires, ont recueilli et conservé comme un dépôt sacré, les études classiques qui n'avaient plus d'asiles nulle part. Quand il n'y avait plus de colléges et pas encore de lycées, les familles

___

(1) Nous disons *eux seuls,* et nous nous entendons. Leur intérêt, fortifié ensuite par l'affection, leur fait un devoir de s'inspirer des idées du père de famille sous tous les rapports d'esprit, de cœur, de santé, d'habitudes morales, de projets pour l'avenir. Rien de tout cela n'est possible au collége. Il est absurde de penser que le gouvernement peut faire l'*éducation* et représenter la famille ou seulement quelque chose de semblable pour les élèves; il ne peut donner, il ne donne que l'instruction; et même

accouraient aux pensions demander pour lèurs enfans une part des trésors intellectuels qui partout ailleurs étaient devenus si rares, où même avaient disparu ; et pendant près de quinze ans, Paris et la France n'eurent pas d'autre corps enseignant.

On a vu quelle en a été la récompense. De leurs dépouilles on nourrit l'université au berceau que la confiance des parens abandonnée à elle-même aurait peut-être laissé languir trop long-temps, et l'on poursuivit en eux une rivalité dangereuse jusqu'à leur interdire les distributions solennelles de prix, disposition ridicule dont nous avons déjà parlé. La restauration y ajouta plus tard sa double inquisition politique et religieuse.

Ils n'en ont pas moins conservé à travers ces oppressions successives une belle et honorable

---

lui seul peut la donner large, forte et complète, mais on ne devrait rien lui demander de plus. Il n'y aura en France de mœurs libres et nationales, de physionomie caractérisée, d'éducation en un mot, que quand le gouvernement, se bornant à n'admettre que des externes, aura renoncé à ses pensionnats de colléges, à ses bourses, au casernement des écoles normale et polytechnique. On sent qu'une pareille question ne saurait être développée dans une simple note.

mission qui leur est exclusivement dévolue, et qu'ils accomplissent avec une active et souvent heureuse persévérance. Connaissant bien, et nécessairement mieux que l'université, les besoins et les vœux des familles avec lesquelles leurs rapports sont fréquens, immédiats et intimes; faisant une étude quotidienne des intérêts et des facultés de leurs élèves; s'identifiant avec des projets, une position, un avenir, dont le succès leur est comme imposé, c'est à eux que l'on doit soit la création, soit l'adoption et le perfectionnement de toutes les méthodes que nécessitaient des idées nouvelles ou qui pouvaient faciliter et hâter la marche vers un but plus rapproché.

Frappés des inconvéniens et de l'insuffisance du plan d'études des colléges, ils indiquaient et sollicitaient vivement les modifications dont ce plan leur paraissait susceptible et qu'ils appliquaient chez eux. Ils ne devaient pas être entendus sous un régime essentiellement stationnaire quand il n'était pas rétrograde, et ce ne fut qu'en 1830 qu'on prêta quelque attention à leurs réclamations, et qu'on parut disposé à y faire droit dans un intérêt général. On était encore sous l'empire des émotions de juillet. Une commission prise en partie dans le sein du Conseil royal et

composée de MM. Villemain, Thenard et Bur-
nouf, eut mission d'examiner ces modifications.
Elle discuta le plan proposé par les maîtres de
pension, avec trois d'entr'eux délégués par leur
société ; reçut leurs communications et reconnut
la nécessité des améliorations indiquées. Puis on
s'en tint là et tout parut oublié. Mais trois ans
plus tard, par un arrêté du 4 octobre 1833, on
établit, pour les colléges de Paris, la répartition
des objets d'études et l'ordre des classes que
nous voyons observés aujourd'hui et dont nous
avons parlé plus haut. C'était, à quelques chan-
gemens près que nous ne trouvons pas heureux,
le plan des maîtres de pension. Qui sait cela ?
Qui a pensé à leur en faire honneur ? Personne
que nous sachions, pas même ceux qui trou-
vèrent bon de les consulter alors et firent mine
de sympathiser avec leurs idées.

Il en sera de même probablement d'une autre
innovation non moins nécessaire et plus importante dans son objet et ses résultats, plus hardie
à cause des difficultés que présentait son exécution, c'est-à-dire la création d'un corps
d'études autres que celles dites *classiques*.

Il a toujours été reconnu que ces dernières ne
suffisent pas à cette masse d'enfans qui, par
leur position sociale, réclament une autre nour-

riture intellectuelle que celle des simples écoles
primaires, et qui, faute de mieux pour eux,
encombrent nos colléges avec la presque certitude et souvent la volonté de ne point toucher
le but pour lequel on y travaille. Pour se faire
une juste idée de la jeune population ainsi négligée, et entassée au hasard sur une route
étrangère à ses intentions ou à ses capacités, et
pour le plus grand nombre sans issue, il ne faut
que relever quelques chiffres et comparer.

Nous avons vu que les colléges royaux et
particuliers de Paris renferment 4,932 élèves.
Dans les 36 colléges royaux de province, on en
compte 10,664. Les colléges communaux, qui
sont au nombre de 325, en contiennent 28,728.
Total, sauf erreur, 44,324. L'instruction universitaire n'est organisée que pour quatre issues,
et n'a d'autre but dans ses prévisions que de
fournir 60 futurs professeurs à l'École Normale,
306 élèves à l'École Polytechnique, 3,424 à
l'École de Droit et 3500 à celle de Médecine.
En tout 7290. Nous savons qu'il lui faut
aussi alimenter celles de province, qui sont au
nombre de 28, savoir : 8 de droit et 20 de
médecine, dont 18 secondaires ; mais nous ne
faisons pas non plus entrer en ligne de compte
une foule de jeunes gens qui, usant de la faculté

laissée sous certaines conditions par la loi sur le
bacchalauréat-ès-lettres , font leurs études sans
paraître au collége, et parmi lesquels nos écoles
publiques peuvent également se recruter. Nous
ajouterons encore toutefois pour la première
omission 2000 élèves, et c'est beaucoup.

Voilà donc une masse effrayante de 35,000
jeunes gens, c'est-à-dire les $\frac{7}{9}$ de la population
de nos classes , qui ne seront et ne peuvent être
ni professeurs , ni médecins , ni avocats, ni
ingénieurs , ni officiers , et qui n'ont pas étudié
pour autre chose. Ils ont usé leurs facultés et
consumé leurs huit plus belles années dans un
travail sans but et sans résultat. Qu'ils soient
restés en chemin, ou qu'on les ait traînés jusqu'au terme obligé de la route, ils n'auront servi
qu'à grossir le traitement éventuel des professeurs, ou à relever l'éclat et le mérite des lauriers
de leurs condisciples dans les concours (1). Ils
rentreront dans leurs familles chargés d'un ba-

(1) Nous voulons parler surtout du *concours général.* Fondé en 1747 par un chanoine de Notre-Dame, il était borné
dans son origine aux trois classes supérieures, et cela valait
mieux. Tel qu'il est aujourd'hui, c'est un abus. Dans les
classes inférieures surtout il éveille moins l'émulation des
élèves que celle des professeurs, pour qui c'est un moyen
de réputation et d'avancement, et il est bien difficile à ces

gage embarrassant qu'il leur faudra déposer à la
porte, et ils seront obligés de changer la nature
et la direction de leurs idées, et de recommencer une nouvelle éducation pour laquelle ils
n'auront point été préparés.

C'est cet impardonnable oubli des divers gou-
vernemens· qui se sont succédé, c'est cette
lacune immense, déplorable, que les maîtres
de pension ont essayé de combler. Sous le dernier ministère de la restauration (l'époque n'était
pas heureusement choisie, mais nous avons dit
et nous répétons que le courage et la persévérance n'ont pas manqué aux maîtres de pension
de Paris), douze ou treize d'entre eux ouvrirent
sous le nom d'*Institut-Bourbon* un collége d'externes, pour les études intermédiaires, destiné
à recevoir ceux de leurs élèves que leur aptitude, leur âge, la position et les vues de leurs
familles éloignaient des classes de latin et de grec.
Le succès devait être et fut en effet rapide,

derniers de ne point sacrifier à ce but l'intérêt du plus grand
nombre, en soignant exclusivement quelques sujets distingués dont ils attendent un succès. Encore ceux-ci ne retirent-
ils pas de ces soins particuliers tout le fruit qu'on pourrait
croire. Souvent un petit talent spécial, fort insignifiant,
est la seule chose que l'on cultive en eux pour la faire
briller en temps utile.

mais la persécution ne se fit pas attendre non
plus. Au premier cri d'alarme jeté par les professeurs dont cet établissement compromettait
les émolumens calculés en partie sur le nombre
de leurs élèves (1), l'université envoya deux
commissaires sur les lieux pour juger de l'énormité de l'attentat, et des malheurs qui parais-
saient devoir en être la suite. On visita les
localités, on prit connaissance du plan, on
entendit les raisons des coupables, qui ne laissè-
rent aucune objection sans réponse, aucune
difficulté sérieuse sans solution satisfaisante, et

(1) Ce mode de payer les professeurs est vicieux et les
rend opposés à la réforme d'abus auxquels est attachée
une partie de leur existence. Leur traitement fixe est in-
suffisant, on le complète par l'éventuel, c'est-à-dire un
prélèvement sur les frais d'études payés par les élèves.
Plus les élèves sont nombreux, plus ce prélèvement est
considérable. Or, il est impossible qu'une leçon de deux
heures puisse être donnée avec fruit à une masse considérable d'enfans, surtout dans les classes inférieures. Tout
le monde le sait, et les professeurs le savent mieux que
tout le monde. Mais de quel œil verraient-ils les change-
mens qui éclairciraient les rangs de leurs petits auditeurs?
Est-il bien moral de placer les hommes entre leur intérêt
et leur conscience? Soyez donc d'accord avec vous-mêmes;
vos règlemens ne confient que 25 ou 30 élèves à la surveil-
lance d'un maître d'études, et vous doublez ce nombre et
au-delà sous un seul professeur!

qui allèrent jusqu'à proposer de faire de leur Institut une annexe, une succursale du collége, qui profiterait des fruits et des avantages qu'on s'en proposait. Le résultat ne pouvait pas être douteux ; la force étouffa le droit, et l'Institut-Bourbon fut fermé.

Un des deux commissaires dont le rapport amena ce dénouement brutal est resté seul debout au milieu du Conseil royal après le coup de vent de 1830. Qui sait si, le cas échéant d'une loi sur l'instruction secondaire qu'on nous promet depuis quatre ans, et qu'on nous annonce régulièrement au commencement et à la fin de chaque session, ce même conseiller, chargé, vu les antécédens, d'en préparer les bases, n'aura pas puisé dans son rapport et les pièces à l'appui les matériaux nécessaires pour réédifier, solennellement sur un plan général ce que nous l'avons vu concourir à démolir avant juillet, comme superflu et dangereux ? Nous ne demandons pas mieux, pourvu que cette loi arrive (ce dont, à parler franchement, nous commençons à désespérer), mais nous saurons à qui en revient de droit l'honneur et la première pensée.

Cependant, pour éviter jusqu'à l'ombre de l'injustice, nous dirons qu'il est fait mention dans l'Almanach de l'Université d'un collége *de l'industrie* fondé le 8 janvier 1833 ; mais ailleurs n'en cherchez pas la trace. Les plans sont encore dans les cartons et les élèves chez eux.

Il existe en réalité trois établissemens analogues à ceux dont nous venons de parler et rentrant à peu près dans les nécessités de la société actuelle. Ce sont les écoles préparatoires pour le commerce situées à Charonne et rue St.-Antoine, et l'*École centrale des Arts et Manufactures,* rue de Thorigny. Cette dernière, fondée en 1828, reçoit le trop plein de l'École polytechnique, et est destinée à former des ingénieurs civils, des chefs de manufacture, etc.

Si l'instruction littéraire et scientifique, malgré son incontestable supériorité, sollicite encore d'utiles réformes ; si l'enseignement secondaire ou intermédiaire est tout-à-fait à créer ; l'instruction primaire ne laisse rien à désirer à Paris. C'est un terrain neutre sur lequel, depuis quatre ans, amis et ennemis se rencontrent animés des mêmes sentimens. Là tous les esprits s'entendent, toutes les opinions sympathisent ; particuliers, associations, gouvernement, mettent en commun leur zèle, leurs efforts et leurs sacrifices pour répandre les bienfaits de l'éducation et faciliter l'enseignement ; ici la liberté n'a point produit comme ailleurs tiédeur ou collision , mais seulement un concours plus général et plus efficace.

La dépense annuelle pour l'instruction à Paris s'élève à plus de 600,000 fr., dont 350,000 au compte de l'administration des hospices et des sociétés bienfaisantes et fondations particulières. Cette somme considérable est, outre les colléges qui en prennent leur part en frais de bâtimens et entretien de bourses, répartie entre 165 établissemens, savoir : 19 maisons d'asiles contenant 3,500 enfans des deux sexes, 26 écoles d'adultes recevant 1,948 élèves, dont 1,462 hommes et 486 femmes, et 120 écoles d'enfans renfermant 13,458 garçons et 11,578 filles; auxquelles il faut ajouter l'école royale des *Sourds-Muets* et celle des *jeunes Aveugles*. Ainsi 30,484 élèves reçoivent gratuitement l'instruction. Dans ce nombre 10,425 sont instruits d'après le mode *mutuel* suivi dans 22 écoles de garçons et 21 de filles, sans compter les deux écoles normales et modèles situées l'une rue de Poissy pour les maîtres, sous la direction de M. Sarrasin, et l'autre, sous celle de Mlle Lelièvre, pour les maîtresses, à la Halle eux Draps. Ce mode est exclusivement adopté par les écoles qui sont sous la dépendance directe de la ville de Paris, fondées et entretenues à ses frais, et lui coûte 200,000 fr.

L'administration des hospices s'est réservé particulièrement et ne reconnaît que la méthode *simultanée*. Les motifs de cette différence et de cette prédilection sont dans le choix des maîtres et des maîtresses, qui pour la plupart sont des *sœurs* ou des *frères*, dans les malheureuses préventions qu'une portion de la société conserve contre l'enseignement mutuel, et dans ce préjugé qui s'obstine à y voir le signe ou l'appui d'une opinion politique. Mais la lutte, qui par là se maintient entre les deux méthodes, a été plus profitable que nuisible aux lumières, en imposant à l'une et à l'autre l'obligation de se perfectionner pour soutenir la concurrence. La méthode de Lancastre a entraîné sa rivale dans une voie progressive dont le peuple a profité, non pas à Paris seulement, mais encore dans toute la France.

Dejà, même sous la restauration, on avait bien compris que toute la protection, toute la faveur de l'autorité ne suffiraient pas contre l'évidence et le temps, et l'on commençait à prendre le meilleur parti, le seul qu'on eût dû prendre d'abord, pour disputer le terrain à la nouvelle méthode, celui de faire, sinon plus et mieux, au moins autant et aussi bien qu'elle. Il est incon-

testable, nous l'avons vu et nous le reconnais-
sons, que les écoles des frères ont fait dans cette
vue d'immenses progrès à Paris et même dans
les départemens, notamment dans ceux où la
rivalité de l'enseignement mutuel est le plus à
craindre, et c'est là encore un des bienfaits de
celui-ci.

Il viendra un jour toutefois, nous l'espérons,
où il règnera sans partage, non uniquement
parce qu'il produit vite et beaucoup, avantage
que d'autres peuvent lui disputer, comme nous
le voyons, mais parce qu'il est aussi un puissant
moyen d'*éducation*, indépendamment de la parole
du maître; parce qu'il forme les caractères, les
mœurs, le jugement, plus encore que l'esprit;
et que, par le principe sur lequel il repose, par
ses habitudes, il convient merveilleusement
à un siècle, à une nation, qui fait tour à tour
justice de toutes les supériorités qu'on lui impose, et qui ne veut maintenir et ne laisse consacrer d'autre inégalité que celle des intelligences
et des lumières. Les progrès de la méthode, au
surplus, vont tous les jours croissant. Outre 64
écoles, à Paris, où trois nouvelles vont encore
s'ouvrir, il en existe en province 921 de garçons
et 55 de filles. On peut attribuer cette énorme
disproportion entre les deux sexes à la difficulté

de former des maîtresses et surtout aux influences religieuses et politiques, plus puissantes
dans les départemens que dans la capitale, et
ayant plus d'action sur les femmes que sur les
hommes. Nous avouerons pourtant qu'il y a dans
l'enseignement mutuel des formes nettes et arrê-
tées qui conviennent moins à l'éducation des
femmes, et, sous ce rapport, nous serions disposés à comprendre et à excuser les répugnances
de quelques personnes à cet égard.

Cette circonstance nous rappelle que nous
n'avons rien dit des institutions de demoiselles,
et en effet nous avions peu de chose à en dire.
Nous avons vu leur part dans l'instruction primaire gratuite. Elle est large et convenable.
L'instruction plus élevée ou secondaire, mais
non gratuite, leur est donnée dans 43 *institutions*, 142 *pensions*, et 134 écoles dites *secondaires*. Ces 319 maisons, dans lesquelles nous n'a-
vons pas compris la succursale de la maison
royale de Saint-Denis, rue Barbette, contiennent
3,959 élèves.

L'éducation des femmes appelle l'attention du
législateur. Notre négligence à cet égard donne
un démenti à notre galanterie, et, ce qui est plus
sérieux, accuse notre raison; et la loi du 18 juin
1833, dont nous apprécions d'ailleurs le mérite

sous d'autres rapports, mais qui ne fait pas même mention de cette moitié de la population, sera de cette négligence un monument officiel et peu honorable.

Nous ne trouvons nulle part pour les femmes une méthode, un plan, un corps d'études. Les arts d'agrément, dont un est destiné à faire sensation, quelques pages d'un abrégé d'histoire, les fameuses règles du participe et le calcul, voilà le fond de leur éducation. Quand on y joint une langue vivante, c'est beaucoup. On pourrait dire du piano dans les pensionnats de demoiselles, ce que l'on a dit si long-temps, ce qu'on dit encore quelquefois du latin dans nos colléges. Nous ne voulons pas plus proscrire l'un que l'autre, mais nous voudrions qu'à côté des talens qui devront ajouter à ses charmes ou y suppléer, une jeune personne trouvât une instruction solide pour éclairer son esprit et lui former le raisonnement.

Beaucoup de mères de famille paraissent l'avoir senti comme nous, car nous les voyons négliger les pensionnats qui ne satisfont pas complètement à leurs vœux, et se contenter de leçons individuelles qu'elles peuvent étendre à volonté, ou conduire leurs filles à ces cours particuliers qui semblent leur promettre une nourriture in-

tellectuelle plus forte et plus habilement pré-
parée. Tels sont, rue des Saints-Pères, ceux des
élèves de l'abbé Gaultier, et surtout ceux de
M. Levy, véritable providence des mères et
même des institutrices auxquelles il vient en
aide, que l'on trouve partout, dans le riche
comme dans le noble quartier, voire même dans
le Marais, et dont 400 élèves assiègent la porte,
ou plutôt les portes, car le professeur ubiquiste
a plus d'un domicile dans Paris pour la commo-
dité de ses jeunes clientes.

Dans cet exposé que nous voudrions avoir fait
plus court (désir bien partagé sans doute par nos
lecteurs), mais qui est du moins aussi exact que
l'ont permis nos recherches et quelque expérience
de la matière, il nous aurait paru hors des limites
de notre sujet, que nous avons déjà trop étendu,
d'entrer dans plus de détails sur les établissemens
d'instruction publique destinés seulement à com-
pléter l'éducation et à ouvrir une carrière aux
jeunes gens. Telles sont les écoles supérieures
que nous avons déjà nommées. Telles sont encore les écoles de pharmacie, des ponts-et-
chaussées, des mines, des chartes, des langues
orientales vivantes (annexée au collége royal de
Louis-le-Grand); celle des beaux-arts, où sont

reçus jusqu'à 500 élèves, et le conservatoire de musique qui en admet 344; ajoutons-y enfin trois maisons exclusivement réservées, sous le nom de *collèges britanniques*, aux Anglais, aux Écossais et aux Irlandais.

Mais notre travail serait incomplet si nous les omettions dans une récapitulation générale, et c'est par là que nous terminerons ce tableau. Au moment donc où nous écrivons, l'enseignement est donné à Paris, gratuitement ou non, et pour tous les âges, pour toutes les positions, dans 614 établissemens publics ou particuliers, qui ne contiennent pas moins de 52,000 élèves environ, enfans et adultes, de l'un et de l'autre sexe, à peu près le seizième de la population! Manufacture immense où l'intelligence humaine reçue brute des mains de la nature, subit toutes les transformations dont elle est susceptible, et d'où elle sort, tantôt sous des formes communes destinée à des usages modestes, tantôt façonnée pour les besoins les plus élevés et les plus délicats de la société qui en attend son éclat et sa force.

Puis, comptez maintenant, si vous pouvez, et ajoutez à ces chiffres toutes ces écoles clandestines qui se cachent sous les toits ou dans une arrière-boutique *avec jardin;* tous ces cours où en moins de quinze ou vingt leçons vous appre-

nez une langue (sinon deux), une science, un
art quelconque; tous les autres cours bien autrement sérieux, importans et féconds en résultats
(quand ils sont bien faits), dont vous a entretenus notre jeune et spirituel collaborateur
M. Fortoul, dans le quatrième volume de cet ouvrage, toutes ces sociétés *d'éducation* et de *civi-*
lisation, ces Athénées *royal*, *central*, et autres,
où les philanthropes éclairés répandent à pleines
mains sur qui en veut et sans s'appauvrir, leurs
trésors de science et de littérature; enfin, pour
conclure, ces myriades de professeurs volans,
de maîtres particuliers, qui distribuent l'instruction à domicile, comme fait son bouillon la compagnie hollandaise ou parisienne, et qui sont la
ressource des familles que des raisons d'hygiène,
des frayeurs maternelles, l'essai et l'application
d'un nouveau système, souvent aussi des délica-
tesses aristocratiques, empêchent de faire asseoir
leurs enfans à une table commune... Et alors
vous aurez une idée des innombrables sources
qui sont ouvertes à Paris pour étancher cette
soif d'apprendre, dont sa population est tour-
mentée; vous comprendrez ce que doivent jeter
de lumières dans la circulation, ces fabriques
intellectuelles qui ne s'arrêtent jamais; et vous
ne serez pas surpris qu'avec de tels moyens,

quoiqu'ils offrent encore des lacunes à remplir et des abus à réformer, la capitale de la France soit toujours la première ville du monde et la sentinelle avancée du xixe siècle et de la civilisation.

DUROCHER.

Paris, ce 25 janvier 1835.

LA BUREAUCRATIE.

Avez-vous la jouissance d'une croisée donnant sur la rue?

Avec cela, êtes-vous, comme moi, un tantinet musard?

Il doit vous arriver alors deux ou trois fois par jour, en été surtout, d'aller faire un tour de balcon et de promener votre œil à l'aventure sur cet éternel tourbillon d'allans et de venans qui à pied, qui à cheval, qui en voiture, se dispu-

tent, dans tous les sens, chacun un petit morceau de la voie publique.

Puis, à la mine, au costume, à l'allure, vous
devinez tour à tour un huissier, un solliciteur,
un chevalier d'industrie, une femme entretenue,
une jeune fille innocente; tout cela, sauf erreurs
plus ou moins nombreuses dont je vous félicite
bien sincèrement de n'avoir pas à répondre.

Et sur cette scène de tous les jours, vous trouverez difficilement aujourd'hui les acteurs d'hier,
demain ceux d'aujourd'hui;

Et pourtant, si, comme moi,

« Vous vivez de régime et *flânez* à vos heures; »

Si vous pouvez astreindre votre *far niente* à
des momens convenus;

Si, par exemple, dix heures moins cinq minutes du matin, et quatre heures cinq minutes
du soir vous arrangent;

Vous verrez fidèlement chaque jour (ceux de
fête exceptés), déboucher, le matin, par le même
angle de rue, et à la même minute, le même personnage, vêtu du même habit, traversant le ruisseau à la même place, et cheminant du même pas
dans la même direction.

Plus ponctuellement encore, à quatre heures

cinq minutes, vous l'apercevrez poindre du côté opposé, passer, puis disparaître par son angle du matin.

Ainsi vous le reverrez demain, ainsi les autres jours. Et quand il vous arrivera de ne le plus voir à son heure, plaignez-le, et dites-vous qu'il est pour le moins malade, ou *admis à faire valoir ses droits à la retraite.*

Car cet homme, c'est un employé.

Or, vous saurez qu'un jour du mois passé, j'étais encore dans mon lit à sept heures du matin ; je réfléchissais qu'il venait de me sonner vingt-deux ans ; que ma nombreuse fraternité m'avait laissé une bien petite part de la fortune paternelle ; que de cette petite part, j'avais déjà écorné un énorme morceau, dans les études de ma vie expérimentale, et que le moment était venu de faire une fin, de prendre un état.

Je méditai long-temps. Ma vocation se promena flottante, des arts aux lettres, de la robe à la médecine. Malheureusement, la grande majorité de mes amis se composait d'avocats sans cliens, de médecins sans malades, d'artistes qui jeûnaient, d'auteurs qui mouraient de faim. Je me levais, fort embarrassé de prendre un parti, quand je me rappelai un monsieur Benoît, ancien ami de ma famille, et sous-chef de bureau au ministère de l'intérieur ; il était là depuis bien des années, il y avait obtenu de l'avancement. Son lot me parut plus confortable.

D'où il advint qu'une heure après, l'ami Benoît subissait à son bureau un interrogatoire de ma façon sur les mœurs administratives, sur la nature et l'importance des divers emplois, sur l'avenir que cette carrière pouvait offrir.

Pendant quelques réparations qui se faisaient à son cabinet, Benoît s'était provisoirement installé dans une grande pièce commune à plusieurs employés.

Nous voici, me dit-il, commodément placés pour commencer un cours de physiologie administrative ; car persuadez-vous bien que la nature bureaucrate est partout conforme aux échantillons que j'ai à vous présenter.

Presque partout, vous subirez dans l'antichambre, une espèce de douane de valets insolens, appelés ici garçons de bureau, là huissiers, qui vous toiseront de la tête aux pieds, s'ils vous prennent pour un solliciteur, et surtout si vous les saluez.

Partout vous trouverez entassés, étouffés dans une même pièce de dix pieds carrés, une demi-douzaine de commis, différens d'âge, de rang et d'appointemens, mais à peu près semblables par la paresse, l'importance et la nullité.

Vous remarquerez l'un d'entre eux, assis à une table dépourvue de casier et de pupitre, plus délabrée que les autres, plus éloignée du jour des fenêtres, plus rapprochée du vent coulis de la porte; et vous reconnaîtrez le novice de la bureaucratie essayant ses premiers pas. Cette enfance de la carrière administrative, comme celle de la vie, se berce d'illusions et d'espérance. On se voit avec le temps rédacteur, sous-chef de bureau, chef. Tous les six mois on fera un pas; puis un chef de bureau n'est-il pas du bois dont on fait les chefs de division?... Mais combien j'en ai vu qui, fatigués avant d'avoir pu réaliser le plus modeste de leurs rêves, jetaient loin d'eux le grattoir ingrat de surnuméraire, et renonçaient à un avenir où l'on se réveillait toujours avec zéro d'appointemens !

Après lui, et chargé comme lui de mettre au net les écritures du bureau, vient ce jeune fashionable qui, aux prises avec un miroir de poche,

> Bâtit de ses cheveux le galant édifice;

c'est un étourdi à qui ses premiers appointemens ont tourné la tête. Depuis huit jours qu'il est nommé expéditionnaire à quinze cents francs, il vit comme s'il en avait quinze mille. Il lui faut, pour expédier la circulaire, un habit neuf, des éperons et des manchettes; pour déjeûner, une heure, trois plats et du bordeaux.

Regardez le front sourcilleux de cet autre qui promène la main gauche sur sa tête, et de l'autre rature toute une demi-page. Vous le diriez chargé d'un travail bien difficile et il ne s'agit que d'un accusé de réception dans lequel il s'évertue à faire de la rhétorique. Règle générale, il dépense à l'administration six feuilles de papier par lettre de ce genre. Avec son titre de rédacteur et ses cent louis de traitement, il affecte envers ses confrères un ton de supériorité dédaigneuse. Il parle sans cesse de donner sa démission s'il n'est pas nommé sous-chef dans deux mois; mais il oublie de dire qu'en marge de sa dernière demande, le ministre a écrit de sa main : « Quand le pétitionnaire saura le français et l'or- » thographe, nous verrons. »

Passons à ce personnage d'une cinquantaine d'années que vous voyez à demi enfoui dans un amas de cartons, de registres, de règles, de canifs, de grattoirs et d'encres de toutes les couleurs. Cela s'appelle un commis d'ordre; appointemens 2,700 fr. Il entend son emploi tout juste assez pour enregistrer les pièces, y mettre un numéro, et passer trois quarts d'heure à les retrouver quand il en a besoin. A son air important, vous devinez qu'il se considère comme le rouage le plus indispensable de la machine administrative. Il exerce au reste sur ses collègues un genre particulier de suprématie à laquelle chacun vient rendre hommage à son tour : c'est lui qui distribue les appointemens à la fin du mois, qui repasse les canifs de tout le bureau, qui taille les meilleures plumes, qui prête la brosse pour la toilette du départ.

Dans tous les bureaux vous retrouverez ce vieux type de l'employé classique, encaissé dans cinq ou six morceaux de paravent, affublé d'un bonnet de soie noire et d'une paire de lunettes vertes, relevées la plupart du temps sur le front; une plume à la main, une autre derrière l'oreille; à ses bras des bouts de manche; sous ses pieds une bûche; un coussin de vieux papiers sur sa chaise; pêle-mêle sur sa table, son mouchoir, sa tabatière, un pain d'un sou, un dictionnaire de Boiste et un de Vosgien; en face de lui, contre le mur, une carte de France par départemens, et un calendrier sur lequel il a marqué les jours fériés à l'encre rouge, pour y reposer de plus loin ses yeux, avec une délectation anticipée.

Arrivé au chapitre des sous-chefs, vous me permettrez de généraliser pour n'avoir pas à m'encenser moi-même; car cette classe d'employés est, je crois, celle qui, par la nature de ses attributions, compte le moins d'oisifs et d'incapables. Presque partout c'est le sous-chef qui traite les affaires, qui rédige les rapports un peu importans. D'où il résulte qu'un chef de bureau, à moins de partager le travail de ses sous-chefs, n'est le plus souvent qu'un sinécuriste paresseux ou inepte, créé par la faveur ou le népotisme, qu'une sorte de portefeuille chargé de la transmission des pièces.

C'est dans cette innombrable catégorie qu'il faut classer neuf chefs de bureau sur dix, et le mien en particulier. Hissé à force de bras jusqu'à un poste infiniment supérieur à ses moyens, il ne laisse pas passer une pièce sans écrire quelque chose en marge comme : *Faire rapport*, ou *Donner la suite convenable*. C'est de toutes ses attributions celle qu'il affectionne davantage et qu'il fait durer le plus long-temps, parce qu'elle lui donne à peu de frais l'air d'être occupé, qu'il y trouve l'occasion de signer souvent : *Le chef de bureau* ***, et de révéler ainsi son existence administrative qu'on ignorerait tout-à-fait.

Mais, à son incapacité, qui n'aurait guère d'au-

tre inconvénient que de frapper le budget d'une
contribution annuelle de cinq ou six mille francs,
se joint un travers bien plus fâcheux dans ses résultats., c'est la manie qu'a cet homme de faire
le capable. Il ne peut souffrir, par exemple, qu'on
s'adresse directement à ses sous-chefs, ou que
ceux-ci expédient l'affaire la plus simple sans son
avis. Il faut que tous les jours chacun d'eux perde
un temps précieux à lui clouer dans la tête une
analyse de pièces préparées, après quoi, le portefeuille au bras, il chemine majestueusement
chez le chef de division, lui répète tant bien que
mal la leçon qu'il vient d'apprendre, et tâche de
deviner du coin de l'œil comment tel ou tel travail est accueilli, pour s'en attribuer l'honneur
ou renvoyer le blâme à son adresse.

C'est ainsi qu'il s'était fait d'abord, à nos dépens, une certaine réputation d'habileté. Malheureusement pour lui, le chef de division le
charge un jour, à l'improviste, de faire d'urgence et sur son bureau même, une lettre assez
simple. Pris au pied levé, mon homme se bat les
flancs, et met une mortelle demi-heure à mar-
teler une lettre si mal tournée, que le chef de
division impatienté en demande une seconde,
puis une troisième, et enfin, rédige lui-même la

quatrième, comprenant pour la première fois la véritable force de son chef de bureau (1).

L'emploi de chef de division n'admet pas facilement une aussi complète nullité. Pour imprimer au travail une direction judicieuse, développer au ministre les mesures qu'on lui propose, il faut, sinon beaucoup de peine, au moins quelque talent. Et pourtant, combien de fois la faveur ne va-t-elle pas jeter ses eunuques jusque dans ces postes importans! En sorte que, si par un hasard qui n'est pas sans exemple, l'ineptie se trouve déjà en possession d'un ou deux des emplois qui précèdent, les affaires vont quelquefois rétrogradant jusqu'au simple commis pour y chercher l'homme habile de la division.

Au reste, capable ou non, ce fonctionnaire n'en est pas moins gratifié de douze mille francs d'appointemens qu'il gagne ou ne gagne pas à passer quelques heures par semaine dans un vaste cabinet que décorent à l'envi des tapis, des glaces, des draperies, une pendule. Communiquant tous les jours avec la divinité du lieu, il faut bien qu'il reflète un peu de sa gloire.

Un chef de division de bon genre se permet le secrétaire intime, il n'est visible, même pour

(1) Historique.

ses amis, que sur lettres d'audience. Il donne
rendez-vous pour midi et n'arrive qu'à deux heures. Pour recevoir son public il se tient debout,
adossé à la cheminée, les pans de son habit re-
levés et les mains derrière le dos. Il a une grande
rectitude de colonne vertébrale, la parole brève
et haute; il reconduit le solliciteur vers la porte
avant que celui-ci ait fait un mouvement pour
s'en aller.

Je n'appellerai pas du nom d'employé le secrétaire général, espèce de contre-seing-méca-
nique dont le ministre commence toujours par
meubler son hôtel. Ce personnage qu'on a encore
appelé la *femme de ménage du ministère*, n'est
là qu'en passant, pour viser des pièces qu'il ne
regarde même pas, pour approvisionner les
bureaux de papier, de plumes, de bois et de
chandelle, se faire loger, chauffer, éclairer; toucher par là-dessus douze ou quinze mille francs
de traitement et se promener. Ne nous ar-
rêtons pas non plus au secrétaire intime, dont
le titre indique assez qu'il est la pensée incarnée
du chef suprême; ni aux deux ou trois expédi-
tionnaires qui, renfermés avec lui dans un sanctuaire inaccessible, autour d'une bougie mystérieuse, sont comme lui incessamment expédiant,
pliant et cachetant. Tout cela fait moins partie

du ministère que du ministre : satellites de Jupiter, leur destinée est de se mouvoir autour de lui sur l'horizon et d'en disparaître avec lui.

Ce n'est pas dans ces existences passagères et exceptionnelles qu'il faut chercher la vraie physionomie bureaucratique. L'homme de bureau proprement dit, l'employé nature, vise à de longues années administratives, à une retraite. Dans sa place se trouvent renfermés son présent et son avenir ; il a rarement d'autre fortune. A son premier avancement il se marie, sans songer qu'il lui faut, en matière conjugale, une philosophie à toute épreuve, et qu'il est encore plus facile de spéculer sur les six heures d'absence quotidienne d'un employé que sur les deux heures de faction mensuelle d'un garde national. Du moment de son mariage, le voilà définitivement posé, façonné, moulé. Ses habitudes de la veille sont celles du lendemain. Tous les jours il se lève, déjeûne, sort, rentre, dîne et se couche à la même heure.

Si vous êtes assez heureux pour demeurer sur une des rues de son itinéraire, vous n'avez besoin, pour régler votre montre, ni du méridien-canon du Palais-Royal, ni du cadran de l'Hôtel-de-Ville.

Si, en regardant les passans, vous aimez à fredonner une contredanse et que vous ne soyez pas très fort sur la mesure, son pas vous battra le $\frac{2}{4}$ aussi bien que le meilleur chronomètre.

Je vous le donne même pour un excellent baromètre, vu l'habitude où il est par état d'observer les pronostics : quand vous le verrez le matin avec son parapluie, par un beau temps, comptez sur de l'eau pour le soir.

S'il entend venir une voiture derrière lui, il ne presse pas sa marche pour l'esquiver; il s'arrête jusqu'à ce qu'elle soit passée.

Il ne bénéficie pas du trottoir qui vient d'être construit à gauche de la rue, parce que, depuis dix ans, il est habitué à prendre à droite.

Il met des souliers et des bas blancs; en hiver il porte des socques.

Il n'aime pas les redingotes.—Il a trois habits, un très râpé pour son bureau, un *rafistolé* pour y aller et en revenir, et un plus neuf pour ses visites : ces trois habits sont bleus.

Il a aussi trois chapeaux : un habillé, un pour tous les jours, et un troisième pour le représenter au bureau quand il va faire un tour. S'il arrive alors qu'on s'étonne de son absence, un collègue officieux s'empresse de répondre qu'il est dans l'administration, puisque voici son chapeau.

Il n'a pas d'opinion politique; quand par hasard il en a une, c'est toujours celle du *Moniteur.*

Si le gouvernement change, il ne met plus le pied chez ses protecteurs d'hier; mais il en a vite trouvé de nouveaux, et vous le rencontrez tout-à-coup dans leur salon où vous ne l'aviez jamais vu. Là, vous le devinez à son habit d'une coupe arriérée, à son air discret et embarrassé, aux efforts qu'il fait pour tenir le moins de place possible, au salut qu'il vous adresse sans vous connaître, au coup de pied qu'il vous donne en se garant pour livrer passage à un autre.

Il ose quelquefois s'approcher d'un groupe, mais comme simple auditeur et pour approuver d'un sourire les avis les plus opposés.

A son bureau c'est tout autre chose : il est là dans son domaine, et c'est là aussi qu'il révèle avec abandon les attributs constitutifs de son espèce.

Le plus tranché de tous, celui qui se retrouve dans tous les grades et toutes les capacités, c'est *l'importance.* C'est cette contraction soucieuse du front, cet air empesé, ce ton sec et tant soit peu dédaigneux qui sont chez le bureaucrate en fonctions, ce qu'est l'estampille chez le mouton de Berry; et il lui est bien difficile après tout d'échapper à ce ridicule épidémique. Écrivant toujours en première personne les lettres les plus impératives, rédigeant pour les divers fonctionnaires des ordres, des instructions où le ministre n'entre que pour sa signature, l'employé se figure facilement qu'il y est entré lui-même pour la plus grande part. Ce sentiment de son autorité s'accroît encore devant l'attitude obséquieuse et timide des administrés que leurs affaires appellent à son bureau. Souvent alors sa taille grandit de six pouces, son ton s'élève jusqu'aux inflexions les plus acerbes, sa phrase prend les formes les moins parlementaires.

Le malléable solliciteur se révolte rarement, mais de temps à autre une mémorable leçon de savoir-vivre est donnée par ces hommes qui ne considèrent les commis que comme des agens payés par le contribuable pour lui fournir les renseignemens dont il a besoin. Assez récemment, un officier en retraite présentait à certain sous-chef de comptabilité une pièce administrative qu'il croyait être de son ressort :

— « Eh ! monsieur, cette affaire ne me regarde » pas, » et, sans se retourner, le sous-chef lance par-dessus son épaule la pièce qui va tomber près de la porte d'entrée.

« — D'accord, dit l'officier ; mais vous êtes un

» insolent. Ramassez ce papier, ou vous sautez
» par la fenêtre. »

Le militaire ouvrit la fenêtre; le sous-chef ra-
massa la pièce (1).

Dans les mains d'un bureaucrate habile, les
plus petits moyens deviennent de puissans auxi-
liaires de son importance. Il ne se lève ni se
s'assied sans un effet calculé. La manière de se
moucher, de tousser, de priser est utilisée sa-
vamment. Le plus novice surnuméraire, auquel
on a fait faire une lettre d'envoi pour essayer
ses forces, ne manque pas dans le monde de se
qualifier rédacteur. Un expéditionnaire du cabinet laisse tomber dans les maisons où il va une
lettre sur l'adresse de laquelle on lui donne du
secrétaire intimée. On connaît l'histoire de ce sous-
chef qui, quand il signait un rapport, avait soin
de rapetisser tellement l's abréviative qui repré-
sentait la préposition, que le mot *chef* se trouvait seul en évidence; en sorte qu'une de ses signatures étant tombée un jour sous les yeux
du ministre, celui-ci demanda depuis quand
M. un tel était devenu chef. Puis, y regardant
de plus près : « Ah! dit-il, je vois la *petitesse.* »

Si vous avez affaire à certain chef de ma con-

(1) Historique.

naissance, vous verrez qu'il a enrichi le réper-
toire d'une malice de plus. Le garçon de bureau
vous adresse au n° 1, dans un petit corridor où
il n'y a de portes que d'un côté. Vous imaginez
tout naturellement que la première porte du
couloir sera n° 1, et vous êtes tout étonné de voir
que c'est n° 4. Vous croyez alors que l'ordre a
été suivi en sens inverse et que vous allez trouver n° 3, n° 2, puis n° 1 ; pas du tout : vous trouvez n° 3, n° 1, puis n° 2. Vous n'y comprenez
plus rien jusqu'à ce qu'on vous ait exposé comme
quoi le chef de bureau a découvert qu'étant lui-
même n° 1 en dignité dans son corridor, sa porte
devait avoir aussi n° 1, en dépit de la série des
chiffres (1) ; et après l'explication vous vous en
allez en disant que cet homme doit être un grand
administrateur.

Un résultat remarquable de l'importance des
gens de bureau (et celui-ci, du moins, leur sert
à quelque chose), c'est de les préserver de la
courbure dorsale que le temps imprime d'ordinaire aux professions à pose inclinée. Grâce à
l'habitude de se redresser vingt fois par jour
pour répondre au public avec la dignité administrative, cette verticalité de reins survivra

(1) Historique.

jusque dans le vétéran que trente années de service conduiront à la retraite. Gardez-vous pourtant de croire que la souplesse des vertèbres s'en trouve le moins du monde altérée ; l'importance bureaucratique vit avant tout des hommages de ses subordonnés. Que deviendrait l'employé qui, en face de son chef, ne se montrerait pas aussi gracieusement flexible que le danseur le mieux exercé? Que deviendrait-il au 1ᵉʳ de l'an, à l'avènement d'un nouveau ministre, où toutes les échines doivent faire assaut d'élasticité? C'est surtout aux rencontres à l'extérieur ou dans les cours des ministères que la pratique du cérémonial est rigoureusement observée. Là, les rapports des dignités entre elles peuvent se déterminer avec la dernière exactitude par la grandeur de l'arc de cercle que chacune d'elles fait parcourir à son chapeau. Il y a des saluts de 45, de 90, de 180 degrés; il y a aussi le coup de tête protecteur, accompagné de l'aristocratique *Bojou, Mossieu.* On conçoit que le chef de division reçoit une incalculable quantité de saluts de 180, et distribue force coups de tête économiques, tandis que l'expéditionnaire dépense beaucoup des premiers et ne reçoit guère que des seconds. D'où il suit que tous deux font leur consommation administrative de chapeaux en raison inverse du quarré de leurs appointemens.

L'importance du bureaucrate prend son premier aliment dans la haute opinion qu'il a toujours
de sa raison et de son intelligence. A peine a-t-il
pris place au milieu de ses dossiers, de ses cartons et de ses registres, il se persuade que l'infail-
libilité apostolique lui est tombée d'en-haut; que,
nouveau *marquis de Mascarille*, il a de droit la
science universelle infuse, sans avoir jamais rien
appris. Vous le voyez trancher les questions administratives, litigieuses, scientifiques, en dépit
de l'expérience, des principes, de l'équité. Du
fond de son fauteuil, il bâcle un règlement sans
daigner consulter les hommes chargés de l'exécution. Qu'arrive-t-il? c'est que les trois quarts
des choses à prévoir sont oubliées ou que le règlement est inexécutable. Sous l'empire, une circulaire parvient un jour à tous les préfets sur un
recensement à faire ; l'instruction prescrit une
affiche dans chaque arrondissement et détermine
les indications qu'elle devra contenir. Mais quel
est l'embarras de ces dociles fonctionnaires lorsqu'ils s'aperçoivent que, pour remplir fidèlement
les prescriptions de la circulaire, il faut fabri-
quer une affiche de deux ou trois mille pieds
carrés! L'un d'eux prit le parti d'écrire entre
autres choses au ministre :

« Les maisons n'ont ici qu'un étage ; et, si l'on
» ne donne que cette hauteur au placard, il fau-
» drait l'afficher en largeur, et, par conséquent,
» faire prolonger les murs d'enceinte de la ville,
» qui, dans leur état actuel, ne présenteraient pas
» assez de surface pour recevoir toute l'affiche.

» Si on prend le parti de faire bâtir une mu-
» raille *ad hoc* (ce qui serait peut-être le parti le
» plus sage), il est à observer que les yeux les
» plus perçans auront peine à lire tout ce qui dé-
» passera douze à quinze pieds. Alors il serait
» peut-être à propos d'avoir quelques lunettes
» d'approche ou de solides échelles à l'usage de
» ceux qui voudraient vérifier les listes ; car c'est
» là, je pense, le véritable but de la publication
» par affiches (1). »

C'est, du reste, quand ils sont aux prises avec
une bévue de ce genre, que les bureaux révèlent
un merveilleux talent qui leur est propre : je veux
dire le talent d'interprétation. N'attendez jamais
d'un bureaucrate qu'il vous dise : Je me suis
trompé. Il vous prouvera par d'invincibles argumens que c'est votre faute si vous n'avez pas
compris ; que son texte est d'une incomparable
clarté. Il vous le commente, vous y montre des

(1) Imbert, *Mœurs administratives.*

choses que vous n'auriez jamais soupçonnées. Et comme, après l'explication, vous y voyez encore un peu moins clair qu'avant, vous en êtes réduit à vous tâter le front, vous jetez un regard effrayé sur votre état moral, et vous doutez un instant de votre bon sens.

Il en est de même des traités passés avec les particuliers. Un administrateur exercé y lit tout ce qu'il veut ; car rien n'est élastique comme une disposition administrative. J'en connais une encore en vigueur, qui commence par ces mots les moins équivoques du monde : *L'adjudicataire pourra*, etc. On a pensé qu'il vaudrait mieux, pour un temps, que l'adjudicataire *ne pût pas*, et aussitôt force interprétateurs se sont trouvés qui ont démontré que le texte disait avec la dernière évidence: *ne pourra pas* (1). Faut-il s'étonner si, pour traiter avec une administration, les particuliers prennent aujourd'hui plus de précautions que s'ils traitaient avec le plus fourbe des agens d'affaires ?

Sottise et vanité marchent de compagnie. Aussi est-on effrayé de la masse de nullités que présentent les bureaux. Vous y trouvez à chaque pas de ces hommes à éducation manquée, à vocation

(1) Historique.

inconnue, à spécialité introuvable. C'est un étudiant en médecine qui n'a pris qu'une année
d'inscriptions; c'est un légiste avorté qui met sur
sa carte de visite : *Gradué en droit*, parce qu'il
a été refusé à l'examen pour le baccalauréat; c'est
quelquefois un licencié qui s'intitule *avocat*, et
qui se jette dans les bureaux, parce qu'il a chuté
dès sa première cause, ou un homme qui n'a
su rester répétiteur de sixième, ni clerc d'avoué,
ni commis dans une maison de commerce. Il semble enfin que l'administration soit le rendez-vous
de toutes les incapacités dont la société se débar-
rasse. Un ministre a déclaré à la tribune il y a
quelques années qu'il n'avait pas pu trouver dans
tout son ministère un homme capable de diriger
les approvisionnemens de l'armée d'Espagne (1).
Et comment en serait-il autrement d'une réunion
dans laquelle on est admis sans examen préala-
ble, sans instruction exigée, sans autres titres
qu'une protection? Or, qui n'est pas protecteur
ou protégé dans ce monde? Ici le fils du concierge qui ne sait ni lire ni écrire vient d'entrer
expéditionnaire par la protection du cocher de
son excellence.

Un trait qui n'est pas le moins dominant chez

(1) Imbert, *Mœurs administratives*.

le bureaucrate, c'est une aversion prononcée
pour les excès en fait de travail. Depuis le surnuméraire jusqu'au chef de division, il existe à
cet égard des principes hygiéniques qui ne varient pas. L'employé s'est dit qu'il viendrait à
son bureau à dix heures, qu'il en sortirait à
quatre. Tout son équilibre se trouve donc dé-
rangé quand, par-ci par-là, l'exubérance du portefeuille d'urgence le force d'arriver à neuf,
de partir à cinq, de retourner le soir. Mais
que devient-il si un émissaire du cabinet ou
du secrétariat, tombé chez lui à l'improviste,
vient brutalement l'arracher à son dimanche, à
sa partie de Montmorency, à son dîner en ville?
Malheur alors à l'imprudent qui, dans son inex-
périence, a choisi sa demeure trop près du ministère! C'est à lui que reviennent de droit ces
sortes de préférences. Aussi le verrez-vous toujours donner congé dès le premier trimestre et
placer désormais entre son bureau et ses pénates
au moins la Seine et quelquefois les barrières.

Car le dimanche est la dernière chose au monde
sur laquelle transige l'homme administratif. Il
commence le lundi à caresser le dimanche; il ne
compte ses beaux jours sur la terre que par ses
dimanches; et si le ministre, voire même le mauvais temps s'avisent par aventure d'en confisquer

un, il ne manquera pas de rétablir lui-même la justice distributive en alléguant pour le premier jour passable de la semaine une affaire de fa-- mille, une indisposition, un billet de garde. J'ai eu un chef de bureau qui, plus frappé encore de l'inégale répartition des biens et des maux de la vie d'employé, adjoignait souvent au dimanche une couple de migraines qui se rencontraient in- failliblement avec deux jours de beau temps.

Vous conviendrez maintenant que, les jours même de travail, six heures d'arrache-pied com- promettraient la santé la plus robuste. La pru- dence réclame quelques intermittences récréa- tives telles qu'une petite promenade, la lecture d'un journal, d'une nouveauté littéraire. On ne peut pas d'ailleurs rester étranger aux choses de ce monde. Dans l'intérêt bien compris de l'admi- nistration, un employé ne doit pas se rouiller, s'abrutir à faire ou lire éternellement des circu- laires. Cela posé, figurez-vous un pauvre sollici- teur qui, après six moins d'instance, cherche à travers le vaste labyrinthe d'un ministère le bu- reau qui doit lui répondre. Fatigué de courir d'escalier en escalier, de corridor en corridor, de couloir en couloir, d'essuyer les cinquante re- buffades de cinquante garçons de bureau qui lui répondent : *Ce n'est pas ici*, de déchiffrer les in-

scriptions d'autant de portes, il arrive enfin à
celle qu'il cherche. Mais voilà qu'il tombe de
la façon la plus intempestive au milieu d'une
dissertation sur le nouveau pas de *Taglioni* ou
d'un plan de bataille par-delà les monts, et c'est
avec la meilleure foi du monde que cinq ou six
employés lui crient de tous côtés : *Je n'ai pas le
temps.*

Persécuteurs nés de la gent employée, comme
les pédagogues le sont de la gent écolière, un
ministre, un secrétaire général, ont tenté plus
d'une fois d'activer l'expédition des affaires au
préjudice des libertés bureaucratiques. On en
a vu qui, dans leur fièvre de zèle, ne craignaient
pas de réformer la brochure, de destituer le journal : vains efforts ! Un tiroir complice qu'on tirait à moitié, présentait à discrétion le fraudu-
leux volume constamment ouvert à la page utile,
et d'autant plus séduisant qu'il était défendu.
De son côté, le journal de contrebande plus dé-
voré que jamais, circulait sur tous les pupitres;
et à l'arrivée de l'ennemi,

> Le rat de ville détale,
> Son camarade le suit :

Le tiroir se fermait avec une admirable rapidité,
et le journal disparaissait par enchantement sous

la masse la plus édifiante de circulaires et de rapports commencés.

Le tour de promenade eut aussi ses réforma-
teurs; et je ne sais plus à quel Dracon-ministre
remonte l'invention de la *feuille de présence.*
Obligés de la signer au commencement, au milieu et à la fin de la séance administrative, les
opprimés en furent quittes d'abord pour se trouver à leur poste aux heures indiquées et se promener dans les intervalles. Survint donc un arrêté portant que la feuille circulerait sans heures
fixes. L'opposition riposta par l'invention du
chapeau représentatif, et un jour de Longchamp,
le secrétaire général eut la mortification de trouver, dans une de ses rondes improvisées, trois
cents chapeaux représentatifs et pas un employé.

Aujourd'hui la persécution s'est un peu as-
soupie, la feuille de présence a succombé presque partout sous de nouveau efforts, et il ne
faut pas regarder comme le moins efficace la lutte
aristocratique des chefs de bureau qui pour la
signer, des chefs de division qui pour la viser, se
voyaient obligés de venir à l'heure du commun des
martyrs. Et puis l'autorité semble avoir compris
que, dans les bureaux comme ailleurs, la rigueur
ne faisait que rendre plus ardent, plus fertile en
expédiens le désir de la chose défendue. On a

donc laissé revivre l'ancienne alliance des cabinets de lecture et des bureaux. La littérature
surtout et la science font, à la faveur de leurs
formes modernes, une irruption inouïe sur le
commis et ses appointemens. De tous côtés le
Magasin pittoresque, *le Voyage pittoresque*, *la
France pittoresque* se disputent à tour de rôle les
cinq sous que le frugal surnuméraire consacrait
à son déjeûner. Nos chefs de bureau continuent
d'arriver pour la plupart à midi, nos chefs de
division à deux heures. Il est vrai que, dans
les antichambres, le bon public s'impatiente
souvent de percher sans fin d'une jambe sur l'autre; mais on le console en lui persuadant que
M. le chef de bureau est chez le chef de division,
que M. le chef de division est chez le ministre.

Dans cette esquisse rapide, ajouta Benoît, je
n'ai pu, vous l'imaginez, faire entrer les excep-
tions, et heureusement il y en a plus d'une. Au
milieu de l'ineptie, de la paresse universelles, vous
rencontrerez parfois du talent, du zèle, mais
apparent rari; ce sont les anomalies de l'espèce.

Avec de tels élémens il est facile de formuler
deux règles de trois :

Si quatre employés qui perdent la moitié de
leur temps font une somme de travail égale à x,
combien le même travail demanderait-il d'em-

ployés laborieux ? et vous aurez pour résultat : *deux*.

Maintenant, si cette même somme de travail a occupé deux commis incapables, combien occuperait-elle de commis capables ? — Un.

Dès le temps de l'empire où la bureaucratie avait bien autrement affaire qu'aujourd'hui, un ministre (1), prenant possession de son porte-feuille ne put s'empêcher de demander ce que c'était qu'une armée de deux à trois cents individus que son secrétaire-général lui faisait passer en revue.

— Monseigneur, ce sont vos employés.

— Eh! mon Dieu, s'écria-t-il, je n'en avais que douze pour gouverner toute la Hollande.

De tout cela, dis-je à Benoît, une démonstration résulte pour moi, c'est qu'un employé est un vrai canonicat, et que si le poète de Mantoue vivait aujourd'hui, c'est pour les emploi qu'il garderait son *ô fortunatos !* Vous venez de fixer ma vocation, mon cher ; je me fais employé.

Attendez, me dit celui-ci, un mot encore ; et, si après cela votre vocation tient toujours, il faut que vous ayez été créé de toute éternité pour la bureaucratie.

(1) Le prince Lebrun.

Je vous l'ai dit : de brillantes illusions à l'entrée de la carrière, un désappointement à chaque pas, voilà la vie des emplois. Le surnuméraire qui aspire au titre d'expéditionnaire, celui-ci à la place de rédacteur, voient les mois, les années éterniser des soupirs qui ne devaient, selon eux, durer que peu de jours. Tout-à-coup la mort, une retraite, laissent une place vide, celle de chef de bureau, par exemple. Aussitôt tout jubile, tous les vœux vont se trouver comblés, tous les grades inférieurs monter d'un cran. En attendant le bienheureux et immanquable arrêté, chacun court raconter son bonheur à sa famille, à ses connaissances. Le sous-chef et sa femme conviennent de donner congé de leur appartement beaucoup trop modeste désormais; le rédacteur traite une demi-douzaine d'amis et n'épargne pas le champagne; l'expéditionnaire souscrit à deux ou trois recueils nouveaux; il n'est pas jusqu'au surnuméraire qui ne se fasse habiller de pied en cap sur son futur premier mois d'appointemens. Pendant les deux ou trois jours que la décision ministérielle se fait attendre, on arrive de meilleure heure, les distances hiérarchiques sont moins observées, on est plus communicatif, on échange des sourires de bien-

veillance. Entre enfin le chef de division , suivi
d'un inconnu.

— Messieurs, dit-il, je viens installer votre
nouveau chef de bureau. Monsieur est parent du
ministre qui compte sur votre complaisance pour
le mettre au courant du travail.

La foudre est tombée. Les visages sont pâles,
les bouches béantes. A peine la porte s'est-elle
refermée sur la sinistre apparition , que les mur-
mures éclatent. On crie à l'injustice , chacun veut
donner sa démission ; on attend heureusement
au lendemain et on ne la donne pas, espérant
qu'à la première vacance le tour de la justice
viendra. Eh bien ! la première vacance arrive ,
mais ce n'est plus le même ministre , et le nouveau a plus de neveux et de cousins à caser qu'il
ne vaquera d'emplois en deux ans dans tout le
ministère. Heureux ceux qui , dans le cruel embarras de Son Excellence , ne trouvent pas
quelque matin sur leur pupitre un billet doux
dans le goût de celui-ci :

« Monsieur, quel que fût mon désir de ne pro-
» céder à aucune réforme personnelle , le besoin
» de rentrer dans les limites tracées par le budget
» m'a forcé de vous admettre à faire valoir vos
» droits à la retraite. Cette nécessité me cause un

» vif regret. Si , par la suite, il m'est possible de
» vous être utile, j'en saisirai l'occasion avec em-
» pressement.

» Recevez , etc. »

Heureux , je le répète , ceux qui , avec l'aide
d'une demi-douzaine de pairs de France et de la
députation tout entière de leur département,
parviennent à détourner sur un collègue sans
appui le coup qui les menaçait !

La position des employés devient plus inquié-
tante si le ministre est marié ; plus grave encore
si madame n'est plus à cet âge où les hommages
rendus à la jeunesse et à la beauté avaient seuls
le privilége d'occuper ses pensées. Mais trois fois
malheur si le ministre a sa mère ! Une mère de
ministre , c'est le génie de la *réorganisation* fait
femme. La ministresse - mère commence par se
dire qu'elle est de droit associée aux travaux de
son fils ; là-dessus . elle se bâtit vite une attribu-
tion , et c'est tout juste la présentation aux emplois. Chaque jour on apprend par un nouvel
acte de la piété filiale du ministre que sa mère
est la patronne des gens qui n'ont pas de place ,
et l'ange exterminateur de ceux qui en ont
une.

Peu de temps après 1830 , une de ces dames ,

douée d'un tempérament essentiellement administrateur, arrive un jour, dans la personne de
son fils, à la tête de l'une des préfectures de
Paris. Dès le lendemain, elle était en besogne;
elle avait son cabinet, son secrétaire intime.
Afin de diminuer les attributions du secrétaire
général, dont elle était jalouse, elle signait elle-
même, pour sa consommation particulière de
papier, de cire à cacheter, de bougie, une effrayante quantité de *bons* que, par parenthèse,
la cour des comptes eut plus tard l'ingalanterie
de ne pas admettre. Elle tenait audience toute la
journée; recevait des pétitions, des rapports,
des projets de réforme. Tout ceci dura plusieurs
semaines, au bout desquelles le secrétaire général est mandé chez sa rivale:

— Monsieur, lui dit-elle, vous comprenez
combien le chef d'une administration comme
celle de mon fils a besoin d'être entouré de col-
laborateurs qui jouissent de sa confiance. Voici
une liste de soixante-dix-huit candidats qui devront être pourvus, sous quatre jours, des emplois indiqués à la suite de leurs noms.

Le secrétaire général se retira terrifié. Heureusement une crise ministérielle survint, et, la
veille du terme fatal, on s'arrachait dans les bureaux une gazette ou chacun lisait avec trans-

port : « Madame *** et son fils ont donné leur démission. »

A force de souplesse politique, de transactions avec votre indépendance, vous échapperez, je le veux, à ces sortes de choléra-administratifs, appelés *épurations*, par lesquels un gouvernement nouveau ne manque jamais de décimer les rangs bureaucratiques ; à force de protections et de bonheur, vous survivrez à tant de victimes isolées que le népotisme, une dénonciation, une économie viendront frapper autour de vous l'une après l'autre. Mais, dites-moi, qu'est-ce qu'une vie ainsi dévouée à de continuelles frayeurs : n'est-ce rien que d'attendre votre tour à chaque instant ; de passer tout le jour à chercher dans les yeux d'un chef le regard qui permet d'espérer, ou qui annonce une disgrâce ; de reporter chaque soir au sein de votre famille ces soucis rongeurs qui exilent la joie de votre foyer, le sommeil de votre couche ?

Si encore le vent de la faveur soufflait dans vos voiles ; si vous étiez de ce petit nombre d'heureux qui se réveillent un matin amis intimes d'un ministre de nouvelle fabrique ; laissez-vous aller, vous dirais-je, *quà semita monstrat.* Avec le sourire d'une excellence vous n'aurez pas la peine de gagner vos épaulettes ; s'il n'y a pas de place

VII.   22

vacante, on en fera vaquer une; si vous n'en
trouvez pas qui vous arrange, on en inventera.
J'ai été témoin d'un chef-d'œuvre en ce genre.
Circonvenue par une immense quantité d'ambi-
tions à satisfaire, la complaisance éminemment
élastique d'un ministre tout neuf avait trouvé
moyen de composer trois divisions avec un personnel de vingt-six individus. Chacune avait son
chef, deux chefs de bureau, deux sous-chefs.
La première division surtout offrait ce singulier
phénomène que, prélèvement fait des cinq places d'état-major, il restait bien juste la place
d'un *unique* commis qui, à l'instar du cocher-
cuisinier d'Harpagon, pouvait demander à tous
ses chefs : *Est-ce au commis d'ordre, ou au rédacteur, ou à l'expéditionnaire que vous voulez parler* (1)?

Le tour de force était déjà fort beau ; mais ne
voilà-t-il pas que, relancé du fond de la Brie par
les journaux, accourt tout essoufflé, enflé d'é-
normes prétentions, un camarade de collége de
monseigneur ? Que faire? Impossible de lui inventer une quatrième division. On prit le parti
de le mettre à la tête des trois déjà formées,
avec le titre de directeur et vingt mille francs
d'appointemens.

(1) Historique.

Mais au milieu de cette rosée de faveurs dont tout ce qui l'entoure est inondé, que devient le pauvre commis d'ordre - rédacteur - expédition-naire? Entré, il y a long-temps, comme simple conscrit dans la milice *plumicole*, il n'a fondé son avenir que sur ses talens, son travail et la justice. Fatigué d'attendre l'avancement qui ne lui arrive sous aucun ministère, pressé par les besoins qui s'accroissent avec sa famille, il de-mande que, du moins, aux douze cents francs dont il jouit depuis dix ans, le ministre daigne ajouter la faible augmentation de trois cents, de cent francs; on lui répond qu'il n'y a pas de fonds....., deux jours après, il apprend que son chef de division est porté de dix mille à douze mille francs

Déçu de ce côté, il jette un regard d'espé-rance vers la fin de l'année. C'est l'époque des gratifications; on les lui a montrées de loin comme prix d'un travail éclairé, soutenu. Il a redoublé de fatigues, a couru à son bureau dès huit heures du matin, y est retourné le soir jus-qu'à neuf; il a voulu conquérir à ses enfans quel-que bien-être de plus, peut-être le morceau de pain qui leur manquait. Qu'arrive-t-il? Une mo-dique somme est distribuée entre tous les em-ployés, au marc le franc des appointemens, sans distinction de mérite ni de zèle ; sans différence aucune entre l'employé dévoué qui a sacrifié son temps et ses plaisirs à l'administration, et cet autre, bien moins méritant mais bien plus philosophe qui, au premier tintement de la cloche de quatre heures, a laissé le troisième jambage d'une *m* religieusement inachevé.

Et que deviendrez-vous si, tout près d'arriver au poste dû à votre ancienneté, à votre travail, vous voyez l'impudeur népotique y pousser un de ces hommes pétris d'ignorance et d'ineptie, qui, non contens de toucher leurs appointemens, ont encore la maladresse d'exercer leurs fonctions? C'est là, mon cher ami, un de ces tourmens sur lesquels on ne parvient pas à se blaser avec le temps, et qui mettent le désespoir et la rage au cœur neuf et bouillant d'un jeune homme. De tous les malheureux condamnés à ramer sur la galère administrative, le plus malheureux c'est le subordonné d'un chef de cette espèce. Il n'est avec lui ni paix ni trève parce qu'avant tout il veut trancher du chef. Pas un mot qu'il ne contrôle, pas une phrase dont il n'enlève un morceau pour y substituer ou l'équivalent ou une platitude. Vous dites dans une circulaire : *Je vous invite aussi ;* il faut bon gré mal gré dire : *Je vous invite également.* Vous avez écrit dans une minute de rapport : *Il est encore indispensable*, etc. ; la minute vous revient avec cette correction : *Il n'est pas moins incontestablement indispensable* (1). J'ai eu, pour ma part, à supporter pendant trois ans ce genre de supplice ; pendant trois ans, je me suis vu impitoyablement corrigé, raturé, bâtonné par un homme qui, dans un même jour, disait à ses employés : *Vous devez t-être à votre bureau à dix heures ;* au ministre : *Le travail va t-être prêt dans un quart d'heure ;* et aux personnages qui venaient lui recommander une affaire : *Vous pouvez t-être persuadé que je serai z-enchanté de faire quelque chose qui vous soi-ye agréable* (2). Et cet homme était chef du personnel dans une grande administration ; et le bras qui l'avait placé là l'y maintint pendant cinq ans, en dépit de l'indignation générale. Il jouit aujourd'hui d'une retraite de quatre mille cinq cents francs, qu'il trouve mesquine ; si vous êtes de ses amis, il vous mène voir les poules de sa basse-cour qui ont, dit-il, de bien belles *z'huppes ;* il gémit avec vous sur la rareté des hommes administratifs de notre époque, et vous affirme

(1) Historique. Correction du directeur dont il a été parlé plus haut.

(2) Incroyable, mais rigoureusement historique.

avec une candeur admirable qu'il n'a jamais pu trouver un employé capable de rédiger une lettre comme il l'entendait.

Par le peu que je viens de dire, vous devinerez les mille autres dégoûts dont la vie de l'employé en général est chaque jour abreuvée. Mais surtout vous comprendrez combien le jeune homme qui vient égarer ici une âme élevée, de l'instruction, du talent, se voit tout-à-coup privé d'air, étouffé, dans cette atmosphère d'ignorance, d'ineptie, d'impertinence qu'il est condamné à respirer tous les jours; combien il se trouve dépaysé au milieu d'une tourbe de médiocrités où l'estime se mesure aux appointemens, où l'envie, l'intrigue, la calomnie, toutes les passions basses se déchaînent sur le mérite comme sur une proie! Dans cette profession malheureuse, l'homme physique et l'homme moral se dégradent ensemble; le corps est envahi de bonne heure par des infirmités qu'ailleurs il ne connaît pas; l'imagination s'éteint dès la jeunesse; les facultés intellectuelles s'émoussent; les connaissances acquises, sciences, histoire, littérature, tout meurt, tout s'efface; et, machinisé par cette longue habitude d'une vie monotone et routinière, l'employé s'en va porter enfin son air étrange et rouillé loin de la société, pour laquelle il ne se sent plus fait.

Croyez-moi, mon ami, renoncez avant d'y entrer à une carrière où vous ne me voyez encore que parce qu'il n'était plus temps d'en sortir quand mes yeux se sont ouverts. Partout ailleurs vous trouverez certainement plus d'avenir, et vous garderez du moins quelque liberté et l'estime de vous-même. Mais, le jour où, votre brevet à la main, vous franchirez le seuil d'un bureau pour y prendre place, il vous faudra laisser à la porte dignité, raison, conscience, liberté. Il faudra vous faire une intelligence, une morale à l'usage de vos maîtres; trouver bien ce que vous trouviez mal, sensé ce que vous trouviez absurde; changer de foi politique et d'amis aussi souvent que de ministre. Vous appartenez, corps et âme, à votre despote du jour; c'est pour cela qu'il vous jette tous les mois un peu d'or. Quand un supérieur ignare ou brutal vous prodiguera le reproche ou l'injure, il faudra vous taire et sourire; car, si l'esclavage n'a pas encore pressuré toutes vos veines, si un mot de colère vous échappe, si un de vos muscles se contracte, la dernière heure de votre vie administrative aura sonné. Vous serez rejeté comme un vêtement inutile à un âge où, frappées d'une caducité précoce, vos facultés se refuseront à de nouvelles études. Alors cette même porte qui se sera tant de fois ouverte pour engloutir votre temps et vos fatigues, restera inexorablement fermée quand vous viendrez y réclamer une chétive retraite, misérable prix de tant de sacrifices. En vain direz-vous : *Je suis sans pain*; nos lois actuelles vous répondront : « Meurs de faim, car il te manque un mois, il te manque un jour pour avoir droit au morceau de pain que tu demandes. »

Je pressai la main de Benoît avec une expression qu'il comprit et je le quittai.

Et maintenant, cher lecteur, ne suis-je pas fondé à vous dire :

Si vous êtes encore un jeune homme, occupé de choisir un état, faites-vous tout ce que vous voudrez, depuis receveur-général jusqu'à maître d'école; depuis ambassadeur jusqu'à marchand de contre-marques, mais ne vous faites pas *employé*.

MANNEVILLE.

PARIS

VU DANS SES CAUSES.

Assez d'autres ont parlé du Paris actuel; ils ont surabondamment disséqué toutes les fibres de son organisation, mais en s'occupant bien plus de son moral que de son physique; ils vous ont fait voir Paris au travers d'un prisme à mille pans, et cependant ils l'ont oublié dans les causes de son existence elle-même, ils se sont dis-

pensés de fouiller dans ses entrailles pour y découvrir les sources multiples de ces influences
mères qui sont au cœur de toute action. — La
foule des stimulus est serrée, les raisons du pour.
quoi dans toutes les choses existent, mais souvent indiscrètes. Leur énumération seule ferait
une pyramide que je laisse construire à un nouvel encyclopédiste ; il me sied davantage de pé-
régriner dans les excavations sous-parisiennes
morales et physiques ; c'est en étudiant les raci-
nes, c'est en reconnaissant le terrain qu'elles
parcourent que je veux apprécier le fruit de
l'arbre ; s'il y a de l'indécence à regarder de par-
dessous, ceux-là seuls s'en plaindront qui cachent des infirmités. Je veux chercher, autant
que possible, les causes nécessaires mais occultes
d'effets évidens ; me soustrayant au reproche
adressé aux anatomistes inhabiles à expliquer le
mécanisme, les ressorts de la vie, et que l'on a
comparés aux commissionnaires, aux architectes
voyers qui savent parfaitement les noms des rues,
les numéros des maisons, mais ignorent ce qui
se passe en-dedans.

Paris renferme plusieurs villes, et des races
aussi distinctes que possible. D'un quartier à l'autre ce ne sont plus les mêmes mœurs, les mêmes
habitudes, les mêmes physionomies ; là, les dif-

férences y sont aussi tranchées qu'entre le chas-
seur des Alpes et le tisserand dans sa cave. Ce qui
fait peine et frappe d'abord, ce sont les proportions amoindries de quelques hommes chétifs, étio-
lés, malades, difformes. L'excès de travail et la
misère courbent sous une vieillesse prématurée
celui qui n'a que vingt-cinq ans; on voit des bossus aux épaules rondes, monstres aux jambes
arquées et aux longs bras, hommes dont la tête
long-temps ployée sur la poitrine a conservé
cette position oblique; telle est le résultat d'une
vie de labeur qui leur donne à peine du pain et
les flétrit dès le premier âge.

Qu'ils rappellent leurs souvenirs ceux dont la
profession a pu, ainsi qu'à moi, permettre d'examiner de près cette misère chaque jour insultée
par notre luxe. Que les rêveurs politiques aill-
lent, comme moi, s'asseoir sur l'escabeau ver-
moulu, unique meuble de ces réduits, éclairés
au travers d'un papier huilé et dont le châssis
reste inamovible.

Dans le ruisseau d'autres rues, au lieu de ces
hommes nains et rachytiques, vous ne rencontrez plus que de vigoureux coquins, escrocs
héréditaires, soutiens et bourreaux de la plus
abjecte race de femmes; espèce de Botany-Bay
volontaire, où se fait l'éducation des jeunes vo-

leurs, où se conservent, dans toute leur pureté, les traditions et le langage spécial qu'on
nomme *argot*.

La police active se fait plus ou moins bien pour
la recherche des coupables; mais la police préventive est nulle. Si le filou est bon artiste et
homme de talent, il peut de quinze à cinquante
ans vivre des fruits de ses rapines sans que vienne
l'appréhender la main de la justice.

Les habitués des bals qui se donnent tous les
dimanches aux barrières, aux guinguettes, ont
renversé l'ordre de la politesse ordinaire; pendant les jours d'été ils dansent sans habit et le
chapeau sur la tête. Les dandys de céans lient
connaissance avec *leurs dames* en accrochant une
robe ou en déchirant un gigot; l'on s'excuse et
l'on arrive à une invitation en forme que l'on
admet ou que l'on refuse.

Ils ne connaissent qu'une distinction, que deux
classes d'hommes, le pauvre et le riche; il est
convenu que le pauvre peut tout voler au riche, et que le riche ayant la force peut se venger sur le pauvre comme il lui plaît. Il est à Paris
trois cent mille doctrinaires de cette espèce; tant
que la ville est en repos tout est très bien, ils
se traînent dans leur fange, la justice et le bour-
reau font le reste. Mais arrivent des violences, une

émeute, la société apprend avec effroi ce qu'elle renferme dans son sein, le faubourg s'arme et l'on voit ce qu'il en coûte d'abandonner le peuple à une mauvaise éducation.

Je devrais faire voir le beau côté de la médaille, ce serait le portrait de mes lecteurs que d'autres ont tracé.

On voit donc combien d'élémens hétérogènes sont incorporés dans la population de Paris, et combien ont menti à la vérité ceux qui l'ont représentée comme une nation unique, facile à décrire.

Une étude curieuse et digne des recherches du philosophe serait de suivre les diverses causes et foyers de civilisation; on acquerrait la conviction que les systèmes de gouvernement sont d'une influence secondaire dans les progrès d'un peuple, et que les gouvernemens non représentatifs sont souvent les plus favorables à l'industrie, au bonheur insouciant, ce qui prouve encore une fois qu'il faut faire ressortir et compter tous les élémens de prospérité, et rechercher les causes qui agissent sur le Parisien en particulier.

Les croyances religieuses ne sont plus un pivot magnétique pour le Parisien, qui a cessé d'être ébranlé par le levier cosmopolite de l'espérance et de la terreur dans l'autre vie. L'anarchie des

dieux dure encore , mais sans·écho ; l'autorité du
dogme s'est affaissée. Les éphémères recrudes-
cences de saint Simon, des Templiers et de l'abbé
Châtel ne révèlent que de l'apathie , de l'indifférence , de la lassitude pour ces leurres surannés. ·

D'autres liens sont encore rompus dans notre
Paris, où les trois quarts des démences portent
sur les célibataires. Les unions temporaires, baux
sans signatures, ont tous les inconvéniens du pro-
visoire, son incertitude , son souci de l'avenir.
Le dégoût de l'existence recourt alors à son plus
sûr remède , le suicide, si rare en Amérique où
les mariages légitimes sont dans le rapport de
un à trente, tandis qu'en France ils ne sont que
dans la proportion de un à cent vingt-deux.

Le style est l'homme, a dit Buffon ; la profession l'est bien plus : inséparable qu'elle est de
l'habitude, elle participe de cette seconde nature : la profession imprime au caractère un cachet que traduisent tous les traits du visage.
Qui prendrait à Paris un artiste pour un avoué,
un poète contemplatif pour un joueur contor-
sionnaire ? La probité empreinte sur la figure
d'un garçon de recette ou d'un commissionnaire
de la Savoie ne peut jamais être confondue
avec le masque de la politesse faussaire d'un es-

croc. La profession, suivant sa nature spéciale, immatricule l'homme diversement. La douceur d'un gendarme, la délicatesse d'un brocanteur et la chasteté d'une acrobate, m'inspireront toujours mince confiance.

Il appartenait au boucher Legendre de faire à la Convention une motion d'abattoir, en proposant de couper Louis XVI en morceaux pour en envoyer une bouchée à chaque département. Les imprimeurs sont insurrectionnels, les limonadiers dissolus, les cordonniers lascifs, les orfèvres parcimonieux, les chaudronniers ladres, etc.; je ne veux pas pousser plus loin le tableau des mœurs de chaque profession, on prendrait les signalemens que je leur donne pour des injures; toutefois, les professions ne sont marquées de leur sceau que dans les grandes villes.

Le Parisien n'a pas la timidité de l'isolement, il devient facilement orateur; l'audace est ici un des principaux élémens de succès. La moitié du pouvoir de Mirabeau consistait dans sa voix tonnante, dans son sang-froid et dans son effronterie.

L'air de Paris produit les variétés les plus grandes dans la physiologie et la psycologie de ses habitans; l'air, le *pabulum vitæ*, l'aliment des alimens, nous modifie incessamment suivant son degré de sécheresse ou d'humidité, de chaleur, de pureté, etc. ; quelle différence entre le portier d'un cul-de-sac et le couvreur de bâtimens : l'un est scrofuleux, ses enfans ont des écrouelles autour du cou; l'autre est vigoureux, ses enfans perpétuent le gamin de Paris (1).

Pour continuer capricieusement ma recherche des causes parisiennes, je dirai qu'il est des vices de mode qui appartiennent à certaines époques, conséquence de cette vérité triviale: l'homme est imitateur. Les mêmes hommes qui eussent fait partie des croisades, pleins de croyance et de bêtise, auraient couru les *lupanar* sous la régence, seraient devenus tartufes sous Louis XIV.

De nos jours, ces mêmes jésuites s'établissent politiques, industriels, ils coulent leur vice radical, l'hypocrisie, dans le moule à la mode, et

_____

(1) Il y a peu d'années que l'on a multiplié dans Paris les passages, les galeries vitrées, habitations des plus insalubres pour tous ceux qui occupent le rez-de-chaussée : les arrière-boutiques en sont intolérables, privées de soleil et d'air renouvelé, et c'est là le séjour ordinaire des enfans en bas-âge. Aussi puis-je affirmer que, depuis que je suis chef de clinique à l'Hôtel-Dieu, j'ai constamment rencontré la maladie scrofuleuse chez les enfans qui venaient de ces passages recevoir des consultations dans cet hôpital.

parlent avec la conviction la plus grande, juste milieu, liberté, suffrage universel, programme de l'Hôtel-de-Ville, etc.

L'ambition est une maladie de notre heure ; cette ambition vague, inquiète, envieuse, qui veut tout aborder, qui ronge ses propres entrailles, c'est une maladie bien plus qu'un défaut, puisqu'elle est contagieuse, épidémique, et veut que la fortune vienne nous choisir pour nous placer sur le char de triomphe, sans nous laisser même la peine d'y monter ; bientôt on se trouve dépassé par les plus actifs, ou les plus heureux ; alors les plaintes arrivent ; ce n'est pas de la misantropie mais de la rancune légitime, surtout contre ces hommes que l'intrigue pousse d'un étage abject aux postes les plus élevés, avec le but unique de faire fortune, but qu'ils touchent toujours, le scrupule de moyens étant exclu.

Cette ambition vague, mêlée d'incapacité et d'indolence, a souillé la jeunesse de la classe moyenne de la société. La plupart de ces ambitieux n'ont de confiance que dans leur mérite ; ils ignorent que le mérite sans patience, sans persévérance, sans énergie, se trouve anéanti.

Cette incohérence malheureuse entre le tempérament, le caractère d'un homme et ses désirs ;

ce défaut d'harmonie dans les facultés compromet l'existence entière. Tous les jours de complètes médiocrités s'élèvent et réussissent, seulement parce que toutes leurs facultés médiocres sont proportionnées l'une à l'autre ; parce que leur ambition et leur activité, leurs petites capacités, leur patience marchent de front avec une régularité parfaite. Napoléon disait souvent de Joachim Murat : « C'est le plus courageux de mes soldats ; si je pouvais seulement lui donner deux grains de prudence et de capacité, quel général il ferait !........ » Ces jeunes hommes de la classe aisée de Paris, dont la vie est une cacophonie, possèdent encore un caractère inquiet, qui court au-devant du malheur au lieu de l'attendre de pied ferme, qui se nourrit de regrets, qui se fatigue à inventer de nouvelles ressources pour la gloire et le bonheur, oubliant ce vers de Voltaire :

On doit être heureux, sans trop penser à l'être.

Le vrai secret du bonheur est de ne pas se laisser harasser par des bagatelles, et de cultiver avec soin toutes les parcelles de jouissances disséminées ici-bas. J'ai vu bien des gens courir après le bonheur comme ce Provincial qui courait après son chapeau qu'il avait sur la tête.

C'est au milieu de ce vagabondage de désirs et
d'actions que l'on oublie ses intérêts immédiats,
que l'on tombe dans ce bataillon de harpies hu-
maines, pour qui le naufrage des imprudens et
des fous est un pillage habituel ; huissiers, gens
d'affaires, hommes d'argent, race implacable et
immonde, à laquelle est due la plus grande
partie de la démoralisation sociale.

Où est donc la cause productrice des idées qui
gouvernent la grande cité? c'est aux philosophes,
a-t-on dit, qu'il faut demander l'explication de
l'idée populaire; ils sont les truchemans ou in-
terprêtes des masses; mais il est ici une question
difficile à résoudre, subtile, délicate, rarement
débattue : les philosophes doivent-ils à leur
époque le germe de leurs pensées, ou si leur
époque marche sous leur commandement? est-
il poussé par son siècle, ou pousse-t-il son
siècle?

L'un et l'autre est vrai, suivant moi ; fils de son
époque, il redevient son père; c'est une action et
une réaction, comme dans le monde matériel,
de la décomposition d'un corps naissent d'autres
corps. Cette mutuelle, cette commune origïne
d'idées et d'actions ne rend-elle pas compte de
la moralité de notre Paris du xixᵉ siècle? Absence
de conviction, de goût, de conscience; rien

de profond, rien de vrai, de senti; la plaie
s'envenime par des romans, des drames ivres de
débauches, d'atrocités, semblable à l'enfer du
Dante, d'où sortent à la fois des idiomes différens, d'horribles paroles, des gémissemens de
douleur, des cris de colère, des voix fortes et
faibles tour à tour accompagnées de battemens
de mains:

> Diverse lingue, orribile favelle,
> Gemiti di dolore , accenti d' ira ,
> Voci ante e fioche e suol di man con elle!

C'est que le temps de l'ennui, du marasme,
du désespoir et du suicide est venu. L'expérience
a refroidi l'ardeur des enthousiastes; plus l'espérance avait été grande et aveugle, plus l'abattement qui suit le paroxisme de cet accès de
fièvre est profond. Nul système ne trouve des
prosélytes sinceres, on ne croit à rien, et souvent
on passe volontairement dans l'autre monde
pour éclaircir ses doutes. L'attention se soutient
par des scènes d'adultère, d'inceste et de meurtre; on soulève les dalles humides de la Morgue
pour y trouver des lambeaux pourris de chair
humaine. Une pareille existence ne saurait
long-temps durer, et Paris succomberait par

ce genre de mort dont il a conservé le monopole : le suicide. Un jour d'épouvantable ivro-
gnerie de ses habitans, les partis politiques,
quelquefois léthargiques, mais jamais anéantis,
tout-à-coup se galvaniseront par l'émeute et le
poignard, parcourant les rues, les aqueducs,
se gorgeant de poudre à canon, de poudre ful-
minante ; chaque quartier aura sa machine infer-
nale souterraine. Ceux qui n'ont pu s'entendre
ici - bas, iront invoquer le tribunal suprême
lancés sur les débris du Paris fumant. Éloignons
cette idée fantastique qui ne peut être que le
rêve d'un mangeur d'opium.

Pour moi, notre époque est aussi sacrée que
toute autre ; elle accomplit ses destinées ; c'est
l'époque de transition qui, par son côté favorable, nous fait oublier le passé, nous dégage
du présent, et nous prépare l'avenir, en nous dégoûtant de toutes divagations purement spécu-
latives, pour nous ramener à l'industrialisme,
emploi habile et animé des forces physiques,
pour l'accroissement du bien-être matériel.

L'esprit utilitaire domine aujourd'hui la société
aristocratique et bourgeoise. Toutes les habitudes
sont d'une prose vulgaire. Un égoïsme, un besoin impérieux de jouissances individuelles se re-
produit dans toutes les circonstances de la vie

parisienne. Chacun s'arrange pour lui-même;
personne ne veut abandonner ses aises, on sa-
crifie tout au confort.

Jusqu'ici je ne me suis occupé que des causes de la moralité parisienne, qui ne peuvent jamais être exclusives à cette ville, tandis
que ses causes physiques sont locales, inhé-
rentes au sol. Cette liaison directe me sert de
transition naturelle et m'oblige de dire un
mot sur la durée probable de Paris : elle doit
être indéfinie. Deux causes pourraient détruire
cette ville : une irruption à main armée; la puissance française, l'esprit actuel des guerres font
disparaître cette crainte, la férocité d'un conqué-
rant ne doit pas faire partie de l'histoire à venir;
à mesure que les peuples se comprendront, que
les moyens mécaniques de destruction se per-
fectionneront, qu'un régiment tout entier
pourra être anéanti d'un seul coup aussi bien
qu'un seul homme, la guerre de nation à nation
restera une cruelle absurdité, qui condamnera
au gibet son auteur, et à l'exécration universelle
ses satellites en livrée. Des hommes de sens
commun auraient bien autre chose à faire que
de parcourir des centaines de lieues pour former
des bataillons géométriquement disposés, qui, au
commandement d'une voix, égorgent d'autres

hommes qu'ils n'ont jamais ni vus ni connus.
Il faut donc rejeter comme chimérique une
cause politique de destruction. Venir à bout de
Paris, ce serait venir à bout de la France : est-
il une puissance qui puisse monter au niveau
de la tête du monde? la France est cette tête qui
a l'univers pour son torse.

La seconde cause de destruction de Paris peut
être prise dans les conditions matérielles et fon-
damentales de son existence ; mais on ne peut
être mieux favorisé que Paris sous ce rapport :
la fertilité du sol des environs d'une ville qui est
en général une cause de naissance et de population, n'est qu'une cause accessoire pour Paris,
qui n'a besoin que de jardins dans son voisinage.
Les champs, les vignes, les vergers ne sont pas
son apanage, Paris est au-dessus de cette ri-
chesse de bourgade. Le commerce lui garantit
ses fermes aux extrémités du monde, la distance
n'y fait rien.

Nulle part le mouvement, la vie ne sont plus ra-
pides qu'à Paris, ce qui entraîne cette activité de
construction si merveilleusement servie sous tous
les rapports. Le plâtre d'abord, ciment par excellence si maniable, se prêtant complaisamment à
la mobilité de nos maisons, ce sulfate de chaux
est en entrepôt par massifs inépuisables aux por-

tes mêmes de la ville géante. Ces moellons for-
ment le flanc de ses collines et les souterrains de
sa campagne; la chaux, le sable n'y manquent
pas. Une dernière attention de la Providence devait nous fournir, après la substance des maisons,
la substance non moins indispensable des voies
publiques; et n'avons-nous pas le meilleur pavé
des routes et des rues ?

Les pyramides d'Egypte ne seraient que des
nains à côté de l'entassement des pavés de Paris;
les grandes villes ne croissent point partout,
elles sont dépendantes du sol sur lequel elles
reposent; elles y pompent leur nourriture. Toutes les villes ont pris naissance dans les lieux où
la construction était commode, excepté Berlin
et Saint-Pétersbourg, bâties par des princes et
non par le mouvement instinctif d'une population; et encore Versailles, se dressant au caprice
de Louis XIV, véritable éructation du grand roi,
qui n'a pas payé la sueur dont les ouvriers gâ-
chèrent leur mortier; Versailles, que rien n'a pu
préserver d'une précoce caducité, car l'aorte pos-
tiche de Marly ne pouvait suffire à lui entretenir
la vie. Les rivières sont les artères d'une ville,
comme les rues en sont les bronches ou les tra-
chées. Paris n'est qu'une longue création de la
nature, il était prévu avant que de naître; il s'est

placé sur le point du territoire où la force de production des maisons est plus vive , où , par droit naturel , doivent s'agglomérer les monumens, les habitations, que l'on rend aujourd'hui plus commodes par mille inventions d'utilité privée , qui traduisent notre égoïsme et laisseront à la postérité le cachet de notre époque.

La distribution de la lumière et des eaux à domicile occupent le premier rang , une architecture souterraine en protège le mécanisme mystérieux : des artères , des veines , des vaisseaux de toute dimension se promènent au-dessous de Paris et dans tous les sens , pour distribuer, à heure fixe, la lumière , l'eau achetées par chaque particulier.

Malheureusement cette distribution d'eau n'est encore qu'un projet plutôt qu'une réalisation, par le petit nombre d'édifices, de maisons qui en sont pourvues; cependant une abondante distribution d'eau est l'une des premières nécessités d'un peuple parvenu à un haut degré de civilisation. La Seine ne fournit que quatre cent quatre pouces cubes d'eau, répartis dans les quartiers avoisinant les deux rives. Les principaux établissemens qui servent à cet usage sont les pompes Notre-Dame, de Chaillot et du Gros-Caillou ; le parcours des tuyaux , destinés à la distribution des eaux de la Seine, n'est que d'environ mille deux cents mètres, tandis que le développement total des rues de Paris est de cent huit lieues, ou de quatre cents kilomètres. Les eaux de l'Ourcq, de mauvaise qualité, fournissent environ sept cents pouces cubes par jour. L'aqueduc d'Arcueil en fournit cinquante, les sources du Pré-Saint-Gervais, de Belleville et de Ménilmontant en fournissent environ dix-huit.

On ne peut évaluer la quantité d'eau que l'on retire des puits; les sels de chaux qu'elle contient la rendent impotable; toutefois les boulangers l'emploient presque exclusivement pour la fabrication du pain, et en consomment journellement quatre mille cinq cent vingt-sept voies. Paris reçoit donc mille deux cents pouces cubes d'eau par jour, soit vingt-quatre millions de litres; or, la population de Paris en exigerait au moins le double, il faut calculer quarante litres par individu, ce qui ne serait encore que la moitié de la consommation de Londres. Chaque habitant de Paris consomme sept litres d'eau par jour, distribués par trois mille sept cents porteurs d'eau; si la consommation était six fois plus forte, il faudrait encombrer les escaliers, la voie publique par vingt mille deux cents porteurs d'eau, et Londres en aurait trois cent mille. La distri-

bution à domicile ne peut donc avoir lieu que par
un mécanisme hydraulique, arrivant dans chaque
maison pour y fournir une eau alimentaire, de
bonne qualité, et qui pour cela devrait s'éloi-
gner de tous les immondices que reçoit la Seine
traversant Paris.

Un vaste réservoir, situé dans la plaine d'Ivry,
prendrait sa source dans la Seine en avant du
confluent de la Marne; on ajouterait un appareil de filtration et d'aérage; par la seule force
de la pesanteur l'eau partirait de la plaine d'Ivry
pour tous les quartiers de Paris et tous les étages des maisons, moyennant un taux d'abonne-
ment. Cette idée grande et simple obtiendra
bientôt sa réalisation.

Il est une autre cause de puissance majestueuse
pour le Paris de l'avenir. Je me complais à en
parler à l'instant où je la vois enfanter déjà ses
miraculeux effets : il s'agit de chemins de fer,
de voitures à vapeur, dépouillant le mètre de
son autorité, créant une nouvelle géographie,
bouleversement de l'ancienne. L'homme, sur un
signe de son doigt, compris par la machine locomo-
tive, voit les distances se rapprocher, se lier; où
la nature avait établi des séparations il établit des
voisinages. Aujourd'hui le temps s'escompte,

c'est l'étoffe dont se compose la vie, on ne calcule que par secondes; ce n'est plus d'une montre dont on a besoin, mais d'un chronomètre. On arrête les clauses d'un contrat sur le marche-pied d'un omnibus.

Le parc Saint-Germain-en-Laye sera bientôt le boulevart de Gand de nos dandys. Nos marchés vont être approvisionnés avec plus de facilité et d'économie. Le lait, le beurre, les fruits et tous les légumes qui, dans l'état de nos communications, ne peuvent être tirés que des endroits très rapprochés de Paris, renchérissent chaque jour et fournissent mille expédiens de sophistications, aux maraîchers, aux nourrisseurs, dont le jardinage sans saveur ne pousse qu'à force d'engrais, et dont les vaches forcées à une sécrétion anormale donnent un lait qui arrive presque décomposé; l'on sait aussi que les vaches nourries au sec, dans les étables de l'intérieur de Paris, ont les poumons farcis de tubercules et qu'elles succombent toutes à la phthisie. Les fermiers des campagnes fertiles et éloignées entreront en concurrence pour le grand approvisionnement de nos marchés; la rapidité des transports par les routes de fer, étant de sept à huit fois plus active que par les routes actuelles, tous ces pro-

duits pourront être expédiés d'une distance sept
ou huit fois plus grande de la capitale. Notre
santé gagnera; en augmentant ainsi le bien-être
des consommateurs, on sert puissamment les
intérêts des producteurs et des propriétaires.
Les bestiaux fourniront une viande plus saine
et meilleure; ils n'auront pas souffert soit à
pied, soit sur des charrettes, pendant un long
vogage, pour qu'on soit quelquefois obligé de
les abattre en route.

Les idées étroites et mesquines des propriétaires qui doivent livrer passage aux chemins
de fer ont été aplanies; leur opiniâtre opposition
a été vaincue par la loi d'expropriation pour
cause d'utilité publique. Cependant, de toutes
les classes de la société, ce sont les propriétaires dont les terres se trouvent sur le passage
d'un chemin de fer qui réalisent la plus grande
somme de bénéfices, soit par la valeur donnée
à ces terrains mêmes, soit par la facilité du
transport de leurs produits. Le gouvernement
autrichien, moins en arrière du progrès indus-
triel que l'on ne le croit à Paris, a le premier
fait exécuter à grands frais une route en fer, qui
commence à Natlausen, dans la haute Autriche,
sur la rive gauche du Danube, et aboutit à

Budweis, sur la Moldaw, en Bohême, en passant par six villes différentes. Il fait communiquer le bassin du Danube avec celui de l'Elbe, et par conséquent la mer Noire à la mer Baltique.

Paris n'est pas une ville, mais un pays tout entier ; ses limites ne sont pas à l'octroi, elles sont aux frontières. Placé d'abord sur les rives d'un fleuve commodément navigable, à peu de distance de son embouchure, la Seine et ses affluens ne lui ont pas suffi, il s'est mis en relation avec tous les bassins du pays. Un canal prolonge le cours de la Seine à travers la Bourgogne, l'unit à la Saône et se continue jusqu'au Rhin. Un nouveau canal l'unira bientôt au bassin de la Garonne ; Paris alors étendra ses bras puissans aux ports de Bordeaux, du Havre, de Nantes, de Marseille. Son influence centrale se fera mieux sentir encore, tous les cours d'eau y conduisant. La France peut donc acquérir tous les développemens possibles, sans perdre son équilibre autour du même centre : Paris est un pivot qui n'oscille pas. L'existence de cette cité est un fait matériel qui appartient au droit social de la France, comme unité nationale. Paris n'est pas, comme toutes les villes, la résidence

d'une bourgeoisie locale, il est le temple du génie, il est l'âme du présent, le flambeau de l'avenir.

P.-L.-B. CAFFE.

FIN.

TABLE DES MATIÈRES.

FIN DE LA TABLE DES MATIÈRES.